MELKMEISJE

Van Matthias Rozemond zijn verschenen:

De duivelskunstenaar
Het spel van licht en donker
Amalia, Prinses van Oranje
Hoogheid, De troebele jaren van Amalia

Matthias Rozemond

Melkmeisje

UITGEVERIJ LUITINGH-SIJTHOFF

Voor Rachel

Omslagontwerp Marry van Baar
Omslagbeeld (*Melkmeisje*) Het Rijksmuseum Amsterdam
Beeld bij nawoord (*De koppelaarster*) bpkBildagentur, het Staatliche Kunstsammlungen Dresden
Foto auteur Chris van Houts
Opmaak binnenwerk Crius Group, Hulshout

ISBN 978 90 210 3499 7
ISBN 978 90 210 3501 7 (e-book)
ISBN 978 90 210 3833 9 (luisterboek)
NUR 301

www.matthiasrozemond.nl
www.lsamsterdam.nl
www.boekenwereld.com

Uitgeverij Luitingh-Sijthoff vindt het belangrijk om op milieuvriendelijke en verantwoorde wijze met natuurlijke bronnen om te gaan. Bij de productie van dit boek is daarom gebruikgemaakt van papier waarvan het zeker is dat dit niet tot bosvernietiging heeft geleid.

Elke waarheid doorloopt drie fases. Eerst wordt ze belachelijk gemaakt of uit haar verband getrokken. Dan wordt ze bestreden. Ten slotte wordt ze als vanzelfsprekend aangenomen.

Arthur Schopenhauer
(1788-1860)

Proloog

Tanneke

Februari 1657

Een snijdend koude februaridag, de Markt ligt er verlaten bij. Geen wonder, hij ziet nog wit van de vorige hagelbui terwijl de donkere hemel al een volgende lading aankondigt. Ik sla mijn kraag omhoog en glibber naar de overkant. Ik moet niettemin moed verzamelen om die herberg binnen te gaan, voor het eerst in mijn leven.

Ik ben amper over de drempel of iemand vraagt of die verdomde deur dicht kan.

Het staat blauw van de rook. Ik onderscheid groepjes dobbelende mannen. Twee meiden zijn met bier onderweg van de ene tafel naar de andere. Ze nemen me kort op, stellen vast dat ik hier niet thuishoor en gaan verder met bedienen. Een derde heeft de handen amper leeg of ze wordt bij zo'n kerel op schoot getrokken. Een gilletje volgt, daarna gebulder bij de hele kring.

Mechelen is een herberg waar je volgens de verhalen meer kunt kopen dan alleen bier en worst. Liefde of wat daarvoor moet doorgaan, loten voor de trekking, en je kunt hier je toekomst laten lezen, hoe je wilt, in je geopende hand of een flesje meegebrachte pis. Iedere Delftenaar heeft zijn mening klaar over Mechelen.

Ik kom voor de schilderijen, die gaan hier net zo goed in de verkoop. Het duurt een paar tellen, dan heb ik door waar ze hangen. Daar, links achter die rij ruggen en schouders.

Nu zal ik dat doek van Johannes met eigen ogen zien ook.

Kijk, daar heb je IJsbeer, die komt even snuffelen. IJsbeer is een hond. De naam zegt meer over Johannes' familie dan over het beest, want dat is mak en ongevaarlijk. Hooguit log uitgevallen.

Bij het laatste tafeltje draait een kerel net een kwartslag opzij, steekt zijn been uit en laat zijn laars met sporen op een naastgelegen kruk rusten. Doorgang versperd. Pas als ik inhoud neemt hij de moeite om op te kijken van zijn speelkaarten.

'Waarheen ben jij onderweg, juffrouw, zo helemaal alleen?'

Ik kijk naar een bolle kop, half kaal, met roze spekwangen en een vreemde plooi bij de neuswortel.

Moet ik dat smalende toontje pikken? Het middaguur heeft nog niet geslagen of deze kerels zijn al hard op weg om ladderzat te worden. Drinken en kaarten, in plaats van zich nuttig te maken zoals ieder ander.

Ik kan natuurlijk gewoon doorlopen en dat been opzijduwen, maar dan heb je de poppen aan het dansen. Ik ken het soort, daar verandert zijn vreemde tongval – ergens uit het oosten van het land? – niets aan. Straks loopt hij brutaalweg achter me aan, en als ik pech heb met zijn kornuiten in het kielzog, want ja, dan heb ik hem uitgedaagd.

Nee, mijn halve uurtje middagpauze is me dierbaar, ik zal dit anders moeten oplossen. Eerst maar netjes vragen of ik erdoor mag. Lukt dat niet, dan neem ik alsnog een omweg.

Een tafelgenoot van meneer de praatjesmaker haalt de pijp uit zijn mond, blaast kalm een wolkje en roept dat Gert – kijk aan, mijn belager heeft een naam – moet bijspelen. Dat het gelag anders voor zijn rekening is. Die woorden vinden instemming bij de twee anderen.

Kale Gert werpt een geduldige blik op de drie ruitens op tafel en het leitje met krijt ernaast, besluiteloos, zo lijkt het.

Dan legt hij alsnog zijn kaarten weg. Zodra hij zich overeind heeft gehesen, blijkt hij een volle kop groter dan ik. Allemachtig, wat stinkt hij naar zweet en pis. Ik vraag – terwijl ik langs hem heen probeer te kijken – of ik er alsjeblieft door mag, maar hij brengt zijn zatte kop nog wat dichterbij en slaat een arm om mijn schouder. Hij zegt dat hij bereid is om me gezelschap te houden en vraagt in één adem of ik een gulden kost. Ik zeg dat ik niets kost zolang hij maar met zijn poten van me afblijft. Ik weet me met moeite los te wringen, maar Gert geeft niet zomaar op.

Ik draai me om om het maar via de omweg te proberen, maar hij grijpt me bij een slip van mijn cape. Ruw trekt hij mij naar zich toe. Zijn drie makkers laten het gebeuren. Ook IJsbeer vergeet te blaffen.

Gert grijnst me alleen maar toe met een lege blik, alsof hij zelf ook benieuwd is hoe het verhaal verdergaat.

Elders in de herberg vallen gesprekken stil. De wand met schilderijen is enkele passen verwijderd.

Gert noemt mij een vurig type. Daar kon hij weleens gelijk in hebben. Ik voel bloed naar mijn wangen stromen. Goed dan, als hij het echt wil. Ik kom vrijwillig nog iets dichterbij. Zonder zijn blik los te laten zeg ik dat hij me maar beter kan laten gaan.

'Volgens mij ken jij IJsbeer niet. Zodra ik ga gillen, en dat staat elk moment te gebeuren, heb je kans dat hij begint te bijten. En gebeten worden door IJsbeer is niet leuk.'

'Wie of wat is IJsbeer? Die hond?' Hij werpt een ongelovige blik opzij.

'IJsbeer is een wolfhond, een kruising. Het kan zijn dat jij over een kwartiertje naar huis moet worden gedragen.'

Hij lacht wat onbeholpen. 'Geloof je het zelf?'

'Nietwaar, IJsbeer?' Ik draai me om naar het beest. Dat is op zijn achterpoten gaan zitten en kijkt me niet-begrijpend aan. Hindert niks, IJsbeer is vooral groot.

Daar klinkt voorzichtig gelach. Twee van zijn kornuiten stoten elkaar aan.

Gert schraapt bedenkelijk langs zijn drie-dagen-baard.

'Denk je nou heus dat ik bang ben voor dat beest?' vraagt hij ongelovig.

Ik ruk me los en zet de handen in mijn zij. 'Je vrienden lijken zich te verheugen op de keer dat jij je lesje leert en die lijkt dichterbij dan ooit.'

De blik die hij in de rondte werpt spreekt voor zich: deze kwestie kan maar beter snel zijn afgehandeld.

'Vergeet die meid,' roept er eentje. 'Kom gewoon zitten en speel bij.'

Gert lacht, eerst naar hen, dan naar mij. Ten slotte een korte blik naar de hond. Op zoek naar een keuze.

'Neem me niet kwalijk, juffrouw, maar mijn vrienden...'

De rest van zijn excuus gaat ten onder in hoongelach.

Vlug loop ik door. Probleem één mag hiermee dan zijn opgelost, er is nog steeds een rij ruggen die mij het zicht op de schilderijen verspert.

Ik moet een stem opzetten om te vragen of ik erdoor mag, anders kom ik niet boven het kattengejank van de doedelzak uit.

Geen van die kerels hoort me, ze zien me niet eens. En op mijn tenen staan helpt evenmin, dus tik ik er een op zijn schouder. 'Zou u me er misschien langs willen laten?'

Ik staar in een verbaasd gezicht met een open mond waarin een voortand mist. Ook de neus heeft klappen opgelopen.

'Maak plaats voor een dame!' brult hij met schorre stem.

Kijk, dat heeft effect.

Ik wurm me naar voren. Eén voordeel: in dit gedrang herkent geen mens me. Heb ik me daarvoor in te kleine kleren van mijn moeder gehesen. En die extra doek over mijn kapje had ik ook thuis kunnen laten.

Mannenzweet en bier, het een stinkt nog meer dan het ander.

Dan sta ik pal voor het doek. Allemachtig, wat is het groot. Hoe heeft Johannes dat klaargespeeld? Normaal schildert hij amper in de winter, nu levert hij dit gevaarte af. Hij moet de voorbije maanden dat hij zich hierboven in zijn atelier verschanste als een bezetene tekeer zijn gegaan. De maanden dat zijn schoonmoeder hem daar de toegang had ontzegd.

Hoe vreselijk ook, de verhalen kloppen, het is een bordeelscène. Rechts hoertje, dan klant, links koppelaarster.

De mannen achter me hebben hun mening klaar: 'Schaamteloos', 'een smerige katholieken-streek', 'aantasting van de goede zeden'. Het erge is, ze hebben nog gelijk ook, Johannes lijkt wel gek geworden.

Het doek schijnt hier pas een dag te hangen, maar het nieuws gaat als een lopend vuurtje rond. Ook ik wilde weten of dit meer was dan typisch Delftse kwaadsprekerij. Het antwoord is: nee. Hij heeft zichzelf te schande gemaakt.

Daar zul je hem zelf hebben trouwens, die kerel links vooraan op het doek, gestoken in kazak met split, net zo'n Italiaanse troubadour die van kermis naar kermis trekt. Geen misverstand mogelijk. Het gezicht is wat verdekt in de schaduw, maar je herkent Johannes aan zijn scheve grijns en lange krullen. Wat heeft hij in dit tafereel te zoeken? Hij brengt een toost uit op het paartje van de avond.

Een volgende duw van achteren, er gaat bier over mijn cape, maar ik zet me schrap. Nee, nu wil ik alles zien.

Tenminste, een deel van mij is hiervoor gekomen, een ander deel sluit zich het liefste af. Ik kijk naar iets wat ik niet wil zien.

De in zwart gestoken koppelaarster vindt het uiteraard allemaal best, zolang de klant maar een muntje betaalt. Hij heeft het in de aanslag, zijn vrije hand ligt op de borst van het hoertje. Hoe schunnig wil je het hebben?

Dat arme kind maar blozen.

Hemel, is zij wie ik denk dat ze is?

1

Johannes

September 1657

Cat is daarginds, aan de overkant van de Markt, op tweeënnegentig passen oftewel anderhalve minuut lopen. Kijk je boven de leilindes uit, langs de steunberen van de Nieuwe Kerk, dan kun je het pand net zien. Het zolderraam staat open. We zouden naar elkaar kunnen zwaaien.

Rond dit uur krijgt de kleine Elizabeth een papje en Maria een paar partjes van de appel die Cat in een lang lint heeft proberen te schillen. Als haar dat bij toeval een keer lukt zal Maria in haar platte handjes klappen – maar ze schilt langzaam en dun en dus gaat het gauw mis. Met volle mond vraagt Maria waarom ik er niet ben en Cat stelt haar gerust dat ik vandaag vast nog even langskom, in de hoop dat het daarna klaar is met vragen. Maar Maria is drie en kan de waterige ogen van mama intussen lezen, dus wil ze nog weten waarom ik nog altijd in de 'berg' slaap. De herberg noemt ze berg.

Dit soort gevraag kan Cat alleen pareren door op licht ontstemde toon te zeggen dat papa met mama over de toekomst wil praten en dat alles tot die tijd open ligt. Dat wordt te ingewikkeld voor Maria, die zal haar aandacht naar het pasgeboren zusje verleggen. Met een lach, met kietelen of met de rammelaar.

Of misschien heeft ze toch nog een laatste vraag voor mama in petto. Of ik *skilder*. Schilderen vindt ze een moeilijk woord. Cat zal zeggen dat ze door moet eten aangezien ze dadelijk naar buiten gaan. Dan veegt ze een voor een Maria's vingertjes af. En bij Elizabeth de hele toet en de wangen.

Van schilderen is eigenlijk geen sprake. Ik staar al een poosje naar buiten, of beter gezegd naar het spinnenweb hier pal voor het raam, want daar is net een vlieg in gevangen. Och, arme stakker, kun jij ook geen kant meer op? Zag je het web niet hangen? Terwijl je zulke grote ogen hebt. Ik zal je zeggen, dit web is speciaal voor jou gespannen, in de volle breedte hangt het uit. Nee, spartelen helpt je niet, dat alarmeert de spin juist. Daar komt ze al aangelopen. Het web trilt van opwinding. Zolang het allemaal duurt – rennen, gif inspuiten, inspinnen – blijf ik op de hand van de vlieg. Ik hoop tegen beter weten in dat die zal weten te ontsnappen en dadelijk het luchtruim kiest. Opgelucht zou ik hem uitzwaaien.

Als katholiek hoor ik nu eenmaal in wonderen te geloven. Mensen zijn niet gemaakt om zich te verzoenen met de rauwe realiteit, vol zure lessen waarbij de Heer der Wrake telkens het laatste woord heeft. Je reinste knechting van de ziel. Mensen willen verheven worden en bevrijd, ze hebben recht op hun mirakel. Ik ook, zonder zou ik het niet redden. De kille nuchterheid van het protestantisme was me altijd al een gruwel. Afijn, laten we godsdienst er maar buiten laten. Dat onderwerp hangt me danig de keel uit.

Van de vlieg is al weinig meer te zien dan een witte kluwen. Dag vlieg, jij hebt je laatste rondje gevlogen.

Nou vooruit, Johannes, je kunt maar beter voortmaken. Da-

delijk komt de volgende wolk en heb je die matte gloed terug. Je ging toch kijken hoe je meer licht kon vangen op het tafelkleed zodat het hele portret wat helderder van toon werd? Met lummelen bereik je zeker niets.

Cat zegt dat ik gek ben dat ik tegen alles praat, tegen mijn schilderijen, tegen IJsbeer, tegen de wolken, tegen mezelf. Maar wanneer ik me in stilte op haar portret probeer toe te leggen, zit zij juist op de praatstoel. Met al die vragen en gedachtesprongen brengt ze me van mijn à propos. Dan ga ik neuriën en dat stoort haar weer. Voor je het weet trekt ze bleek weg, als een korenbloem zonder water. Dat sippe gezicht zodra ze zich afgewezen voelt, soms kan ik het niet meer verdragen, terwijl ik zelf degene ben die het oproept. Ze beseft niet dat een schilderij alleen met uiterste concentratie tot stand komt. Dat het mijn uiting van liefde is. Dat zij alleen dan op haar allermooist wordt.

Ik neem plaats achter de ezel. De zon komt langs de gordijnen binnen, je ziet het stof dansen in de schuine lichtsnaren. Een atelier op het zuiden is gekkenwerk, daar ben ik wel achter. Twee van de drie ramen heb ik moeten afdekken.

Op een dag ziet Delft mijn talent. Dan kan ik me een atelier op het noorden veroorloven en haal ik de duurste pigmenten en penselen in huis. Dan gaat mijn duel met het licht een volgende fase in.

Vooruit, Johannes, aan de slag. Vandaag kun je een stap in de gewenste richting zetten. Kijk nog eens goed, de witte kan en haar kraag vangen het gedempte licht mooi af, maar verdient het fruit achter de kan niet ook een helderder toets?

Nee, dan schijnt het licht haast in haar gezicht en dat zou haar wakker moeten maken. Beter om het zo te laten. Ook een geschilderde Cat wil heerlijk kunnen dagdromen.

En ik droom weer dat Cat op een dag gelukkig is.

2

Tanneke

En dan te bedenken dat ik me zo had voorgenomen hier nooit meer een voet over de drempel te zetten. Daar dacht mevrouw dus anders over. Ik haal diep adem en open de onderdeur naar de herberg.

Mijn ogen wennen langzaam aan de prikkende rook. Ik loop strak door naar de toog, daar staat een vrouw met leren schort vaat te drogen. Zijn moeder. Hij heeft haar slanke bouw. Grijze krullen schieten aan alle kanten onder haar kapje tevoorschijn. Ze oogt nerveus, overbelast. Alsof ze het zich allemaal anders had voorgesteld. Wanneer ze een smetje opmerkt, spuwt ze op de tinnen kroes. Hier in de herberg gelden andere regels dan bij ons thuis. Dan waar dan ook in de stad.

Ze ziet me verschijnen, maakt een hoofdgebaar in de richting van de trap en wendt zich vervolgens af, ik mag zelf bepalen wie haar afkeuring verdient, haar eigen zoon of ik. Ze lacht alweer smakelijk om de grap van een gast. Gemaakt, vooral.

Als Johannes niet staat te tappen, dan is hij boven aan het schilderen. Ik loop langs een manshoog wijnvat, onder de papegaaikooi door. Arm beest, zit je hier nou altijd op die ene stok?

Aangekomen op de eerste verdieping klop ik aan bij zijn atelierruimte, maar omdat ik geen idee heb hoe ik in dit lawaai zijn 'ja' zou moeten horen loop ik maar binnen.

Johannes staat aan de ezel en neemt me verrast op. Hij legt zijn penseel weg en haalt een voor een de propjes uit zijn oren.

'Tanneke! Wat kom jij hier doen?'

'Neemt u me niet kwalijk, meneer. Ik heb een briefje van mevrouw.'

'Een briefje? Geef maar gauw hier.'

Ik reik het hem aan en doe een stap terug.

Daar zul je haar hebben, de afzender, maar dan op het schilderij. Ik wist dat hij met haar portret bezig was. Dit is dus het voorlopige resultaat. Ze slaapt. Wat een treffende houding, het lijkt net of het poseren haar flink heeft uitgeput. En anders is ze doodop van hem, van hun huwelijk, van al het gedoe. Van stilzitten ga je nadenken en nadenken is slecht voor een mens. Alleen al om die reden moet ik er niet aan denken dat iemand ooit op het idee komt mij vast te leggen.

Geen idee hoe hij het flikt, maar dat fijne gezichtje is helemaal raak. Ze droomt van een zorgeloos leventje, dat is haar aan te zien.

Ik heb mensen horen beweren – die er anders dan ik verstand van hebben – dat Johannes eigenlijk veel in zijn mars heeft, en als goed gelijkend de maatstaf is, dan hebben ze het bij het rechte eind.

Kijk aan, ze draagt moeders dure parels. Die ken ik als geen ander, Maria Thins is al zes jaar mijn bazin. Ze golden als voorschot op Catharina's erfenis, deze zomer gekregen, samen met linnengoed, tafelzilver, ringen, braceletten en vergulde kettingen. Alleen houdt Catharina eigenlijk niet van uitgaan of opsmuk, dus draagt ze de sieraden alleen bij bijzondere gelegenheden. Of om Johannes een plezier te doen, zoals nu blijkbaar. Haar moeder weet vast nergens van, die heeft hier nooit een voet binnen gezet. Had ze dat maar wel gedaan, afgelopen winter. Dan had ze vast een stokje gestoken voor dat vorige project, waarom zoveel te doen was. Nu kwam ze voor een hoogst onaangename verrassing te staan.

Zodra Maria Thins hoort – en dat gaat gebeuren – dat haar eigen dochter hier voor de tweede keer uithangt ter vermaak van het uitschot, dan krijgt ze een hartverzakking. Maar als ze begrijpt dat het deze keer onschuldig en complimenteus is, dan zal het toch gaan kietelen. Haha, het idee dat ze op mijn manier, vermomd dus, zou willen proberen om hier binnen te glippen! Gaat niet gebeuren, daarvoor luistert ze zondags iets te aandachtig naar de mis. Daarin spelen de dranklokalen van Delft een te verderfelijke rol.

Een duivels dilemma. Haar dochter is het dierbaarste bezit, maar ze kan haar niet komen bewonderen. Eigenlijk is het een dubbel dilemma, want zou ze het doek hebben gezien, dan nog moest ze haar mening voor zich houden, anders zou ze zich verraden. Terwijl ze vast wel iets kwijt wil over dochterlief of over parels. Nee, een compliment voor Johannes' talent zit er hoe dan ook niet in.

Al zijn ze elkaars tegenpolen, schoonzoon en schoonmoeder blijven verbonden door hun grenzeloze liefde voor Catharina. Ze zijn in een partij touwtrekken verwikkeld dat voorlopig nog onbeslist blijft.

Johannes slaapt alleen zaterdags aan de Oude Langendijk, maar soms waagt hij zich 's avonds laat stiekem die kant op. Dan brandt er een kaars voor het raam van de voorkamer, wat betekent dat Maria Thins in bed ligt. Is hij eenmaal op kousenvoeten binnengeslopen, dan gaan alsnog de luiken dicht. Tja, het zijn net twee tortelduifjes. Ze kunnen niet zonder elkaar, ze kunnen niet met elkaar. Alsof ze door stiekeme ontmoetingen te organiseren het spannende begin weer dunnetjes over willen doen. Alleen hebben ze buiten mij gerekend. Laatst hielden ze een rendez-vous in de bijkeuken. Alsof ik stokdoof ben of zo. Hoe dan ook, als ik zeg ontmoeten, dan bedoel ik natuurlijk iets meer dan dat, het blijft een jong stel. Blij dat die tijd voor mij achter de rug is. Ik heb al een jaar of acht geen bed meer gedeeld met een man en wat mij betreft blijft dat zo. Niettemin, als ik clandestien getuige ben van een vrijpartij – ik zou mijn best moeten doen om het niet te horen! –, dan laat me dat toch niet onberoerd. Ik ben niet jaloers, bewaar me, ik vind het gewoon opwindend om mee te krijgen wat eigenlijk niet voor mijn oren bestemd is. Maar dat heeft dan weer met mijn nieuwsgierigheid te maken en die komt eruit voort dat ik als kind overal buiten werd gehouden. Afijn, dit voert allemaal te ver.

Ik begrijp het ook wel, wanneer je als stel de problemen niet meer met woorden de baas kunt, dan verzin je een andere oplossing.

De keren dat ik Catharina naderhand op de gang tegenkom – en dat is heus al een keer of drie gebeurd –, dan doet ze alsof er niets aan de hand is, alsof het de honger was die haar naar de keuken dreef. Maak dat de kat wijs, ze heeft niet eens een hoofdkapje om. Johannes is intussen het huis ontvlucht, via de achterdeur en dan door de Molenpoort.

Gut, wat een bende hier. Op tafel stenen en glazen potjes met poeders in tal van kleuren, maar net zo goed een kom met walnoten en losse brokken steen, stamper en vijzel, verderop een witmarmeren plaat met een steenklomp erop, klaar om vermalen te worden. Links een tinnen bord, rechts getuite flacons en spatels. Wie weet waartoe dat allemaal dient mag het zeggen.

Hé, die Delftse wijnkan heeft hij voor het portret gebruikt en dat wijnglas ook.

Mijn blik wordt telkens naar het portret gezogen. Er gaat een stilte van uit die onwerkelijk aandoet, want hier in het atelier dringt de herrie werkelijk van alle kanten binnen. Die komt door de vloer omhoog en is genoeg om de drukte op de Markt te overstemmen. Kun je nagaan. Die hoor je bij ons thuis weer wel, juist omdat het er akelig stil is. Zodra de kleine Maria ook maar een kik geeft, wordt ze gesommeerd om zachtjes te doen voor oma. Vandaar dat ze graag bij mij in de keuken is, waar niemand last heeft als er met pollepels op deksels wordt geslagen. En waar nu zoete kersen te halen zijn.

Eigenlijk heeft hij het goed bekeken. Voor de drie maanden dat dit portret in beslag nam wist hij haar toch telkens zijn atelier in te lokken. Een creatieve oplossing voor het gemis. En telkens natuurlijk hetzelfde smoesje: ik heb je beslist nog één keer nodig. Pietje-precies wilde het nog een tikje zus, dan weer zo. Misschien is dat wel echte liefde. Ik heb er weinig verstand van. Het past hoe dan ook in de consternatie. Afgelopen mei nog maar keerde Catharina halsoverkop terug naar haar moeder, omdat ze het hier niet meer uithield. Maar nog geen halfjaar eerder was ze met precies hetzelfde argument Johannes hierheen gevolgd. Toestanden, keer op keer ruzie, alles erop en eraan!

Intussen vallen de geluiden rondom beter te onderscheiden. Ten eerste is daar die eeuwige doedelzak beneden, begeleid door handgeklap. Maar wat zich hier recht boven precies afspeelt? Echt waar, daar kreunt een kerel alsof hij bezig is het dak op te tillen, alleen past het ritmische gekraak van de houten bedstee daar niet bij. Juist, daar hebben we ook de vrouw in kwestie. Zij echoot zijn gesteun, maar dan minder dierlijk, op het plichtmatige af.

Ach Johannes, wat een treurige plek om je ambacht uit te oefenen.

Met het papier in handen staart hij een poosje naar de rusteloze wolken die langs zijn raam schuiven. Alsof hij wacht op een uitnodiging om mee te mogen. Als ik dat gespannen gezicht zo zie, dan biedt de inhoud van de brief geen reden om hier te blijven.

Omdat ik niet kan lezen word ik wel vaker als boodschapper ingezet. Hoef ik ook niet te kunnen, ik kan wel raden wat daarin staat. Vanochtend hoorde ik tijdens het opvouwen van de was hoe Catharina van alles met haar moeder besprak. Ze wil definitief met beide dochters aan de Oude Langendijk blijven en gaat haar spullen terugverhuizen. Hier in de herberg zou ze nooit gelukkig worden. Maria Thins hoefde voor de verandering niets in te brengen, ze luisterde met een frons. In stilte genoot ze dat haar voorspelling uitkwam.

'Een mens gaat daar zijn ondergang tegemoet,' zo vatte ze een en ander bondig samen, maar dan achteraf en tegen mij, toen ik het middagmaal stond af te ruimen. Catharina was lijdzaam naar boven gelopen met de kinderen.

Ik begrijp wel waarom Catharina haar beslissing schriftelijk afdoet. Hij kan slecht omgaan met plotselinge veranderingen. Voor je het weet krijgt hij een uitbarsting en vliegen de stoelen in de rondte.

Dat getergde gezicht. Nee, hij valt niet te benijden, al moet je hem nageven dat hij ook onder de meest liederlijke omstandigheden blijft doorschilderen, terwijl het enige wat hij met zijn maaksels oproept verontwaardiging is en afschuw. Ook een liefdevol doek van Catharina lijkt me onvoldoende om zijn reputatie te redden.

We zullen zien, nog een week of twee en dan is dit werkstuk af, dan komt het er voor Johannes op aan. Als zich dan geen koper meldt, zie ik het voor zijn carrière somber in. Dan komt vroeg of laat ook hun huwelijk in gevaar. En hij kan alleen zichzelf de schuld geven.

Met een matte glimlach vouwt Johannes het papier samen en

stopt het weg in een doosje van parelmoer. Typisch Johannes, ook een afwijzing bewaart hij zorgvuldig.

Hij recht de rug, werpt een neutrale blik op het doek.

'Hoe is het met de meisjes?' vraagt hij en hij gaat verder met het mengen op zijn palet. Het tafelkleed lijkt aan de beurt, om precies te zijn de blauwe partijen in geruit motief.

'Eh... goed.'

'Zijn ze lief voor mama?'

'Ik geloof het wel.'

'En de kleine Maria? Speelt ze al met de tol? Ik heb haar een tol gegeven voor haar verjaardag.'

'Ik denk dat die nog een beetje moeilijk is voor een driejarig meisje. Ze kan het touw niet spannen.'

'Dat ken ik,' zegt hij. 'Dan mislukt het en wordt ze boos. In dat opzicht heeft ze een aardje naar haar vaartje.'

Ik doe mijn best te glimlachen. 'Moet ik nog een antwoord meenemen, meneer?'

Hij schudt van nee. 'Of zeg eigenlijk maar dat ik er nog op terugkom.'

'Ik hoop op een oplossing, meneer.'

'Maar ze hoeft niet te denken dat ik naar dat huis terugga,' roept Johannes scherp als een vismes, alsof het erom zou gaan om mij te overtuigen. 'Ik laat me niet omkopen.'

Van schrik doe ik een stapje naar achteren. Goed, ik krijg dus gelijk wat de inhoud betreft. 'U kunt misschien weer wat vaker langsgaan.'

'Ja, maar de herberg... En dit schilderij?'

'Dit schilderij is bijna af, lijkt me. Ik vind het erg mooi, als ik zo vrij mag zijn.'

'Dank je wel, Tanneke. Je ziet dat ik niet opgeef. Nooit! Op een dag...'

Op een dag wat? vraag ik me af wanneer ik even later door

de deur het atelier uit stap. Op een dag is dit doek af en blijkt vanzelf dat Delft zijn werk niet pruimt. Dat tien of twintig gulden – of wat hij er ook voor krijgt – niet in verhouding staat tot de tijd die hij eraan heeft besteed.

En ook al is hij dan nog niet bereid de waarheid onder ogen te zien, hij heeft met Catharina te maken. En die lijkt wel zover.

Ik verlaat de herberg via de bijkeuken. Hier stinkt het pas echt. Voor het buitensecreet staat een fikse rij.

3

Johannes

Ik haal het briefje tevoorschijn. Wat houd ik van dat handschrift met wijde lussen. De bolle A, de bolle O, door twee T's trekt ze een streepje. En altijd dezelfde indigoblauwe inkt. Zo sierlijk, al lezende verbeeld ik me het regelmatige gekras van de ganzenveer te horen, een warme tinteling trekt daarbij over mijn rug. Wat ze schrijft doet er nauwelijks nog toe. Al was het maar omdat ik dit heb zien aankomen. Het is prima dat ze daar blijft. Het getuigt van daadkracht dat ze elk misverstand heeft willen uitsluiten.

Je merkt aan alles dat ze schoon schip maakt. Al die weloverwogen zinnen, zo praat ze nooit. Doorgaans volstaat ze met een enkel woord, alsof ze bang is in een betoog vast te lopen. Deze keer heeft ze de tijd genomen.

Wat me ook voor haar inneemt is dat ze, om het werk aan het portret niet te dwarsbomen, heeft gewacht totdat het poseren erop zat. Dat is Cat ten voeten uit. Nu kan ik het doek in alle rust afmaken. Ze is niet boos, ze begrijpt mijn handelwijze. Ze beseft dat ik het eigenlijk voor haar heb opgenomen, wat de mensen ook allemaal blaten.

Cat, ik houd zoveel van jou. Zou ik op zoek moeten naar een andere vrouw die zo loyaal en invoelend is, nou, dan kreeg ik aardig wat van deze wereld te zien.

Ja, je mag er dan voor hebben gekozen om aan de overkant van de Markt te blijven, je mag dan braaf je moeder gehoorzamen, die zogenaamd alles beter weet, die overal en altijd haar woordje klaar heeft en voor wier hardvochtige gelijk zelfs de pastoor liever een blokje om loopt, toch heb ík en niemand anders hier de ware versie van jou, helemaal voor mezelf, tevreden, ver weg van al het gesteggel. Geniet maar van je schoonheidsslaapje.

Ik zou toch wel gek zijn om jou dadelijk te verkopen. Ik houd je voor mezelf, dan heb ik je voortaan altijd in de buurt als mijn slapende muze. Dan hoef ik niet te pauzeren zodra het licht ongehoorzaam wordt of de herrie rondom me te veel wordt, ik kijk gewoon even opzij naar de muur om tot rust te komen. Voor een ogenblik van genade. Schilderen zal voortaan kinderspel zijn, jij stuwt me tot ongekende hoogte.

Malligheid natuurlijk, als ik dit doek niet verkoop voor een aanzienlijk bedrag, dan zal heel Delft verklaren dat het met mij gedaan is als kunstschilder. Dan zouden ze nog gelijk krijgn ook. Nee, ik pas ervoor te capituleren. Ze zijn nog lang niet van me af.

Cat, kun je mij vergeven? Ik ga je van de hand doen. Een vreemde krijgt jou aan de muur. Maar ik moet het wel doen om haar, je weet wel, die andere Cat, die daar op een steenworp afstand woont, tevreden te stellen.

Maar waar je ook komt te hangen, ik zal je nooit vergeten, want jij bent het waardoor alles op zijn pootjes terechtkomt. Heeft jouw portret eenmaal een mooie prijs opgebracht, dan zullen ook de volgende werken hun bestemming vinden. Dan zijn we uit de zorgen. Dat voel ik, dat weet ik. Delft zal nog versteld staan. Zo, meester Vermeer laat er geen gras over groeien.

Slapende Cat begrijpt het, ze zegt althans niets terug.

Daarna zit ik nog een poosje in ledigheid te mijmeren, met twee Cats tegelijk in gesprek, dat put ook uit. Voor ik er erg in heb verdwijnt de zon opnieuw achter de wolken en heb ik de matte gloed van voorheen terug. Ik geloof dat ik verder kan. Het tafelkleed heeft nog wat blauw nodig. En een scherpere tekening in het motief kan ook geen kwaad.

Ver ben ik nog niet, dan klinkt er gestommel op de trap.

De deur vliegt open en daar staat een kerel die ik beneden nooit eerder heb gezien. Hij kijkt eerst bevreemd om zich heen, alsof ik degene zou zijn die zich zou moeten verantwoorden.

'Ik zoek Sjaan,' klinkt het droog na een vluchtige blik in de ruimte. Scheve hoed, broek op halfzeven, venijn in de blik, die lui lijken toch sprekend op elkaar. Geiligheid heeft maar één tronie. Wonderlijk hoe asymmetrische en grove gelaatstrekken meteen onsympathiek maken.

Ik haal de schilderstok terug en zeg kalm dat Sjaan vermoedelijk een verdieping hoger is. Nooit boos worden tegen de klant, dat heb ik van mijn moeder moeten leren. *Jannus* – zo noemt ze me dus, maar dat is beter dan Janus, zoals ze me soms op straat naroepen – *je moet goed bedenken dat van elke gulden die een klant aan de verwennerij boven betaalt, er vijf stuivers in onze kas vloeien. Bovendien: hoe meer mannen er afkomen op Sjaan en haar soort, hoe meer er wordt gedronken.* Daar valt geen speld tussen te krijgen. Moeder heeft gelijk, zolang ik geen geld verdien, moet het van haar komen.

Ik pers er nog een glimlach uit, maar met rollende ogen trekt de klant de deur achter zich dicht. Hopelijk is het probleem

Sjaan hiermee opgelost. Ik zou er verstandig aan doen de grendel ervoor te schuiven, maar dan zou ik mezelf opsluiten. Stel dat Cat dan voor een dichte deur komt te staan, met één dochter op de linkerarm en de andere rechts. En ik zou niets doorhebben vanwege de oordopjes. Het idee alleen al!

Na wat gestommel hoor ik diezelfde stem weer, nu gedempt en pal boven mijn hoofd. Ik laat de propjes uit mijn oor, nu wil ik ook weten wat er wordt gezegd.

Het is vooral Sjaan die zich laat gelden. Ze tettert dat hij moet ophoepelen na wat hij vorige keer heeft uitgevreten. Hij zegt dat ze overdrijft. Zij zegt dat hij juist overdrijft met zijn gore manieren. Dat hij zijn gerief maar bij een ander moet zoeken.

Er valt een deur in het slot en hard ook. Maar dat is geen beletsel voor hun tweegesprek, zo blijkt. Ook door een dichte deur roepen ze elkaar de lelijkste dingen toe.

Dan weer het bekende gestommel op de trap, het lijkt wel of die kerel mank gaat. Ik strijk over mijn gezicht, hier valt niet tegenop te werken.

Liever maar een moment van verstrooiing aan het raam.

Kijk, daar gaan de slager en zijn vrouw, hij met een zwierige stok, zij met een gevlochten mand onder haar arm. Wat moet daarin terechtkomen? Nu is hij nog leeg. Een lege mand is mooier dan een volle, een lege heeft alle mogelijkheden nog in zich.

Ze passeren Martenszoon, de O-benige grijsaard die nog altijd met gegak wordt begroet door de kinderen, ook al is het jaren geleden dat hij voor het laatst ganzen opdreef naar de markt. Hij schokschoudert op een manier die suggereert dat hij zelf ook vergeten is wat hij kwam doen.

Het leven aan de Markt voltrekt zich volgens zijn eigen wetten, loom, zelfgenoegzaam. Aan de overkant werpt het pand aan de Oude Langendijk een zware slagschaduw af.

Dag Cat! Je houdt het in deze zwijnenstal dus niet uit. Dat zegt alles over jouw gevoelige inborst. Je bent uit ander hout gesneden. Bovendien, je hebt de beide meisjes om voor te zorgen. Er zijn daar bij jullie ook geen hoertjes, dat klopt, maar of je er de rust vindt die je zoekt. Nu heb je elke dag het gezanik van Maria Thins aan je hoofd en als je pech hebt loopt ook Willem zomaar binnen om de boel op stelten te zetten. Aan je moeder heb je dan weinig, laat je dat gezegd zijn.

Maar ik ga jou gelukkig maken, Cat. Op een dag wordt jouw geduld beloond. Dan ben je weer net zo onbevangen als toen op het ijs, tussen de rietkragen.

Weet je nog, ik was nog maar een knulletje van twaalf en, omgekeerd aan nu, nog een kop kleiner dan jij. Ik strompelde naar de oever, want daar had ik achter wat vastgevroren planken een boomstam zien liggen waarop ik rustig wilde gaan zitten om mijn schaats onder te binden. Maar jij had mijn probleem opgemerkt en meende dat het sneller moest kunnen. Je zei dat mijn veter was gebroken, wat ik natuurlijk ook wel doorhad. Daarna droeg je me op stil te blijven staan.

Zo gedecideerd praat je nu nooit meer tegen mij, eerlijk gezegd verlang ik er weleens naar terug. Jij misschien ook. Toen leek je nog geboren voor het geluk. Misschien dacht je dat zelf ook wel.

Je knielde aan mijn voeten en knoopte de uiteinden aan elkaar. Je had een blauwrode sjaal over je cape, die stond je fraai.

Ik kan nog voelen hoe strak je mijn schaatsen bond. 'Dank je wel,' zei ik. De witte wolkjes uit je mond deden het goed bij de rode blosjes op je wangen. Alsof iemand er twee frambozen op had uitgewreven.

'Jij bent toch uit die... familie.'

Op het laatst slikte ik het woord 'roomse' in.

Je keek me bevreemd aan.

'Klopt,' zei je. 'Uit die familie waar we allemaal hard kunnen schaatsen.'

En weg was je al, om een en ander te bewijzen.

Dit kon ik niet op me laten zitten, dus ging ik achter jou aan, maar niet half zo vaardig als jij. Ik deed mijn best, maar kwam te veel op mijn punten te rijden en bij de eerste beste scheur was ik mijn evenwicht kwijt en daarmee alle snelheid. Een paar tellen imiteerde ik de wieken van de molens op de dijk. Jij hield je armen juist langs je lichaam, kalm en soeverein. Je keek niet eens om. Alsof je mij alweer was vergeten.

In de verte de toren van Rijswijk. Ik wist toen al dat ik verliefd op je was. Daar ging iemand die mijn verering verdiende. Met alles wat daarbij hoorde.

Geen idee natuurlijk waar die sensatie vandaan kwam. Ik had het koud en jij bezorgde me een warm gevoel. Het gebeurde, ik gaf me eraan over, zoiets. Aan de werkelijke reden was ik nog lang niet toe.

Die reden kan ik je nu geven. Jouw hoofd rust op rechte schouders, zoals bij een klassieke buste. Klassiek is ook de ernst op je gelaat, de volmaakte symmetrie ervan. Met een rechte neus en een lichte welving van de wenkbrauwen. De bleke lippen versterken de weemoed in jouw blik. Weemoedige mensen herinneren zich de tijd dat ze voor hetzelfde geld gelukkig waren geweest. Zonder weemoed geen schoonheid en zonder schoonheid geen weemoed.

Daar had ik als twaalfjarige knul allemaal nog geen weet van, het leven geeft zijn geheimen met tegenzin prijs. Jij bent een synoniem voor genade geworden. Jouw schoonheid is geen abstractie, die is echt en er gaat een helende kracht van uit.

Maak ik je verlegen als ik zo praat?

Ach, er is ook zoveel onrust in mij. Soms ben ik bang dat mijn ribbenkast het begeeft, al dat tumult daarbinnen wil eruit. Wat mij kan redden is hemelse harmonie, weerspiegeld in een zonsondergang, een zwaan statig op het water of in jouw dromerige blik. Dan voel ik me gesterkt in het vertrouwen dat voor ons tweeën het beste nog moet komen.

4

Tanneke

Het duurt even voordat ik doorheb dat ik harder loop dan normaal. Ik moest weg uit die hoerentent. Frisse lucht! Ik steek mijn neus omhoog om zo veel mogelijk op te snuiven.

'Hé, weg daar.'

Haastig doe ik een stap opzij om niet omvergereden te worden door een hondenkar.

'Kun je niet uitkijken, stom wijf!'

Dat was Krien. Als altijd met zijn wafels onderweg. Volgens hemzelf versgebakken, maar ik heb ook wel anders horen beweren.

Rij dan ook wat zachter, zeg ik terug, maar meer in mezelf. Krien is zo doof als een kwartel.

Het klokkenspel van de Nieuwe Kerk zet in en overstemt tijdelijk de gewone drukte, het gehamer van de kopersmid, de paardenhoeven op het plaveisel.

Mijn eigen opluchting gaat vreemd genoeg hand in hand met medelijden voor Johannes. Die werkt maar tegen de klippen op. Zo dicht bij zijn geliefden maar toch eenzaam, lusteloos poerend in de verf, vaag hopend op verlossing. Hoe hard hij het ook tegenspreekt, hij zal inmiddels spijt hebben van zijn beslissing om nooit meer met Maria Thins onder één dak te willen wonen. Te trots om zijn woorden in te slikken en zijn excuus te maken, nadat hij vorig jaar tegen haar uit zijn slof was geschoten. Afijn, laat ik mijn mond maar houden, ik weet er het fijne niet van.

Johannes' spijt gaat misschien wel verder terug in de tijd om te blijven haken bij het ogenblik dat hij voor de keuze stond om met Catharina te trouwen. Wat nou als hij gewoon had geluisterd? Letterlijk van alle kanten was op hem ingepraat, niet in de laatste plaats door zijn eigen protestantse familie. Ging hij werkelijk zijn geloof en zijn maatschappelijke kansen opofferen voor een dwaze kalverliefde?

In die dagen was ik een keer getuige van een heftige woordenwisseling die hij midden op straat uitvocht met zijn vader. Zo klonk het althans, maar het was uitsluitend de laatste die tekeerging. Johannes hoorde de verwijten schijnbaar onbewogen aan. Ik was toen net een jaar in dienst bij Maria Thins en had meegekregen waar dit allemaal om draaide. Er zijn mensen die beweren dat zijn vader stierf van verdriet toen Johannes zijn wil doorzette en het huwelijk aankondigde. Met die slaande ruzie in het achterhoofd ben ik geneigd hun gelijk te geven.

Misschien was Johannes wel de enige die niet doorhad wat deze keuze voor hem ging betekenen. Hij moest een heel andere leefwijze aanvaarden, breken met zijn familie, zich afkeren van de heersende mores en lijdzaam ervaren hoe het is om als uitschot te worden behandeld. Nee, niet als katholiek, daar kan ik over meepraten, maar als afvallige, en dat is nog net een tandje erger. Zijn vader had hij niet dieper kunnen krenken. Die ging altijd als rechtlijnige rouwdouwer door het leven en had het liefst alle paapsen van Delft eigenhandig naar de hel gemept. Ging er iemand van hen al te opzichtig over straat – een kruis om de nek was al genoeg –, dan kon die rekenen op een fluim.

Een afschuwelijke vent en zijn rechtlijnigheid pakte ook nog eens averechts uit. Johannes' minachting voor zijn vader maakte hem rijp voor het katholieke geloof. Wat dat betreft kunnen ze elkaar een hand geven, want Johannes is net zo tegendraads, hooguit minder verbeten of haatdragend. Hij neemt geen aanstoot aan anderen, laat ze hun gang gaan in de hoop dezelfde verdraagzaamheid terug te krijgen. Waar de mensen zich toch allemaal druk om maken! Godsdienstige argumenten glijden al helemaal van hem af.

Het liefst kruipt hij in zijn schulp of speelt de vermoorde onschuld, wat Catharina dan weer radeloos kan maken. Problemen ontloopt hij het liefst door zijn bekende toneelstukje op te voeren: ikke nie weten. Elke vermaning glijdt van hem af. Woede of verdriet ondergaat hij zonder ze op zichzelf te betrekken. Eenmaal in het nauw gedreven stamelt hij wat halve zinnen over God en liefde, over beter zijn best doen. Maar wordt hem op de man af gevraagd waarin hij beter zijn best gaat doen, dan blijft het akelig stil. Wat het verdriet (bij Catharina) en de weerzin (bij Maria Thins) natuurlijk alleen maar aanwakkert.

Ergens in zijn leven heeft hij zich in het hoofd gezet dat maar één persoon hem gelukkig kon maken en dat was Catharina. Wat hinderden hem de paus en alle heiligen? Die beschouwde hij als folklore. Uiteindelijk bleef het dezelfde God die hem moest behoeden. Voor zover iets hoe dan ook heilig is voor hem, want tijdens de mis in de jezuïetenkerk heb ik hem meer dan eens daas voor zich uit zien kijken.

Nadat zijn vader was overleden deed zijn moeder nog een dappere poging om het voorgenomen huwelijk te blokkeren. Ze verscheen hier aan de deur om met Catharina te praten. Ik ving vanuit de vestibule natuurlijk maar flarden van het gesprek op, maar het was me wel helder dat ze Maria Thins voor de eigen zoon kwam waarschuwen. Dat Johannes uiteindelijk toch maar deed wat hem goed uitkwam, daar kon ze over meepraten. Dat hij lui was, onvoorspelbaar, onhandig in de omgang enzovoort. Ze schijnt geroepen te hebben – maar dit heb ik weer langs andere weg vernomen – dat Catharina er niet aan moest beginnen omdat het hem alleen maar om de centen van haar moeder te doen was, om haar contacten met schilders en galeries. Ze zou gezegd hebben dat Johannes zichzelf voor de gek hield, dat hij helemaal niet in staat was om liefde te voelen, dus ook niet voor Catharina.

Hoe diep kun je zinken als moeder? Ze was vast bang alleen achter te blijven met die verderfelijke herberg. Maar angst voor eenzaamheid of voor ietsje harder werken mag nooit een excuus zijn om je bloedeigen kind door het slijk te halen.

Als mensen ernaar vragen – en dat gebeurt dagelijks bij de vleeshal – zeg ik dat hij gewoon verliefd was en helemaal niet meer nadacht. Ik leg uit dat hij wel denkt, maar in andere kronkels dan normale mensen. En als ze dan op zo'n toontje beginnen over het geld van Thins, dan kap ik het gesprek maar af. Daarin ben ik stellig: Johannes is minder met geld bezig dan de meesten hier. Was hij het maar, dan had hij tenminste nagedacht over de onderwerpen voor zijn doeken.

Trouwens, als het hem er werkelijk om te doen was in alle rust zijn prenten te mogen schilderen aan de Oude Langendijk, zonder dat dadelijk iemand over opbrengst of profijt begon, dan moet iemand me maar uitleggen waarom hij vorig jaar uit eigen beweging is teruggekeerd naar Mechelen.

Niet dat die beslissing per se in zijn voordeel pleit, want door trammelant te maken met zijn schoonmoeder heeft hij zichzelf in een onmogelijke positie gebracht, halverwege wal en schip. Dat lijkt me wel het bewijs dat hij van van alles beticht mag worden behalve nou net inhaligheid of gemakzucht.

En zo zijn we bij de rode draad in zijn leven: waar een ander eerst onderzoekt of de kust veilig is en er een gunstige wind staat, stort hij zich zonder na te denken in het avontuur. Zo was het toen hij haar trouwde, zo was het toen hij hier met slaande ruzie vertrok en eveneens toen hij in het voorjaar die laag-bij-de-grondse bordeelscène schilderde. Meneer gaat door roeien en ruiten en dus heeft hij ruzie met half Delft.

Maar ook nu hij op de blaren moet zitten blijft hij Catharina trouw. Probeert het haar op zijn eigen onbeholpen manier naar de zin te maken, is nederig en overdreven behulpzaam, soms op het irritante af. Als het hielp voor de sfeer zou hij ook een serenade aan haar balkon zingen. Zo is Johannes. Dat portret van haar spreekt boekdelen. Daar spat de liefde vanaf. Alsof hij vindt dat iedereen van haar zou moeten houden. Het valt te prijzen dat hij zichzelf er deze keer niet naast heeft geschilderd, in innige of juist schunnige aanbidding voor zijn Delftse madonna.

Dat hij haar trouw blijft, daar valt wel in te komen. Hij kan geen kant meer op. Zij is de enige die nog om hem geeft. Het wordt pas wonderlijk wanneer je de vraag omdraait. Waarom heeft zij hem niet allang de rug toegekeerd? Dat had ieder ander gedaan. Of laat ik voor mezelf spreken: ik had hem een klap voor zijn kanis verkocht. Hij mocht het verder uitzoeken met zijn verf, zijn pigmenten en zijn ezel.

Kijk nou, daar zullen we de kleine Maria hebben. Ze holt me tegemoet. Ik ga door mijn hurken en ze valt me in de armen.

'Gaan we naar papa toe?' vraagt ze. Die heerlijk gulle lach, die pijpenkrullen. Ach gut.

'Nee, stouterd, die moet schilderen. Maar misschien komt hij vanavond nog wel even langs. Hoe vind je dat?'

'Maar hij gaat me de tol voordoen. Dat heeft hij beloofd.'

Dan toont ze haar bidsnoer, dubbelgeslagen om de kleine pols. 'Vind jij die ook mooi, Tankie?'

Tanneke wordt Tankie bij de kleine.

'Natuurlijk. Ik wou dat ik een rozenkrans van bloedkoralen had.'

Daar is ook Catharina.

'En?' vraagt ze alleen maar.

Terwijl we over het smalle bruggetje naar de Oude Langendijk lopen, vertel ik hoe het is gegaan. Dat zijn moeder aan de toog stond, dat ik naar boven ben gegaan om hem het briefje te brengen en dat ik een portret van haar zag dat ik erg mooi vond. Dat hij nog op de inhoud terugkomt. Wat hij verder nog zei laat ik maar achterwege.

Ik ben nog niet klaar of ze vuurt vragen op me af die ik geen van alle kan beantwoorden. Hoe moet ik weten wat er in Johannes omgaat als zij al geen idee heeft?

Catharina tilt Elizabeth iets hoger op de armen en tuurt in wezenloze verten.

Zwijgend lopen we naar binnen.

Als we niet veel later aan tafel zitten, verzucht ze: 'Hoe moet het nou verder, Tan? Ik heb echt geen idee meer.'

Ik ben opgehouden advies te geven, dan zou ik haar moeder nadoen. En dat leidt maar tot tranen, hoofdschudden en een enkel futloos verweer.

Catharina begraaft het gezicht in haar handen en zegt dat ze hard op weg is om gek te worden. Ik haal de brandewijn uit de kast en schenk een bodempje in haar roemer. Ze neemt een slok en moet hoesten. Hoesten gaat over in sniffen.

Daarna ratelt ze in willekeurige volgorde alles aan elkaar. Dat hij zo lief is voor de meisjes. Dat niemand weet hoe goed hij kan schilderen, ook al is hij dan niet zo goed als meester Fabritius of meester Ter Borch. Goed genoeg in elk geval om een gezin te onderhouden. En voorlopig kan haar moeder bijspringen. Als hij maar meer zou luisteren, raad zou aannemen van anderen. Als hij zich meer zou bekommeren om wat de Delftse markt vroeg in plaats van lukraak te kwasten wat er in hem opkomt. Als zijn trots minder in de weg zou zitten. Als maar ergens een gaatje in zijn hoofd zou zitten waardoor het verstand naar binnen kon, want zijn oren weigeren al heel lang dienst.

Ik moet me beheersen om niet te zeggen dat ze te vergevingsgezind is. In plaats daarvan zeg ik dat het allemaal goed komt. Dat hij de weg omhoog heeft gevonden. Zijn portret van haar is het bewijs en zo zullen er vast nog vele volgen. Die gelijkenis alleen al.

Ze schudt het hoofd. 'Johannes en ik, we zijn getekend voor het leven.'

Ik leg een hand om haar smalle pols. 'Men vergeet heus wel weer. Weet u wat het is, mevrouw, de mensen hebben af en toe een schandaaltje nodig. Dat vergroot hun gevoel van deugdzaamheid, iemand heeft het me laatst uitgelegd. Voor zolang als het werkt, zolang ook anderen er aanstoot aan nemen, daarna is de lol eraf en moeten ze op zoek naar iets nieuws.'

'Maar ik zie toch hoe mensen over de schouder kijken als ik langsloop,' brengt ze verhit uit.

Een poosje is het stil. Geen idee hoe de mensen naar haar omkijken. Wat ze zegt zou wel kunnen kloppen. Misschien moet ik inbrengen dat ze dan kennelijk zelf ook over haar schouder kijkt en dat dit heel menselijk is. Hm, beter van niet.

'Iedereen heeft het recht op één fout in het leven, ook Johannes,' zeg ik ferm.

Catharina schudt het hoofd. 'Ik betwijfel of Delft hem een tweede kans wil geven.'

Ik hoor mezelf zeggen dat ze vast nog niet is vergeten waarom ze ooit verliefd op hem is geworden.

Ze kijkt me niet-begrijpend aan. 'Natuurlijk werd ik dat, maar ja, als je verliefd bent, heeft elke regendruppel een andere kleur. Het was aandoenlijk dat hij zo onhandig schaatste, dat hij wijn omstootte. Hij was in staat om over zijn eigen schaduw te struikelen. Hij raakte maar niet uitgepraat over de schilderkunst. Hij sloofde zich uit om mij het effect van complementaire kleuren uit te leggen. Weet je wat complementaire kleuren zijn, Tan?'

'Comple...? Nee, mevrouw.'

'Dat zijn kleuren die...' Haar rusteloze linkerhand lijkt op zoek naar het juiste woord. 'Nou ja, het doet er ook niet toe wat dat zijn. Waar het om gaat is dat zijn hoofd een soort ballon vol ideeën is, terwijl hij soms niet eens doorheeft dat er een gat in zijn broek zit. En dan die familie van hem en die herberg. Ik zie hem soms over straat gaan. Dan vergeet hij zijn hoed af te nemen voor notabelen. Dan staart hij onbewogen voor zich uit. Een keer zag ik hem zo staan pal voor een blinde muur. Bakstenen en onkruid, voor de rest wat smeedijzeren muurankers. Van die leegte leek hij een hele studie te maken. Ik schaamde me dood. Hij is zo verstrooid, ik ga de dag nog meemaken dat hij zijn hoed afneemt voor een lantaarnpaal.'

'Hij heeft zijn ogen heus niet in zijn zak zitten. Anders zou hij u nooit zo bewonderen.'

'Zelfs dat weet ik niet. Wat ziet hij in mij?'

'Hij bewondert alles aan u. Heus!'

Catharina tovert een glimlach tevoorschijn, die onmiddellijk op haar lippen bevriest. Ze draait de lege roemer tussen beide handen. 'Er is één voordeel aan zijn wereldvreemde manier, hij is uiteindelijk nergens bang voor. Natuurlijk, hij reageert schrikachtig op types als Willem, maar het deert hem niet wezenlijk, begrijp je. Hij heeft zijn eigen koers in het leven, wat mensen daarvan vinden... het komt niet eens in hem op om zich daarom te bekommeren. Dat is het gekke, hij is kwetsbaar en onkwetsbaar tegelijk, al weet ik niet of dat eigenlijk wel kan. Nou ja, goed. Hij staat niet met beide benen op de grond, dat is eigenlijk wat ik wil zeggen.'

Ik knik nog maar eens, zie hoe ze hulpeloos voor zich uit tuurt, schijnbaar overgeleverd aan tal van zoete herinneringen.

'En dan schreef hij gedichten voor mij, nam me mee naar bijzondere plekken in de duinen of de weilanden. Hij wist waar de roomse kamille geurde, waar in het veld de kievit zijn nest had. Elk voorjaar was het allereerste ei voor mij. Hij heeft eens een klucht voor me opgevoerd, waarbij hij alle rollen in zijn eentje speelde. Kun je je voorstellen, Tan? Daarvan waren er drie, hij wisselde eigenlijk alleen van hoed, maar het kwam erop neer dat hij in elke rol gewoon zichzelf bleef. Hij kan ook nauwelijks anders, maar wat deed het ertoe. Om de regel tekst keek hij mijn richting uit wat ik ervan vond. Zo schattig. Vraag me niet wat het allemaal te betekenen had. Daar lette ik nauwelijks op.'

Ze kijkt me indringend aan. 'Misschien ben ik onduidelijk.'

Nu is het mijn beurt om te glimlachen.

Catharina zucht. 'Er is altijd voor mij gezorgd. Mijn moeder hield mij altijd klein en onmondig. Het is heerlijk om de rollen eens te mogen omdraaien. Eindelijk is er iemand die mij nodig heeft, die zich aan mij vastklampt. Misschien is dat wel mijn toneelstukje.'

5

Catharina

Gaat daar niet meneer Van Ruijven? Ik zie hem langslopen terwijl ik sta te wachten bij de vishal. Ja, dat is hem. Eerst vis of eerst een goed woordje doen voor Johannes? Iet wiet waait weg.

Het wordt dat laatste. Ik maak me los uit de rij en haal hem nog voor de Warmoesbrug in.

'Meneer Van Ruijven, wat toevallig dat ik u zie lopen. Ik zou u graag een vraag stellen, komt het gelegen?'

Hij plant zijn stok op het plaveisel en neemt me onderzoekend op. 'Heb ik eerder de eer gehad u te mogen begroeten?'

'Jazeker, ik ben de vrouw van Johannes. Johannes Vermeer, de schilder. Dochter van Maria Thins.'

'Ah, maar natuurlijk. Vergeeft u me. Vertelt u alstublieft niets tegen mijn echtgenote. Die werpt me dagelijks mijn vergeetachtigheid voor de voeten. Laatst vergat ik de verjaardag van onze dochter, nou dat heb ik geweten. Wanneer zag ik u voor het laatst?'

Dat was zonder twijfel op Johannes' schilderij. Maar daar gaan we het niet over hebben.

'Het gaat om het volgende. Mijn man is... Hoe zal ik het zeggen... Hij zit...'

'Nou, dat weet ik wel. Uw man zit in de penarie. En ik ben bang dat hij het er zelf naar gemaakt heeft.'

Ik werp een vluchtige blik om me heen of niemand meeluistert. Dat is niet het geval. De meesten maken haast om voor de bui binnen te zijn.

'Hij is soms wat impulsief. En wat hij momenteel nodig heeft...'

'Wat hij nodig heeft is een goed stel hersenen. Misschien kunt u hem in dezen van dienst zijn,' zegt Van Ruijven bijna belerend.

'Ik doe mijn best, ik doe mijn best.'

Hij kijkt ook al naar de hemel. Langer dralen gaat me zeker niet helpen, ik moet ter zake komen.

'Maar daarnaast heeft hij een opdracht nodig. Verschillende opdrachten misschien wel. Want anders weet ik niet hoe het verder moet.'

De wind trekt aan, hij houdt zijn hoed met veer vast bij de rand.

'Ik weet niet hoe ik u van dienst kan zijn, ik heb met hem afgesproken dat hij bij mij zou langskomen zodra hij een nieuw portret af heeft. Wanneer was dat? Dat moet in mei zijn geweest. Hemel, ik wist dat hij langzaam schildert, maar dit...'

'Hij heeft bijna een portret af, alleen is het bij hem nooit helemaal af, als u begrijpt waar ik op doel.'

'Kuis deze keer, mag ik hopen?'

'Zeker. Een portret van mij, aan tafel.'

'Kijk aan. Dat stemt zonder meer nieuwsgierig.' Voor het eerst breekt een glimlachje door op zijn gezicht. 'Hoe dan ook, maant u hem alstublieft tot haast. Zorg dat hij mij op de hoogte houdt.'

Dan tilt hij zijn hoed op. 'En doet u vooral de hartelijke groeten aan uw moeder. Een bijzondere vrouw, ik blijf het zeggen.'

Van Ruijven heeft geen zin in een plensbui, zoveel is helder. Waggelend en wel zoekt hij een heenkomen.

Er waaien takken over de Wijnstraat. Aan de overkant rijzen de huizen op uit het donkere grachtenwater. Kringen verraden de eerste druppels.

Ik heb zoveel te overdenken dat ik er nog een lus aan vastknoop eer ik terugkeer naar de vishal. Nat word ik toch wel. Waarom heeft Johannes zich niet bij Van Ruijven gemeld? Had ik over een voorschot moeten beginnen, was het beter geweest de groeten terug te doen aan zijn echtgenote? Piekeren, daar ben ik goed in. Ik kan nog inzitten over de vraag of ik een koud mens ben met een warm randje, wat ik zelf denk, of dat ik juist een warm mens ben met een koud randje. Dat is wat ik vaker te horen krijg en zou kunnen bevestigen wat moeder vindt, namelijk dat ik te streng oordeel over mezelf.

Ach, hoe zouden mensen mij moeten begrijpen als ik mezelf niet begrijp. Waar anderen bij zonlicht naar buiten komen, blijf ik liever binnen. Is het daarentegen leeg op straat, zoals nu, dan voel ik me minder bekeken en dat kalmeert.

Ik schuifel voort over de rode bakstenen, bestudeer de glinsteringen. Zojuist mag ik me dan van mijn besluitvaardige kant hebben laten zien, toch heb ik een aarzelende natuur. In de weken dat Johannes bezig was met zijn familieportret liet ik hem begaan. Wist ik waarmee hij bezig was? Ja en nee. Het werd een bordeelscène, die verkochten nu eenmaal goed, zo zei hij tenminste. Het was een kolossale opzet, hij was echt iets van plan. Aanvankelijk steunde ik hem volledig, ook nog toen ik zag dat hij zichzelf op het doek een rol als toeschouwer had toebedeeld. Hij liet er hele theorieën op los waarom, je kon worden bekeken terwijl je bekijkt. Hij wilde er geloof ik mee uitdragen dat mensen kritischer naar zichzelf zouden moeten kijken.

Maar hoe zat het dan met het hoertje? Daarin herkende ik moeiteloos mezelf. Eerst ontkende hij, daarna gaf hij er de draai aan dat dit het tafereel juist zo spannend maakte. Ik kon hem niet op andere gedachten brengen. Uiteindelijk gaf ik op en liet hem begaan. Ik meed zijn atelier, deed alsof het hele schilderij niet bestond. Onzin natuurlijk. Ik hield mijn hart vast, zo was het eigenlijk.

De regen wordt zo hevig dat ik toch maar even schuil onder de steunberen van de Oude Kerk. Opeens sta ik tussen de bedelaars. De een mist een been, een ander lijkt vooral zijn verstand kwijt. En een derde bekijkt me met zijn ene oog iets te aandachtig. Ik wend me af.

Sinds de ramp in het Kruithuis drie jaar geleden telt de stad een boel invaliden. Ik mag van geluk spreken dat wij thuis gezond zijn gebleven. Als protestant heb je tenminste nog toestemming om te bedelen. Een katholiek die het waagt zijn handje op te houden wordt zonder pardon uit de stad gezet.

De laatste keer dat ik hier stond te schuilen was trouwens met Johannes. Ik weet het nog, we liepen voor het eerst hand in hand. Mijn wens was het niet, maar ik kon het hem onmogelijk langer weigeren, aangezien ik zojuist had verklaard dat hij de ware voor mij was. Hij was apetrots. Ik heus ook natuurlijk, toch voelde ik me net iets minder op mijn gemak. Toen het droog was en we uit een van de poortjes kropen, werden we opgewacht door zo'n groepje knullen. Die hadden weinig goeds in de zin.

We hielden in.

Ze namen ons keurend op. Eentje riep op dreigende toon, alsof hij persoonlijk diep gekrenkt was: 'Kijk eens, onze Janus loopt met een roomse!'

Nee, hij liet mijn hand niet los.

'Dus jij hebt een oogje op haar,' zei een ander, die kennelijk niet mocht achterblijven. 'Doe je het met haar?'

'Nee,' kon Johannes naar waarheid zeggen.

Ik wist niet waar ik mijn ogen moest laten.

'Maar je zou het wel willen, nietwaar? Of zeg je nou dat je niets te biechten hebt?'

'Hij kan niet biechten,' riep een ander. 'Hij moet eerst geheiligd worden met wijwater. Zeker bij zulke ernstige ontboezemingen.'

'Maar daar weet ik wel wat op,' riep de eerste. 'Het water van de Oude Delft is goedgekeurd door de brouwers van de stad.'

Ze riepen nu van alles door elkaar.

'Misschien durf je haar wel te laten zien wat je waard bent,' zei de grootste van het stel en hij greep tegelijkertijd de kraag van zijn cape vast.

'Mogen we ook gewoon doorlopen?' vroeg Johannes dapper, maar ik hoorde de trilling in zijn stem.

Ik was zo bang, het voelde alsof mijn hart was opgehouden bloed te pompen en mijn hoofd die taak maar op zich had genomen. Ging Johannes echt op de vuist? Hij maakte geen schijn van kans.

Het was gebeurd voor ik er erg in had. Een van die knapen was pal achter Johannes op zijn knieën gaan zitten. Zo gemeen, de aanvoerder hoefde hem alleen nog maar een duw te geven en Johannes kukelde achterover. Johannes bezeerde zich lelijk. Ik gilde zijn naam, dat haalde niets uit. De jongens waren nog niet klaar met hem, ze pakten hem bij zijn enkels en polsen. Ze riepen dat hij het wijwater in moest zodat hij daarna kon biechten.

Als niet de bovenmeester van de Latijnse school was langsgekomen en een brul had gegeven – klaarblijkelijk hadden sommigen van die knullen daar les, anders hadden ze nooit geluisterd –, dan was hij zonder pardon in de gracht gekieperd. Toen de jongens wegholden, hees Johannes zich beschaamd overeind, zocht naar zijn hoed en sloeg wat zand van zijn broek. Daar stonden we bij te komen, precies op de plek waar ik nu sta.

'Zal ik je naar huis lopen?' vroeg hij.

Ik stemde toe, maar zodra we bij de paapse hoek kwamen

zei ik maar dat ik het vanaf hier zelf wel wist. Uiteraard wist ik dat, hier hadden we honderden keren gelopen. Het ging erom dat ik bang was hetzelfde nog eens over ons heen te krijgen, maar dan van roomse kant. Dan was ik degene die met hoon werd overladen.

Zonder overleg besloten we alleen nog buiten de stad hand in hand te lopen.

De regen is opgehouden. Ik loop terug langs de vismarkt. Kijk aan, geen klant meer te bekennen. Ik kan meteen mijn bestelling plaatsen voor haring en makreel.

6

Johannes

Mensen mogen mij eigengereid noemen, ze zullen hun redenen hebben, maar geloof me, het tegendeel is waar. Ik ben een gewillige dienaar van schoonheid. Dat is mijn verslaving, mijn vreugde, maar ook mijn enige bestaansrecht. Het kruis waaraan ik genageld ben. Had ik geen schilder kunnen worden, dan zwierf ik doelloos rond over de wereld. Of lag ik weg te rotten onder een steen.

Niet getreurd, ik beschouw mezelf als een uitverkorene, ik hoef alleen maar mijn ogen de kost te geven en het bekoorlijke dat ik aantref te kopiëren naar het linnen doek. Laat ik als estheet ook nog eens de mooiste vrouw van Delft hebben mogen trouwen. Dat geeft me het voorrecht me schaamteloos aan haar te vergapen, aan elk stukje van haar prachtige lichaam, van haar enkels tot haar kersenmondje, nee, nog hoger, als haar kapje af is, is daar ook nog die waterval aan donkerblonde lokken. Het liefst had ik hieraan toegevoegd dat ik al dat fraais met niemand hoefde te delen, maar dat is een pijnlijk onderwerp dat ik liever onaangeroerd laat.

Zeg niet dat ik eenkennig ben, ik raak net zo goed opgewonden van dauw die meedeint met het spinnenweb, van blikkerend loof, van de gloed die door het glas-in-loodraam naar binnen valt, roest op de spijlen van een hek, onregelmatig metselwerk in de voorgevel, de kat die op stramme achterpoten en met de staart omhoog scharrelt tussen de visresten, de guitige lach van een weeskind, kwetsbaar maar evengoed vol overgave, zemelen op versgebakken brood. Ik wil, kortgezegd, met mijn penseel het leven kunnen aanraken, net zoals het licht elke druif op de schaal afzonderlijk toucheert.

Ik ben een gezegend mens.

Soms hoef ik niet meer te doen dan uit het raam te kijken en de wereld is van mij. De regen is over, plassen op het plein weerspiegelen de grijstinten aan de hemel. Over een uur zijn die plassen teruggebracht tot glinsteringen, weer een uur later is er hooguit een verkleuring aan het plaveisel. Geen sterveling die er acht op slaat. Mensen weten niet wat ze missen, ze hervatten waarmee ze voor de bui bezig waren, haasten zich voort, de een parmantig, de ander verbeten, maar het blijft een ingebeeld belang dat ze najagen. Zouden de Delftenaren vanavond nog weten waarnaar ze vanochtend onderweg zijn? De prijs die ze betalen is hoog: wie rent heeft geen tijd om gade te slaan.

Het zal van ons schilders moeten komen, om al die vluchtigheid een halt toe te roepen, om de tijd stil te zetten, om eeuwigheid te verlenen aan het ogenblik.

Gestommel op de trap. Dit is een andere loop dan ik gewend ben, gelijkmatig, zelfverzekerd. Er tikt een wandelstok mee.

De deur opent, ik draai me om.

'Meneer Van Ruijven!' roep ik verrast uit. 'Heeft men u...' Ik bedoel, treedt u binnen.'

'Dank je wel, dank je wel.' Vrijwel onmiddellijk wendt hij een kwartslag om Cats portret op zich te laten inwerken. 'Kijk aan. Meester Vermeer vat de koe bij de horens.'

Hij gaat er dicht op staan, bromt iets onverstaanbaars in zijn snor en begint daaraan te plukken.

Dit biedt mij de gelegenheid om achter zijn rug het hemd in mijn broek te stoppen, het tinnen bord met brood uit het zicht te werken en voor een vluchtige blik in de spiegel. Mijn krullenbos staat warriger dan ooit. Geen kraag om, geen hoed op. Nou ja, een ongedwongen aanblik kan in het voordeel werken van de kunstenaar.

'Ik meende me te herinneren dat je langs zou komen met je eerstvolgende schilderij. Nou moest ik toevallig in het raadhuis voorspreken, dus ik dacht: laat ik eens langslopen.'

'Excuseert u mij,' hakkel ik met een halve buiging. 'Het was druk en ik wilde zeker zijn...'

'Druk? Met uit het raam staren, zeker.' Het komt er olijk uit, zoals alles uit zijn mond. Zijn beheerste optimisme wordt onbedoeld versterkt door de biggenoogjes die het goed doen bij het zachtroze van zijn vlezige wangen. Wie zo door het leven moet en niettemin zonnig blijft, die kan alle wereldzeeën bevaren.

Pal voor de ezel wipt hij een poosje op de voorvoeten en accentueert zo onbedoeld zijn buik.

'Is ze dan nu af, jouw Catharina?'

'Hoe weet u...? Nou, ik wil het licht een nog prominentere rol geven, maar ik aarzel nog hoe.'

'Was je hier niet in de zomer al mee begonnen?' klinkt het bedenkelijk. 'De laatste keer dat we elkaar tegenkwamen...'

'Ja, dat moet juni zijn geweest. Inderdaad, bij uw broer, de notaris.'

Van Ruijven duwt de onderlip naar voren. 'Ik wil hier natuurlijk niet de betweter uithangen, maar als je je voorstelling door de seizoenen heen verschuift, kun je telkens opnieuw beginnen. Hoog tijd voor iets nieuws, dunkt mij. Ik hoor je nog zo vertellen dat je jezelf en je gezin wilde kunnen bedruipen en in dat geval zul je de productie echt moeten opschroeven.'

'Dat ben ik beslist ook van plan. Verder heb ik trouwens uw raad ter harte genomen. Kijk, ik laat hier het licht zowel van opzij als van achteren binnenvallen. Dat haalt haar kraag mooi op, vindt u niet? Het licht mag natuurlijk niet op haar gezicht vallen, want dat zou haar wakker maken. Ik vind het zelf wel stemmig, al aarzel ik nog wat over de balans en zin ik nog op een laatste accent. Maar die open deur achter Cat, ik bedoel Catharina, mijn echtgenote, daar ben ik tevreden over. Weet u nog dat u zei dat u mijn vorige doek aan de donkere kant vond?'

'Bedoel je die bordeelscène? De donkerte was niet het grootste bezwaar.'

Au, deze doet zeer. En ik maar denken dat Van Ruijven de uitzondering was die kunst als kenner beoordeelt. Hij had me geprezen om de techniek, om de directheid van de compositie in plaats van mee te huilen met de wolven die over aantasting van de goede zeden begonnen.

'Hier krijgt het licht in elk geval alle ruimte,' breng ik vlug in, voordat we die discussie opnieuw krijgen.

'Ik constateer ook wel enige verbetering, zonder meer. Maar nu al de vlag uithangen, jongeman, dat gaat me een tikje te ver.'

Van Ruijven kan een misprijzend lachje niet onderdrukken, en ik voel die homp brood opeens zwaar op mijn maag liggen.

Toch laat ik me niet uit het veld slaan. 'U wilde een lichtere toets.'

'Uiteraard. Kijk, want op zich is dit een heel verdienstelijk tafereel, je laat zien dat je het metier in de vingers hebt, en voor je bevallige echtgenote hoef je je allerminst te schamen. Ik sprak haar laatst vluchtig. Wat een fijn gezichtje, zeg, dat trekt de juiste aandacht. Niettemin, ook hier blijft het allemaal aan de muffe kant. Je vindt het toch niet erg, hè, als ik het beestje een naam geef?' Dan fronst hij de wenkbrauwen. 'Volgens mij heb je haar hier geschilderd. Hier in dit etablissement. Alleen die stoel...'

'Stoel en tafelkleed heb ik even stiekem geleend van de familie Thins. Om de zaak cachet te geven. Zulke spullen zijn hier niet.'

Hij lacht zijn schalkse lachje. Daarna neemt hij me nogmaals op.

'Maar dat is precies wat ik bedoel. Dan kun je jouw ezel toch beter daar neerzetten? Je schoonmoeder is dol op kunst en daar aan de Oude Langendijk is ruimte zat. Al die vertrekken met een haard. Deze... excusez le mot... hoerenkast is toch geen plek om de hemel te bestormen. Zojuist botste er een dame min of meer expres tegen me op. Die zag me voor een klant aan, haha! Nee, meester Vermeer, als jij je vak echt serieus neemt, dan moet je je biezen pakken. Of klopt het verhaal dat jij je bij mevrouw Thins onmogelijk hebt gemaakt?'

'Nee, dat niet... Ik... Ik zal er eens over nadenken.'

'Doe dat, en er moet volgende keer echt een raam in jouw voorstelling. Geloof me, daar zal de zaak zo van opknappen. Dit werkt echt verstikkend. En dan al dat rood.'

'Maar u wilde ook meer speelsheid in de compositie.'

'Hm, dit is op zich mooi verstild. Nee, laten we het na die vorige blamage een beetje discreet aanlopen.'

Ik schenk hem vlug een roemer wijn in, hij bedankt. Hij heeft zijn hoed nog niet eens afgenomen.

'Maar u zei vorige keer ook...'

Zijn korte beentjes doen twee passen naar achteren, alsof hij zelf benieuwd is naar het vervolg.

'Dat ik in de sfeer van meester Fabritius moest schilderen.'

'Zei ik dat? Wat een goed advies!' Van Ruijven mag graag lachen om zijn eigen grappen. 'Maar zonder gekheid. Voeg een raampartij toe, voer het tempo een tikje op en leef je uit in de lichtpartijen, je wilt de toeschouwer toch niet in een muf hol laten vertoeven? Zoals je nu van mij vergt, maar dit terzijde. Goed, waar was ik? Dan zou je best nog twee van dergelijke portretten voor me mogen maken. Ik zou zeggen, dan zetten we een streep onder alle malligheden uit het verleden en...'

'Voor dat laatste doek kreeg ik vijftien gulden.'

Ik heb al spijt eer ik het heb uitgesproken. Iedere collegaschilder in Delft kan me adviseren: begin nooit over geld bij meneer Van Ruijven, daar houdt hij niet van.

'Vijftien gulden? Dat noem ik aan de bescheiden kant.'

Dat ben ik in stilte met hem eens.

Hij wendt zich weer tot Cats portret. 'Nou ja, dit is heel beschaafd en het smaakt ook beslist naar meer. Als je nou doet wat ik je vraag, maar deze keer echt, en je zou, laten we zeggen, binnen een maand of acht nog twee van dergelijke portretten voor me maken, dan ben ik bereid je een voorschot te doen. Een mens moet ook kunnen leven, nietwaar.'

Ik weet niet wat ik moet zeggen. Is een buiging op zijn plaats, moet ik over de hoogte van het voorschot beginnen? Nee, nee, alsjeblieft niet. Het liefst zou ik het plein over rennen om het goede nieuws te brengen. *Cat, er komt geld aan, eindelijk!*

'Dan kun je maar beter aanstonds beginnen. Net zo verstild, alhoewel, iets speelser mag best. Wat zou je daarvan zeggen?'

'Wel, ik denk dat ik het daar geheel mee eens...'

'En natuurlijk blauw,' valt hij me in de rede en hij tilt zijn stok optimistisch omhoog om die vertraagd weer te laten zakken. 'Blauw wordt zo onderschat dezer dagen. Zeker in Amsterdam en Haarlem. Utrecht is in dat opzicht al verder. Maar het lijkt me dat Delft nu aan zet is.'

Blauw! Ja, leuk, maar lapis lazuli is schreeuwend duur. Nou ja, misschien lost dat probleem zich vanzelf op. Zodra meneer Van Ruijven de hoogte van zijn voorschot bekendmaakt. Geduld!

'Blauw zuivert het gemoed. Kijk nou toch zelf. Al dat rood van jou, heus, dat maakt broeierig. Je krijgt het gevoel dat jouw

Catharina koorts heeft. Dit roept medelijden op, terwijl het juist jouw taak als kunstenaar is om de toeschouwer te verheffen. Hij moet zich deelachtig voelen aan iets authentieks. Begrijp je waar ik heen wil?'

Natuurlijk begrijp ik dat, ik ben een rund dat ik er niet zelf op kwam.

'En met diepte is op zich niets mis, zeker vergeleken bij dat vorige doek, waarbij de personages zich voor je neus staan te verdringen. Maar dit is wel weer erg kunstmatig, ik bedoel met die open deur en zo. Trouwens, wie gaat er nou bij een tochtige deuropening zitten slapen? Haha! Maak het transparanter, leger. Minder beklemmend. Dit lijkt zo een huis vol geheimen dat zijn inwoners ziek maakt. Denk je dat de mensen daarop zitten te wachten?'

Het voorschot, meneer Van Ruijven, hoe hoog wordt dat?

Hij gaat voor de spiegel staan en recht zijn hoed met dubbele veer. 'Afijn, ik denk dat het belangrijkste wel gezegd is.'

Bij de deur draait hij zich nog eens om. 'Wiens idee was dat eigenlijk van dat scabreuze doek destijds?'

Ik krab langs mijn stoppelbaard. 'Bij mijn schoonmoeder hangt ook een doek van een koppelaarster. Dus ik meende...'

'Aha, het werkje van meester Van Baburen. Maar daar wordt de hals van de knikluit toch niet als een fallus afgebeeld, is het wel?'

'Het was een citer, meneer Van Ruijven.'

'Knikluit, citer, allemaal best, maar om daar nog eens tevreden je eigen hand omheen te leggen. Jouw privéfeestje pontificaal op het doek, ik noem dat lef hebben, jongeman. Nou ja, je zult je lesje hebben geleerd. Heb je het uiteindelijk nog weten te slijten?'

Ik knik. 'Voor vijftien gulden, bij de bakker.'

'Vijftien gulden? O ja, dat zei je. Nauwelijks een bedrag om je gezin van te onderhouden. Goed, ik ben ervandoor. Stuur gerust een loopjongen mijn kant op als je denkt wat te kunnen tonen. Tegen die tijd zetten we een en ander op papier. Goedemorgen nog.'

Ik zit en blijk nog te kunnen ademen, dat is de hoofdzaak. Jammer dat hij het nodig achtte mij een veeg uit de pan te geven. In mijn bordeelscène gebeurt strikt genomen hetzelfde als bij Van Baburen, behalve dat ik er tenminste nog een luchtige draai aan gaf. Misschien wordt zoiets pas gewaardeerd tegen de tijd dat ik naam heb gemaakt.

En dan te bedenken dat mijn schoonmoeder die vervloekte Van Baburen ooit als lichtend voorbeeld had gesteld. 'Tegen de tijd dat je zo virtuoos schildert, beste Johannes, dan praten we verder.' Ik hoor het haar nog zo zeggen, met kraak in haar stem, met ongeloof dat naar spot neigde, toewerkend naar de climax op het woord 'beste'. Die tijd zou nooit aanbreken, zoveel wilde ze maar gezegd hebben.

Dat doek hing nota bene in de hal, zodat iedereen bij binnenkomst meteen in o's en ah's verzonk. Daar heeft ze het laten weghalen en nu hangt het discreet boven de kast in de pronkkamer. Niettemin, het blijft hetzelfde concept: hoertje, klant, koppelaarster. Het doek heet een pareltje van oer-Hollandse genrekunst, een zedeschets volgens de stelregels, terwijl mijn werk met identieke strekking als laag-bij-de-grondse vunzigheid wordt afgeserveerd. Vakbroeders die me altijd vriendelijk groetten op straat, willen me opeens niet meer kennen. Notabelen beginnen driftig te fluisteren zodra ze mij opmerken. Ach ja, Delft kan wel een zondebok gebruiken, dan maar die bekeerde katholiek.

Is het nog toeval dat ik juist dat doek naschilderde toen ik Cat terugzag, voor het eerst na onze kortstondige ontmoeting op het ijs? Het was een grauwe zaterdag in het tochtige atelier van meester Bramer aan de Koornmarkt. Geheel onverwacht was Cats opwachting ook weer niet, want ik had me na het strikken van mijn veters op het ijs genoeg verdiept in de familie Thins om te achterhalen dat er kunst werd verzameld en dat men net als Bramer rooms was. De katholieken in Delft, dan praat je over het dorp binnen het dorp, dus ik had al eens eerder voorzichtig geïnformeerd of de schilder de familie kende. Dat bleek inderdaad het geval.

Aan zijn atelier denk ik overigens met tegenzin terug, want het stonk er zonder dat ik de oorzaak zou kunnen benoemen. Er lag onder een luik vast ergens een rat te vergaan die Braber met zijn eeuwige verkoudheid en rode neus zelf niet had opgemerkt. Het moet hoe dan ook een penetrante lucht zijn geweest dat die de gebruikelijke walm van terpentijn en vernis kon overheersen.

Maria Thins kwam als ik het me goed herinner iets ophalen wat ze had besteld en Bramer moest nodig kwijt dat wij juist met haar Utrechtse doek bezig waren. Wij, dat zijn de drie ijverige pupillen van de zaterdaglessen. Wij moesten het minutieus naschilderen. Waarom Bramer juist dit voorbeeld had gekozen is me nog altijd een raadsel. Destijds zei de voorstelling mij niets. Waarom ook, het was mijn taak om na te bootsen, streek voor streek, kleur voor kleur, de rest was bijzaak. We gebruikten voor het eerst blauw, dat staat me bij als de grootste opwinding. Had iemand me trouwens willen bijpraten, dan nog had ik niet begrepen wat die drie figuren met elkaar te verhapstukken hadden. De jonge vrouw speelde op een luit, maar ze was met haar hoofd niet bij de muziek, zover was ik ongeveer. Die oude vrouw kwam voor mijn gevoel veel te opdringerig in beeld. Ze was lelijk als de nacht. En er werd een gouden munt betaald, maar waarvoor? Ik was nog zo bleu. Voor de duidelijkheid, toen leefde mijn vader nog en was Mechelen een respectabele herberg.

'Kijk nou naar dat gebaar,' riep Bramer geagiteerd en zijn spuug vloog in het rond. 'Kijk nou naar het verloop van die kleur.'

Alsof het voorbeeld onvoldoende voor zich sprak, bootste hij de armgebaren na en wees tegelijkertijd van alles aan. Op een gegeven moment klonk er zoveel vertwijfeling door in zijn stem dat wij geen idee meer hadden of we naar hem moesten kijken of toch naar het schilderij.

Later haalde ik de schade in. Tegen die tijd trok ik met knullen op die uit de doeken deden wat een hoer voor de kost deed, ze namen me mee naar achterafsteegjes, waar zij erbij stonden alsof het hoogzomer was en kerels met handen in de zakken langs slenterden alsof ze hier bij toeval verzeild waren geraakt. Wij elkaar aanstoten natuurlijk. Kijk, daar glipte er weer een naar binnen. Haastig ging de deur dicht. Het begon me te dagen, zo ging dat dus tussen man en vrouw. Toen ik weer een poos later – voor de gelegenheid had ik zelfs een zwierige karmijnrode hoed gekocht – bij Cat over de vloer kwam en het doek terugzag, kreeg ik door wat mij in de jeugdige onschuld was ontgaan. Dat Bramer ons zoiets bedenkelijks had laten schilderen om de weg naar het meesterschap uit te stippelen, viel moeilijk te bevatten. Medeleerling Crijn kwam destijds met de verklaring dat Bramer Maria Thins interessanter vond dan al haar schilderijen bij elkaar, maar die gedachte vond ik zo walgelijk dat ik die verdrong. Maria Thins was voor mij toen al een soort oude heks. Inderdaad, precies als op het doek.

Het viel me hoe dan ook vies tegen van haar. Het ging mijn bevattingsvermogen te boven dat zij, die toch als streng katholiek te boek stond en er naar de overtuiging van half Delft een dagtaak aan had om alle zonde met kruis en knoflook buiten de deur te houden, dit aan de muur had hangen te midden van Mariabeeldjes en heiligenprenten. Was dit niet de loper uitrollen voor de duivel?

Toen ze mij naderhand hoorde sputteren, luidde Cats verweer dat het doek als vermaning bedoeld was. Dat klonk mij ongeloofwaardig in de oren, want waarom dan zoveel wellust op de gezichten? Waarom twee borsten die op het punt staan om aan het laag uitgesneden jurkje te ontglippen?

Ik zei dat twee puntige Bijbelverzen aan de muur eenduidiger waren geweest. Cat zweeg, we waren inmiddels in de fase dat ze discussies met mij uit de weg ging. Niet dat ik per se op woordenwisselingen uit was, ik probeerde te achterhalen waarom het katholicisme zoals zij beweerde een zuiverder geloof was. Nu ik er zo over nadenk: de mooiste momenten tussen haar en mij waren die van stilte, als we klaar waren met bakkeleien. Bijvoorbeeld als we samen op de mossige grond lagen en omhoogkeken naar het deinen van de twijgen hoog aan de bomen. We hadden niet meer nodig dan wind, dit uitzicht en de nabijheid van elkaars hand.

De zoete ironie wilde dat tegen de tijd dat Cat bij mij introk, mijn moeder alle eindjes aan elkaar moest knopen. Om die reden stond ze oogluikend toe dat bij ons in de herberg juist die diensten werden aangeboden waartegen Van Baburen schijnbaar had willen waarschuwen.

Het gaat te ver om de Utrechtse meester de schuld te geven, maar ik betwijfel of ik ooit een eigen bordeelscène had geschilderd als dit werk me niet als ideaalbeeld onder de neus was gehouden.

Om op die bewuste zaterdag terug te komen: buiten joeg de sneeuw om het huis, het schilderen zat erop, tot de ellenlange nabespreking aan toe – Waar was de penseelstreek nog te zien? Wie van ons had de gebaren natuurgetrouw laten uitkomen? Wie had de kleuren juist weten te kopiëren? Wie had de schaduwen hun werk laten doen? –, toen ik tot mijn verrassing ergens achter me een bekende sopraanstem opving. Die was van haar, het meisje dat me geholpen had op het ijs, en dat ik naderhand soms 's ochtends de Markt zag oversteken en dat donderdags in het gezelschap van haar moeder inkopen deed, het meisje naar wie mijn ogen altijd op de uitkijk waren, zomer of winter. Het meisje dat 's nachts mijn dromen binnenstapte met een blik alsof zij het behoorlijk warm kreeg. Van mij!

Een keer stond ik achter haar in de rij bij de vleeshal. Ik had goede hoop dat ze me zou opmerken, ik had mijn borst al iets opgezet, maar in plaats van zich rekenschap te geven van de overige klanten zat ze zo in haar mandje te rommelen dat het leek alsof ze haar beurs had thuisgelaten. Dat had van mij best gemogen, dan had ik namelijk kunnen inspringen als redder in nood. Helaas, ze vond hem terug. Ze moest zelfs lachen, in haar eentje.

Nu was alles anders. Ze moest me wel opmerken. Wat heet, ze had zich losgemaakt van het gezelschap van haar moeder en ze kwam onze kant op, alsof kwasten en penselen schrobben al haar aandacht verdiende.

De sneeuwvlokken lagen nog koket op haar bruine cape, het enige wat smolt was mijn hart, want ze had precies weer die rode wangen, en wat nog mooier was: ze keek mij aan en niemand anders. Haar blauwe kijkers zogen zich vast in de mijne.

Waar had ik haar warme oprechte belangstelling aan verdiend? Kon het zijn dat Bramer hoog had opgegeven van mijn talent? Als ik heel eerlijk ben, zoveel vaardiger dan die twee andere knapen schilderde ik niet, ik hield het hooguit langer vol en was minder snel afgeleid.

Cat zweeg, alsof dat zo hoorde bij een gewijd ogenblik van diepere herkenning. Ik zweeg ook, maar dan vooral omdat ik net de baard in de keel kreeg en mijn stem malle fratsen uithaalde. Maar laat ik niet mijn stem als excuus aanvoeren, ook haar speelse glimlach liet ik onbeantwoord. In mijn herinnering hield ze de handen op de rug en draaide iets om haar as, dat verhoogde mijn ongemak. En toen het gevoel de overhand nam dat mijn wangen minstens zo rood kleurden als die van haar – mede omdat ik een stevige por van Crijn naast me kreeg – hervatte ik gauw het geschrob boven de teil.

Even later was ze weg, ik kon mezelf wel voor de kop slaan dat ik zo lauw had gereageerd. Ik had mijn eigen werkstuk moeten laten zien, ik had haar het atelier moeten tonen, ik had haar oordeel naar de drie replica's kunnen vragen. Een compliment om... iets! Alles was beter geweest dan verdergaan met schrobben.

Toen de twee anderen de deur uit waren deed ik verder navraag naar de eigenaresse van het origineel van Van Baburen. Ik kreeg het warm en koud tegelijk bij wat ik toen te horen kreeg. Maria Thins mocht dan in de verste verte niet het elfachtige stemgeluid hebben van haar dochter, volgens mijn meester had ze daar in dat brede pand aan de Oude Langendijk wel vijf Van Baburens en één Ter Borch hangen. Allemachtig, wat een weelde! En zo'n bevallige dochter op de koop toe.

Bij elkaar opgeteld reden genoeg voor mij om Cat twee dagen later op straat tegen het lijf te lopen, quasi-verrast te groeten door mijn hoed af te nemen. Toen we tegenover elkaar stonden merkte ik dat ik van mijn lengteachterstand alvast een halve kop had ingelopen.

7

Tanneke

Op maandagen zijn we al vroeg met de was in de weer, eigenlijk direct vanaf het ontbijt. Mijn eerste twee jaren hier deed ik alles in mijn eentje, maar dat werd wat veel van het goede. Met Kaatje erbij hebben we de taken onderling verdeeld. Zij haalt het water, ik breng het aan de kook. Zij doet het schrobben boven de tobbe, daarna het stijven van het linnengoed. De rest handel ik af. Het wasgoed door de wringer halen, buiten uithangen en later inhalen, dinsdags strijken. Opvouwen doen we dan weer samen. Net als zomers naar de bleekvelden brengen.

Het liefste stel ik de wringer buiten op de binnenplaats op, dan loopt het water vanzelf weg, maar vandaag valt er zo'n piesregen dat ik maar naar de waskeuken ben uitgeweken. Heel onhandig, want hier moet het straks ook uithangen, dus blijft de was langer nat en valt er morgen niets te strijken. Afijn, dat is van later zorg.

Ik sta alweer een poosje te zwoegen als opeens Johannes voor mijn neus verschijnt. Ik schrik me rot, waar komt die vandaan? Hij moet via de poort zijn binnengeslopen, maar hij draagt geen cape. Dan zou hij via de voordeur naar buiten zijn gegaan. Het een is nog vreemder dan het andere.

'Zoekt u iets?' vraag ik. In plaats van te antwoorden posteert hij zich bij de deur, voelt nog eens aan de klink die inderdaad loszit en kijkt vervolgens belangstellend toe hoe ik het werk hervat.

Maar wat graag zou ik hem vragen of hij niets beters te doen heeft, al was het maar omdat hij in zijn schildersplunje loopt.

'Maria Thins houdt haar middagdutje, maak je maar geen zorgen.'

Alsof dat zou zijn wat me dwarszit.

'Weet ze dat u hier bent?' vraag ik maar.

Vorig jaar heeft Maria Thins hem de toegang tot het huis ontzegd, de enige juiste reactie op zijn lompe gedrag. Alleen wordt dat verbod niet erg streng nageleefd. Ze weet dat Catharina hem vaak genoeg binnenlaat. Zelf gaat ze elke ontmoeting met haar schoonzoon uit de weg, daar komt het in de praktijk op neer.

Hij schudt van nee.

'Als u hier nu toch bent, Catharina is in het voorhuis met de meisjes. Het zou me niet verbazen als ze nog wat hulp kan gebruiken.'

'Het gaat goed, hoor. Cat is boven de kleine aan het bakeren.'

'En Maria?' vraag ik.

'Die is aangekleed. Als je het weten wilt, ik kwam alle drie een halfuur geleden op straat tegen en ik had Maria alweer een poos geleden beloofd om verstoppertje te komen spelen. En mevrouw is de deur uit, dus vandaar. Niet verklappen, hoor. Denk je dat ze me hier vindt, Tanneke?'

'Geen idee, meneer.'

Hij gaat bij de gangdeur staan, zet die op een kier en luistert. Maar zodra ik weer verder draai, komt hij toch weer dichterbij.

'Weet je, Tanneke, vannacht had ik zo'n rare droom.'

'Een droom, meneer?'

'Ja, ik droomde dat ik een schilderij van jou aan het maken was. Wat zeg je daar nou van?'

'Werkelijk, meneer?'

'Maar ik heb me bedacht. Ik vond dat jij het moest weten.'

Ik zwijg en draai.

'Jij verdient namelijk een schilderij.'

'Een schilderij, ik?'

Meer weet ik niet uit te brengen. Na drie tellen pauze draai ik nu in dubbel tempo verder. Tussen de zware halen door noem ik het een bespottelijk idee, zo resoluut mogelijk, zijn blik mijdend.

Hij grinnikt wat in zichzelf, alsof hij met deze reactie rekening hield. Zo'n halve lach waarin hij grossiert, eentje die zijn ogen nog eens zo flets maakt. Alsof afwijzingen hem sterken in zijn trots. Zo heb ik hem ook eens zien glimlachen toen Catharina werd belaagd door Willem, die halfgare broer van haar. Toen leek hij te bedoelen: Tanneke, nu weet ik het ook niet meer. Ik kan deze dronkenlap niet tot bedaren brengen, maar misschien heb jij nog een ingeving?

'Ik ben benieuwd wie dat schilderij gaat maken.' Ik heb al spijt terwijl ik het zeg.

'Dat zou ik kunnen zijn. Of ben je bang dat mevrouw het geen goed idee vindt?'

Ik leg het half natte laken op de stapel, wend me af en zeg tegen de muur dat ik het zelf geen goed idee vind. Een laken verder voeg ik eraan toe dat mevrouw Catharina zoveel mooier is dan ik. Dat heb ik hem onlangs ook al verteld, maar het kan geen kwaad het nog maar eens te benadrukken. Wie wil er een schilderij aan de muur met mij erop? Niet dat ik per se lelijk ben, maar ik blijf een dienstbode, met een pokdalige huid, een fors postuur en eelt op mijn handen. Ik mis de bevalligheid van mevrouw, haar perzikhuid.

'Ja, maar het portret van Catharina is af.'

Ik neem de eerste mand met wasgoed mee om naast hem uit te hangen. Vlug schiet hij te hulp en reikt me het houten emmertje met wasklemmen aan. Tegen mijn aard in laat ik na te bedanken. Nu maar hopen dat dit antwoord genoeg is. En dat de kleine Maria gauw komt, zodat ze elders hun spel voortzetten.

'Cat kijkt niet gelukkig op dat schilderij.'

Aan zijn pose is niets veranderd. Johannes spreekt ontspannen alsof er in die paar minuten van overpeinzing argumenten bij zijn gekomen om mij te schilderen.

Ik zie alleen redenen om elke medewerking te weigeren. Als Catharina ongelukkig kijkt dan is hij degene die daarvoor heeft gezorgd. Hij is ook degene die het moet oplossen en verder wil ik er niets mee te maken hebben.

'Ze slaapt op dat doek, dat noem ik niet ongelukkig,' zeg ik.

Johannes is lastig te overtuigen. 'We kozen... ik koos die pose omdat andere niet werkten. Verder denk ik dat ze vanzelf weer blij wordt zodra Delft mij eerlijk beoordeelt naar mijn technische vaardigheid in plaats van op basis van wilde verhalen.'

Rara waar die verhalen vandaan komen? Johannes is niet dom, hij vergeet alleen soms na te denken.

Als hij haar zo graag blij wil zien – en wie wil dat nou niet? –, dan zou hij om te beginnen haar brief eens mogen beantwoorden. Bijvoorbeeld met de belofte om het goed te maken met Maria Thins en verantwoordelijkheid te nemen voor zijn gedrag. Een dame in haar eigen huis uitschelden! Met deuren smijten!

Daarna vraagt hij netjes of hij hier weer mag wonen. Dan snijdt hij alle banden door met die verdorven familie van hem en belooft plechtig geen voet meer in die herberg te zetten. Vervolgens draagt hij zijn steentje bij aan de opvoeding van de meisjes. En dan liggen er nog een boel taken in de kerkgemeenschap te wachten, zoals de zorg voor de behoeftigen, collecteren enzovoort. En dan moet het allerbelangrijkste nog komen. Dan excuseert hij zich bij Catharina dat hij haar te schande heeft gemaakt. Hij heeft, kortom, wel wat anders aan zijn hoofd.

Maar waarom uitleggen wat ieder weldenkend mens begrijpt? Dus zeg ik: 'Nou, zo'n lachebek ben ik ook allerminst. Nee, ik vrees dat u een ander model zult moeten zoeken. Maar als u wilt kan ik wel een beetje rondvragen.'

Intussen brengt Kaatje een lege teil en neemt de volle mee naar buiten. Ik kan weer verder.

'Weet je wat jij doet, Tanneke, maar dan zonder er erg in te hebben? Je overtuigt me juist van mijn gelijk. Ik hoopte een portret van je te maken terwijl je bezig bent, eigenlijk zoals nu. Het zou een schets worden van vlijt en toewijding. Van bescheidenheid. Daar is de Hollander verzot op.'

'Het gaat er vooral om of een schilderij van mij in de keuken uw echtgenote tevreden gaat stellen, of uw schoonmoeder.'

'Geen idee. Laten we het proberen,' klinkt het luchtig. 'Jouw werk hoeft er niet onder te lijden. Jij bent voor mij...'

'Kunt u even opzijgaan? Fijn, dank u!'

Nooit gedacht dat ik hem ooit in de rede zou vallen, maar ik was te bevreesd voor het vervolg. En verder heb ik een dweil nodig voordat de vloer spiegelglad wordt.

'Mag ik je nog wat anders vragen?'

'Uiteraard, meneer.'

'Ik bedoel, jij kent het huis als geen ander. Die grendel op de deur van Catharina's kamer.'

'Wat is daarmee?'

'Toen ik naar Utrecht ging, zat die er nog niet.'

Ik zet de armen in de zij. Waar gaat dit nou weer heen?

'Kun jij je herinneren wanneer die erop is gezet?' vraagt hij.

'Bij mijn weten zat die er altijd al.'

'Dat weet je zeker?'

'Niet helemaal, maar...'

Hij knikt bedenkelijk. 'Jij werkt hier nu toch zeven jaar?'

Ik kan niet eens meer antwoorden. De kleine Maria komt

binnengestormd, ze schaterlacht dat ze hem heeft gevonden en klampt zich aan zijn been vast alsof ze hem nooit meer gaat loslaten. Mooie gelegenheid voor mij om me af te wenden. Goddank, even later is hij samen met de kleine vertrokken. Haar kreten van opwinding sterven weg op de gang.

Ik blijf achter met de vraag of ik me toch niet behulpzamer had moeten opstellen. Misschien bedoelt hij het allemaal niet zo verkeerd. Je ziet hem stuntelen, hij probeert heus vriendelijk te zijn, hij is attent, doet eigenlijk geen mens kwaad. Helaas voor hem zal het altijd een rare snoeshaan blijven, in zichzelf gekeerd, niet in staat om met anderen mee te voelen. En dan heeft hij onvoorspelbare buien op de koop toe.

Misschien is dat half beteuterde, half verbaasde gezicht wel zijn eigenlijke kunstje geworden. Hij weet er medelijden mee op te wekken en Catharina is er zelfs verliefd op geworden. Iemand moest hem in bescherming nemen, dan zij maar. Zij wist van zijn achtergrond. Verder vermoed ik dat zij zich herkende in zijn sneue lot, in het geweld dat hem als jongen was aangedaan. Dat schiep een band.

Ik heb zijn vader niet gekend, maar die stond te boek als stokebrand en zatlap. Hij maakte schulden bij de vleet en raakte geregeld in opstootjes verzeild. De enige verklaring die ik kan bedenken is dat hij zo iel en bang was uitgevallen dat hij geen andere uitweg zag dan maar gauw zijn mes te trekken.

Snugger leek hij me niet, want de keer dat hij na een steekpartij werd vastgezet, bleef hij hardnekkig ontkennen iets met de kwestie te maken te hebben, terwijl er bloed aan zijn mes en zijn kleren zat. En dit incident stond niet op zichzelf. Telkens als hij moest voorkomen luidde het verweer dat hij erin was geluisd, wat – ook al zat er vast een kern van waarheid in – keer op keer aan geloofwaardigheid verloor.

Of de man talent voor zaken bezat, durf ik niet te zeggen.

Lange tijd ging hij door het leven als textielwerker. Dat voldeed niet, dus zocht hij het hogerop. Hoe hij het flikte weet niemand, maar hij peuterde twee verschillende hypotheken los om Mechelen aan de Markt te kopen, ook al kon hij van de prijs van zevenentwintighonderd gulden voor die voorname herberg – tenminste toen nog – slechts tweehonderd gulden aanbetalen.

Vermeer senior leek boven Jan, maar hij had op de pof geleefd. Toen hij stierf liet hij echtgenote en zoon met torenhoge schulden achter. Nou ja, ook Johannes' schildersopleiding in Utrecht à honderd gulden per jaar zal een flink gat hebben geslagen.

Die moest nu zijn carrière van nul af opbouwen. Voor de benodigde zes guldens om zich in het gilde te kunnen inkopen was hij op de goedheid van zijn schoonmoeder aangewezen. En zij was wel de laatste bij wie hij in het krijt wilde staan.

Ik heb iemand horen beweren dat het hele idee van in Utrecht leren schilderen nogal vergezocht was en dat zijn vader daar ook achter kwam, maar pas nadat die zijn toestemming had gegeven. Meester Bramer had nu eenmaal gezegd dat zijn zoon bijzonder talent had en dat hij hem na drie jaar niets meer kon leren. Wie ben je dan als herbergier om tegen te spreken?

Ik denk dat Johannes beter zijn energie in die herberg had kunnen steken, om twee redenen. Dan was het wellicht nu nog een fatsoenlijk etablissement en bovendien was hem het geleur met zijn tweederangsprenten bespaard gebleven.

Trouwens, als ik Catharina mag geloven kijkt Johannes zelf ook zonder vreugde op zijn Utrechtse jaren terug. Het was lange dagen maken, rotklusjes opknappen, weinig opsteken en na drie jaar ploeteren terugkruipen onder moeders rok, zonder een heldere koers. Nog niet eens een eigen stijl had hij ontwikkeld. Die Utrechtse leermeester had toch wel ergens aanleg voor bespeurd? Nu kwam zijn schoonmoeder in spe met de suggestie om heiligenlevens vast te leggen. Daar zag zijn vader uiteraard niets in, die verwachtte tafereeltjes uit het dagelijks leven, zijn kunstenaarsvrienden ten slotte riepen dat hij in de wieg was gelegd voor portretkunst.

Een van die collega's was Carel Fabritius uit Noord-Holland, een jaar of tien ouder dan Johannes. Naar hem liet Johannes zijn oren iets te makkelijk hangen. Een rare snuiter in mijn ogen. Hij scheen allerlei geestverruimende middelen te gebruiken, zogenaamd om beter te gaan schilderen. En een oogje op Catharina had hij ook. Hij staarde haar graag verlekkerd na, meestal quasi-onopgemerkt over de rand van zijn roemer. Nu ontgaat mij toevallig vrij weinig en een geile blik nog het minst. Ik kreeg sterk de indruk dat hij meer in haar geïnteresseerd was dan in Johannes. Een keer kwam ik de voorkamer binnen toen Johannes, hij en nog twee kornuiten hard bezig waren een stuk in hun kraag te drinken. Terwijl ik de asbak leegde, wierp Carel de vraag op of het mogelijk was om uit een oogpunt van esthetica naar de borsten van mevrouw Catharina te kijken. Waarom zei hij niet meteen dat hij daar opgewonden van raakte? Neem me niet kwalijk, maar zoiets zeg je toch niet in het bijzijn van een dienstbode? Of in het bijzijn van de echtgenoot! Johannes lachte schaapachtig mee alsof het niet zoveel te betekenen had. Zo laf. Nou ja, er stonden twee karaffen wijn op tafel en een derde lag leeg op de grond, die ruimde ik ook maar even op. Waar het mij om gaat is dat die kerel zelf getrouwd is. Wás kan ik beter zeggen, want hij is dood. Van meester Fabritius zullen we geen last meer hebben. Ik zie de weduwe, mevrouw Van Pruijsen, nog weleens in de stad. Ze loopt zo krom dat ze nooit iemand hoeft aan te kijken. Alsof ze zich nog dagelijks verbaast over de grootte van haar voeten.

Maar nog even over die fascinatie voor de boezem van mevrouw, die opmerking van Fabritius staat niet op zichzelf, want wat bezielde Johannes om daaraan zoveel nadruk te geven in die malle bordeelscène. De hand van de klant ligt er vol op. En zeg niet dat het gewillige hoertje iemand anders is. Die blos op haar wangen maakt het nog eens zo walgelijk. En dat haar moeder het allemaal maar laat gebeuren. En voor Willem moet zoiets toch ook heel pijnlijk zijn.

Je zou wensen dat Johannes in ieder geval twee minuten naar zijn vader had geluisterd. Die runde in Mechelen zelf een kunsthandeltje. Als iemand het verschil had kunnen uitleggen tussen slecht en goed, tussen een werkstuk waarmee je de Delftenaar aardig op de kast krijgt of omgekeerd eentje dat hem even optilt uit het dagelijkse chagrijn, dan toch zijn vader. Senior had er vast al menigmaal met de neus bovenop gestaan als diezelfde Delftenaar ontdooide en opeens bereid bleek om voor zo'n prent de beurs te trekken. Omdat zijn vader doorhad wat verkocht, ging hij zelf op zolders en rommelmarkten grasduinen. Soms wist hij de hand te leggen op een aardig, maar verstoft erfstuk, waarvan hij besefte: dit raakt, hier gaat troost vanuit wanneer je verveeld opkijkt van je flauwe soep. Lef en gladde verkooppraatjes deden de rest. Zodra er een laagje vernis overheen was gegaan en er een sierlijst omheen zat, durfde hij een mooi bedrag te vragen. Soms werd zo'n werkstuk bij opbod verkocht in Mechelen.

O, hij zal zijn zoon vast een en ander hebben voorgespiegeld, maar daar zat 'm net de kneep. Als je je zoon in de loop der jaren te veel aan zijn verstand hebt willen peuteren, niet zelden in combinatie met een stevige oorvijg, dan is die niet langer bereid om te luisteren. In Johannes' ogen had zijn vader geen recht van spreken, althans zo verwoordde Catharina het naderhand. Alle redelijkheid was eruit geslagen. Wil mijn vader dat ik stemmige interieurs schilder? Nou, dan doe ik toch het tegendeel.

Misschien worden alle zoons vanzelf zo, daar kan ik dan weer niet over meepraten.

Ik herinner me de dag dat ik hem op de gang voorbijliep en

dat hij naar het gordijn en het glas-in-loodraam daarachter stond te staren. Tranen in zijn ogen. Op een zeker moment kreeg ik de indruk dat hij door het raam iets opmerkte wat mij geheel ontging. Hij strekte zijn arm, alsof hij het raam maar hoefde te openen om een engel binnen te laten. Zo zag het er echt uit, hij had toegang tot hogere sferen. Helemaal vergezocht is dat niet. Hij schijnt twee doeken te hebben gemaakt met een ontmoeting tussen mens en engel. Ik wil maar zeggen, als iemand in staat is om engelen te zien, dan zou hij dat moeten zijn. Die doeken zijn helaas aan repen gesneden door baldadige jongelui die hem onderweg naar zijn klant staande hielden. Als bekeerde katholiek wordt hij van alle kanten gewantrouwd. Het werk werd tot afgoderij verklaard en voor zijn ogen vernietigd. Daar gingen máánden van noeste arbeid. Ik kan me voorstellen dat dergelijke reacties hebben meegespeeld in zijn beslissing om voorlopig geen stichtelijke taferelen meer te schilderen.

Maar nu komt het: zodra hij me opmerkte glimlachte hij verheugd alsof hij mij in staat achtte om hetzelfde door de ruit te zien als hij, dat ik vast zou willen delen in zijn verwondering of aanbidding of wat dan ook. Ik was onderweg met strijkgoed, ik wierp inderdaad een blik, maar zag niets. Zodra ik doorliep, maakte hij plaats voor mij, alsof ik de bazin was en hij de dienstbode. En wat het was wat zijn aandacht had getrokken bleef verder onuitgesproken.

Dat is nou Johannes.

8

Johannes

Gelukkig, Cat stemt toe. Over anderhalf uur gaan we praten. Wandelen en praten. We kunnen het verleden beter achter ons laten in plaats van het voort te rollen als een biervat over de bolle bruggetjes van Delft. Vannacht kon ik bijna niet slapen van opwinding. Mijn hoofd bleef maar malen. Wat ik ga zeggen, de volgorde, de toon waarop. En wat ik niet mag zeggen, niet eens suggereren. En wier naam niet over mijn lippen mag komen.

Hoeft ook niet, het aanbod van Van Ruijven spreekt voor zich. Daar zal ze van opkijken. Ze zal haar hulp aanbieden, want deze kans mogen we niet laten lopen.

Anderhalf uur, dan kan ik nog mooi even bij de apotheker langs. Het is droog, de iepen beginnen te kleuren. De scharensliep op de hoek trapt zich suf, de vonken vliegen van de slijpsteen af in het rond.

Langs de Vlamingstraat hellen sommige panden gevaarlijk voorover, alsof ze nieuwsgierig zijn naar hun evenbeeld in het grachtwater.

In een van die panden, met een gekanteelde trapgevel, zit de fijnste winkel van Delft, van het belletje bij de deur tot de laatste pot in het magazijn, nergens voel ik me beter thuis. Hier komt de hele wereld samen en dat ontslaat me van de verplichting om zelf uit te varen. Het ruikt bij binnenkomst al zo heerlijk, ik hoef de ogen maar te sluiten en ik waan me op een tropisch eiland. Kaneel en kamperfoelie. Daar staan ze in het gelid, al die geglazuurde potten met daarin de wonderlijkste kruiden en extracten. Nog niet eens de in diepblauwe sierletters aangebrachte namen kan ik herleiden.

Portegies komt het halve trappetje af en lacht zijn onhandig-charmante lachje. In Delft is er altijd nog één iemand die vriendelijk tegen me blijft en de tijd voor me neemt. Geef hem eens ongelijk, hij begrijpt dat hij in mij een klant heeft die je een boel kunt aansmeren.

'Meester Vermeer, goedemorgen. Hoe staat het met het werk?'

'Goed, dank u. Ik vroeg me af of er nog lapis lazuli is binnengekomen.'

'Lapis lazuli, ik hoor het al. U hebt grootse plannen. Nee, nieuwe heb ik niet, maar u weet welk mooi brok steen ik heb liggen.' Hij spreidt zijn vingers op de toonbank.

'Is dat nog hetzelfde als vorige maand? Ik vond drie gulden aan de prijzige kant.'

'U kent mijn insteek, elke stuiver die u hier uitgeeft verdient u driedubbel terug.'

Portegies – klein van stuk, of eigenlijk vooral gebocheld – gaat op zoek in een van de laden onder de toonbank.

'Doet u geen moeite, ik ken dat stuk. Verwacht u binnenkort een nieuwe zending?'

Hij komt overeind, legt het stuk lapis lazuli tussen ons in alsof de transactie een kwestie van het laatste zetje is. 'Alleen een waarzegger weet wanneer mijn leverancier weer opduikt. Dat kan morgen zijn...'

'... of over een halfjaar, dat verhaal ken ik.'

'Kijkt u nog eens goed. U betaalt misschien iets meer, maar uw schildering zou meteen de aandacht krijgen die ze verdient. Dit is niet voor niets de kleur van de farao's.'

Hij bemerkt mijn aarzeling en krabt zich over zijn kale bol. Het weinige haar dat resteert ligt in hoefijzervorm rondom. 'U moet het eigenlijk zo zien. Deze steen heeft ú nodig, meester Vermeer, om zijn eindeloze reis te rechtvaardigen. Denkt u eens in. Hij moest in de bergen van Perzië worden gedolven, vervolgens met een karavaan naar een haven aan de Middelandse Zee-kust vervoerd. Daarna weken op zee, ten slotte via Venetië onze kant op. En dat allemaal om op een goede dag aan meester Vermeer te worden gepresenteerd die hem zal vermalen en als verf een nieuw leven gaat schenken.'

Hij veert met gespreide armen naar achteren, als om de redelijkheid van zijn woorden te benadrukken.

'Wat zou u zeggen wanneer ik nog eens tien procent van de prijs af haal?' Het armgebaar wordt breder en breder. 'Voor u als trouwe klant, als vriend van de schone kunsten?'

Even later loop ik met het stuk steen op zak naar buiten. Van Ruijven wil blauw, blauw zal hij krijgen. Dat zuiverde toch het gemoed? Een zuiver gemoed is wat Delft nodig heeft.

Goed, een portret van Tanneke dus met blauw erin. Dan zou ze om te beginnen dat ene schort van Maria Thins kunnen dragen. Met het volle licht erop, schaduw in de plooien, heerlijk. Gedurende mijn wandeling terug ben ik in mijn hoofd aan het schilderen, totdat ik het ter hoogte van de Voldersgracht warm en koud tegelijk krijg omdat ik mijn schoonmoeder aan zie komen lopen. Gelet op de omvang van de stad is zo'n ontmoeting onvermijdelijk, maar nog elke keer trekt mijn maag ervan samen. Daar gaat ze, lijnrechte tred, kin omhoog, ze zou zo kunnen aansluiten bij een optocht van de schutterij.

Meestal gaat zij een begroeting uit de weg door nog gauw een vage kennis aan te spreken en met geveinsde warmte naar gezondheid en welbevinden te vragen.

Deze keer ben ik het die afbuig naar een vitrine met tabakswaren. Pijpen in alle lengten, tabak in tal van houten doosjes.

Het zou me niets verbazen wanneer ze allang doorhad dat ik hier sta, maar wat doet het ertoe? In de spiegelende ruit zie ik haar langslopen, gekleed in smetteloos zwart laken, zich zo voegend naar de heersende mode, bang dat iemand aanstoot aan haar zou kunnen nemen. Hooguit het malle ronde hoofdkapje, dat afwijkt van de gebruikelijke vierkante kapjes, doet vermoeden dat je met een katholiek te maken hebt.

Dag schoonmoedertje, met je pukkel en je haar op die pukkel en je kanten kraagje met gouddraad en je valse gezang en je eeuwige bidsnoer, alsof je drie keer daags door Satan wordt belaagd.

Weg is ze, de hoek om. Ik slaak een zucht en vervolg mijn weg. Een koets ratelt langszij over de keien.

Wat blijft het toch een wonderlijke speling van het lot dat Cat uit haar is geboren. Zoveel bevalligheid ontsproten aan de feeks van Delft, de wandelende argwaan. Ik wil Petrus' gezicht weleens zien op de dag dat zij aan de hemelpoort verschijnt. Het kan zomaar zijn dat hij degene is die zich moet verantwoorden.

Ze heeft ook een lieftallige kant, ik hoor het Catharina zo zeggen. Uiteraard bewaart ze – zeker voor het oog van haar dochter – de lieve vrede. Ze kan de handen spreiden als de Moedermaagd die strooit met goede intenties, maar ben ik alleen met haar dan komt dadelijk dat misprijzende smoelwerk tevoorschijn. De eigenlijke ontzetting lees je in haar rusteloze kraaloogjes. Misschien is ontzetting niet het juiste woord, dat is buitenkant, daaronder gaat genoegdoening schuil, alsof ze, blootgesteld aan banaliteit, wansmaak en onvermogen, nu dan toch oog in oog staat met degene die verantwoordelijk mag worden gehouden. Een blik die ook alvast aankondigt dat ze met gelijke munt zal terugbetalen!

Maar hoe meer ze kwaakt over haar stelregels en principes, hoe duidelijker voor mij de vrees dat zíj uiteindelijk ontmaskerd zal worden als degene die tekortschiet. Haar suprematie is een kaartenhuis van angsten.

Dit is ook precies de reden waarom ze erop hamert dat ik mijn excuus zou maken. Ik moet me onderdanig verklaren. Geen sprake van, dat zou het verkeerde signaal zijn. Vorig jaar hadden we ruzie, zeg maar gerust slaande ruzie. Ik werd boos omdat zij eromheen bleef draaien. Ik verlangde namelijk van mijn kant een verklaring waarom zij nooit heeft ingegrepen toen Catharina werd belaagd. En omdat ik durfde te suggereren dat ze haar eigen dochter aan haar lot had overgelaten – waar toch moeilijk op af te dingen valt – was ik zogenaamd hooghartig, eigenwijs, schaamteloos en wat al niet meer. Het liefst had ze van de daken geroepen dat haar schoonzoon haar te schande had gemaakt. Nou, die schande was al ietsje langer in huis dan mijn gerechtvaardigde verwijt.

Had ik het slimmer moeten aanpakken? Ach, de waarheid mag ook weleens gezegd worden. En als dit dan de prijs moet zijn, dan blijf ik wel in de herberg. Dan maar wat herrie aan mijn kop.

Met de woede borrelen vanzelf de beelden omhoog. Het was afgelopen november, Cat was met haar vriendinnen naar een muziekavond. Toen woonde ik nog aan de overkant. Maria Thins en ik vermeden al langer elk samenzijn, maar daar stond uiterlijke beleefdheid tegenover, we hielden rekening met elkaar en gingen hachelijke kwesties uit de weg.

Deze keer – ik weet nog dat het die dag flink had geonweerd, we hadden een lekkage, her en der stonden emmers – liep ik haar in de kookkeuken tegen het lijf. Misschien wilden we allebei nog snel wat walnoten of pruimen halen. Vraag me niet waarom, maar zij moest in het voorbijgaan kwijt dat ze betreurde dat ik geen heiligenlevens meer schilderde. Ik ging een discussie uit de weg en zei op mijn vriendelijkste toon dat een mens in moeilijke tijden gedwongen was tot het maken van keuzes, zoiets algemeens, zonder bijgedachte of ironie, ik wilde gauw terug naar de voorkamer boven. Die had ik toen als atelier ingericht, tegenwoordig doet die niet geheel toevallig dienst als rommelhok.

Nu was drie dagen daarvoor Willem langs geweest en die had op bekende wijze voor trammelant gezorgd en daarvan was Cat behoorlijk overstuur geraakt. Ze trekt zich het lot van haar broer erg aan. Maar nu bracht Maria Thins in dat Cat gevoelig was en om die reden meer bescherming verdiende. Tot zover was ik akkoord, al had ik geen idee wat dat met haar heiligenlevens te maken had. Misschien was ze weer eens gepikeerd omdat ik laarzen droeg in plaats van die bezopen groene pantoffels.

Ik vroeg – uiteraard, zou ik zeggen – wat ze daarmee bedoelde. Ze zei dat Cat telkens in oeverloze woordenwisselingen met haar broer verzeild raakte, dat haar dit als moeder aan het hart ging en dat het zaak was dat iemand dit patroon doorbrak door het gesprek af te kappen. Toen kwam de aap uit de mouw, ze vond dat ik diegene moest zijn.

Misschien had ik dit twistpunt te lang voor me uit geschoven. Misschien was het onverstandig om mijn woede een jaar lang op te kroppen. Nu kwam die er alsnog uit, te recht voor z'n raap. Maar zij had toch zeker geen recht van spreken, zij had als moeder haar dochter in bescherming behoren te nemen! Ik gebruikte inderdaad lelijke woorden, al weet ik het niet zo precies meer. En toen begon zij over de goede naam van het huis en haar reputatie binnen de kerk en ze vond het nodig een vileine opmerking te maken over het beperkte succes van mijn schilderkunst. Zoals dat gaat, van het een kwam het ander. Ik mompelde wat en wilde het daarbij laten, maar zij stond erop dat ik mijn woorden hardop zou uitspreken, tja, en toen zei ik dat zij geen jota verstand van kunst had. Ze trok bleek weg en beweerde dat ze meer kunst bezat dan wie dan ook in de stad en dat ze daar veel voor over had gehad. Dan moet je net bij mij zijn, ik zei dat zij van al die kunst inderdaad de exacte prijs kende, beter dan wie dan ook, maar helaas nooit de diepere waarde. Toen volgde dus haar tirade, die de moeite van het citeren niet waard is.

Een vreselijke toestand, ik wil er niet te veel woorden aan vuilmaken, het komt erop neer dat ik al naar de herberg was verkast tegen de tijd dat Cat was teruggekeerd. Een overhaaste actie, onbezonnen, ik geef het toe, ik was gekrenkt, het had ermee te maken dat het schilderen totaal niet vlotte. In november is het eigenlijk te donker en krijg ik wel vaker niet op het linnen wat ik in mijn hoofd heb, bovendien was me net ter ore gekomen dat een collega-schilder van me – tweede garnituur, zo niet derde – een doek voor een serieus bedrag had weten te slijten dat hij in minder dan een week in elkaar had geflanst.

Cat was kwaad op mij, op haar moeder, kortom, iedereen was kwaad op iedereen. Het had nooit zover mogen komen, maar ik was de woordenwisseling niet begonnen. En nu viel het niet meer terug te draaien.

Subtiele genoegdoening: een week later kwam Cat me na, mét de kleine Maria, nadat ze haar eigen gesprekje met haar moeder had gevoerd, waarover ze weinig kwijt wilde. Behalve dan dat mij de toegang tot de Oude Langendijk per direct was ontzegd. Wat deed dat er nog toe? We waren herenigd, we waren gelukkig en we vreeën die avond alsof we drie kindertjes tegelijk wilden verwekken.

En nu? Nu overnacht ik alleen nog op zaterdagavond aan de overkant. Dan vindt in Mechelen de dansavond plaats en kun je op de eerste verdieping je nachtrust wel vergeten. Ook op de tweede verdieping is het dan een zoete inval.

Maria Thins hoeft nergens last van te hebben, Cat vergrendelt de slaapkamerdeur en tegen de tijd dat zij uit haar bed komt, is de vogel al gevlogen.

Het liefst zou ze helemaal geen mannen in de buurt van haar dochter zien, al is Cat – laten we dat aspect niet vergeten – intussen zesentwintig. Moederlief heeft zich vast in het hoofd gezet dat zoveel waaksheid een heiligverklaring kan afdwingen.

Toch zou ik haar al die verbetenheid met liefde vergeven, evenals de onverzoenlijkheid en wansmaak, als ze tenminste oprecht was geweest, maar haar leven is één grote façade, waar ze dag in, dag uit een volgende steen bovenop metselt.

Is alles dan haar schuld? Laat ik er maar eerlijk voor uitkomen dat ik die bordeelscène omzichtiger had moeten aanpakken. Het ging met me aan de loop. Ik had al een hoertje en een klant geschilderd, op de achtergrond was nog plek voor een koppelaarster. Dan kreeg je min of meer de compositie als bij Van Baburen. En de tronie die ik erbij schilderde had wel iets van Maria Thins. Het ging met me op de loop. Ik geef toe, het was een lage streek, maar zij was toch zo dol op haar vermaning tegen hoererij? En bovendien, de eerste die ik erbij schilderde, was ikzelf, dus het doek is net zo goed een uiting van zelfspot. We staan er met zijn vieren gekleurd op, zo moet je het eigenlijk zien.

Nou ja, laten we een streep zetten onder het verleden. Het doek is de stad uit en Maria Thins – die het bij mijn weten nooit met eigen ogen heeft gezien – hoeft er niet eindeloos over door te zaniken.

Ik moet met Cat in het reine zien te komen. Zelf vindt ze dat eerst de lucht geklaard moet zijn tussen mij en haar moeder, maar daar zie ik geen heil in. Dat is afgesloten.

Als we vandaag gaan wandelen is het zaak niet meteen met

mijn vraag te komen. Geduld. Zodra zij zich ontvankelijk toont, zal ik mijn plan ontvouwen. Ik loop het zo aan dat zij inziet dat dit een uitweg biedt voor ons allebei.

Gedecideerd klinken.

Niet wegkijken.

Haar vragen begrijpen.

Kalm antwoorden.

Nog vijf kwartier, dan is het zover.

9

Tanneke

Alles staat aardig op zijn kop, Kaatje heeft zich voor vandaag weer eens ziek gemeld. Dat ik haar gisteravond nog met haar vrijer zag lopen hou ik maar voor me. Als ze nou met koorts in bed zou liggen. Kaatje is heus een schat, maar ze kent geen gevoel voor verantwoordelijkheid.

Dus mag ik zes keer met het juk naar de pomp om de vloer te kunnen schrobben. Maar daarmee blijven de ketels ongeschuurd en het ijzerbeslag ongepoetst. En ik ken die zuinige blik van Maria Thins. Wanneer Kaatje er morgen weer niet is, moet ik dat allemaal inhalen maar ook de haard legen. En hoe zit het dan met de grote herfstschoonmaak?

Ik mopper niet, hoor, ik doe het met liefde. De enige keer dat ik heb overwogen om ontslag te nemen, was afgelopen februari. Eerst vroeg ik mijn moeder om raad, die had natuurlijk alles van de rel meegekregen. Ze vond dat de familie Thins geen schuld had en dus mocht ik die in moeilijke tijd niet afvallen. Maar ik zat klem, dus ik vroeg ook de pastoor of ik wel in huize Thins kon blijven werken. Hij stelde dat kunstenaars nu eenmaal sterker door hoogmoed en wellust worden belaagd, al ging hij zijn best doen om Johannes terug te leiden naar de kudde. Verder was hij het met moeder eens. Dus ook met haar bedenkingen bij mijn bezoek aan de herberg, want ja, met mijn beschrijving van het doek was ik door de mand gevallen. Ik kwam er met een ernstige vermaning vanaf. Hij noemde mijn nieuwsgierigheid zeer kwalijk. Wist ik dan niet dat ik daarmee Satan op zijn wenken bediende? Ik probeerde nog uit te leggen dat mijn belangstelling een andere was dan die van de gemiddelde sensatiebeluste Delftenaar, maar dar wilde hij niets van weten.

Ik knikte gedwee en daarmee was de kous af, maar er nu op terugkijkend geloof ik toch dat een zekere mate van nieuwsgierigheid gezond kan zijn. Biedt het leven niet juist de uitdaging om telkens een stapje dichter bij de waarheid te komen?

Overigens, die nieuwsgierigheid heb ik mijn hele leven gehad. Mijn ouders hielden dingen voor mij geheim, daarmee is het begonnen. Ik mocht niet weten waarom moeder een deel van het geld dat vader inbracht buiten het notenhouten kistje hield. Telkens gleden er een paar munten weg in haar schortzak. Ik zag het, ik vroeg ernaar en kreeg een klap. Ik wilde ook weten wie die meneer was die soms overdag langskwam bij buurvrouw Janszoon terwijl de buurman lange dagen maakte bij de zaagmolen, of waarom de begijntjes ongetrouwd bleven. In mijn herinnering wierp mijn moeder al bij het luttele woord 'waarom' haar vermoeide blik ten hemel, alsof de eigenlijke vraag was waarom zij met mij opgezadeld zat. Mijn broers keken niet op of om, hielden het liefst hun mond. Wel zo makkelijk.

Ik wilde gewoon antwoord. Gaf ze dat een enkele keer, dan was ik ook tevredengesteld. Althans totdat zich een volgend raadsel aandiende.

Moeder zei dat ik mijn neus niet in andermans zaken mocht steken. Ik kende de uitdrukking niet, nam die heel letterlijk. Tegen de tijd dat ik de vermaning doorhad, was mijn karakter al bepaald.

Ik kan het uitleggen. Wat mensen over zichzelf kwijt willen is meestal oninteressant. Hun zwaktes en onhebbelijkheden daarentegen, hun dromen en geheime verlangens, die zijn pas de moeite waard. Dus hoor ik wekelijks mijn moeder uit, neem ik een kwartiertje de tijd voor de vrouw van de vishal en leg ik mijn oor te luisteren bij de andere dienstbodes her en der in de stad. Mijn moeder vindt zevenendertig jaar te oud voor zoveel belangstelling, ik zeg dat leeftijd geen rol speelt. Ze zegt dat ik eigenlijk niet van mensen hou en dat ik alleen de verhalen wil horen die mijn afkeuring rechtvaardigen. Daar heeft ze een punt. Mensen zijn slim, maar ook heel dom, mensen zijn lief, maar ook heel gemeen, sterk, maar ook kwetsbaar. Ga zo maar door. Tel dat bij elkaar op en je krijgt de vreemdste combinaties en daar komt dan vreemd gedrag uit voort, dat bij anderen weer grillige reacties oproept. Dit verzin ik niet, zo zitten mensen in elkaar.

Omdat ik gauw hoofdpijn heb – verder ben ik een gezonde, sterke vrouw – mijd ik langdurig gezelschap. Ik ben snel overprikkeld. Ze noemen me weleens eenzelvig en dat klopt. Gelukkig is er veel werk bij Maria Thins in huis dat ik in afzondering kan doen.

Ik leid een eentonig leven en wilde verhalen bezorgen me de spanning die ik mis. Tenminste, dat is dan weer de duiding van mijn moeder. Volgens mij mis ik helemaal niets. Ik zoek eerder troost. Nu ik zie hoe anderen er een potje van maken – vanuit liefde, vechtlust of andere malligheid –, hoef ik er zelf niet over in te zitten dat mijn leven zonder rimpelingen verloopt. Ik hoef niemand te benijden en kan rustig verdergaan met strijken, wassen, opvouwen, de zorgen van Maria Thins aanhoren.

Het leven van mijn ouders was rechttoe rechtaan. Ze gaven me liefde, aandacht en genoeg te eten. Dat beschouwde ik altijd als vanzelfsprekend, maar daar ben ik anders naar gaan kijken sinds ik in gezinnen kwam te werken waar het er minder rooskleurig aan toeging. En dan heb ik het niet per se over armoede. Manieren worden niet vanzelf verfijnd zodra je hoger op de maatschappelijke ladder klimt. Je kunt beter met honger naar bed gestuurd worden wanneer je moeder tenminste kan uitleggen dat het geld voor eten op is in plaats van dat je avond na avond pudding voorgezet krijgt terwijl je recht in je gezicht wordt voorgelogen. Ik houd er niet van als mensen hun slechte gewoontes met kokette foefjes, poeders en luchtjes maskeren. Doe mij maar eerlijk, volhardend en trouw. Dat laatste ben je je ouders, je kinderen en je personeel verschuldigd. Desnoods met een droge boterham.

Kort gesteld: mijn moeder denkt ik dat op de uitkijk ben naar leugens, maar ik zoek in feite de waarheid daarachter, dat is mijn drijfveer.

Mijn wieg stond in Schipluiden, mijn vader is dood, mijn moeder woont in een onverharde achterafstraat in een smal huisje, volgens haarzelf het scheefste van Delft, maar ik ken gevels, die hangen pas echt op halfzeven. Ik heb nog een oudere broer, Govert, in Rotterdam. Mijn andere broer, Boudewijn, was de oudste van de drie. Die ging op de walvisvaart en moet ergens in de Noordelijke IJszee zijn omgekomen. In mijn verbeelding heeft hij tot de laatste snik hevige gevechten geleverd met inboorlingen of ijsberen en leidde een avontuurlijk leven tot hij die fatale klap op zijn hoofd kreeg. Een dood waarvoor een ander zou tekenen. De realiteit is dat de rederij ons niets heeft willen of kunnen vertellen over het lot van *De Voorspoed* en dus moet ik er zelf maar een draai aan geven. Om mij te pesten riep Govert graag dat Boudewijn na maanden van kou en honger het loodje heeft gelegd. Dat is Govert ten voeten uit, wás eigenlijk, want sinds zijn eigen ongeluk is het met de grappen gedaan. Zijn vrouw en beide kinderen kwamen om bij de kruitramp hier van drie jaar geleden. Ik heb mensen met droge ogen horen beweren dat hij van geluk mocht spreken dat hij die dag niet thuis was. Anderhalf jaar geleden zag ik hem voor het laatst. Het is een wandelend wrak. In de Rotterdamse haven neemt hij klussen aan, wat hij verdient gaat meteen op aan drank.

Mijn moeder was dienstbode, dus werd ik het ook.

Hoe ik bij Maria Thins terechtkwam? Zes jaar geleden werkte ik bij een ouder echtpaar van wie de man vrij plotseling overleed. Aan hem mist de wereld niet veel. Mevrouw smeekte me bij haar te blijven, maar dan hadden we het huishouden moeten delen en dat had weer aanleiding gegeven tot roddels. Na tal van verwikkelingen kwam zij in het oudevrouwenhuis terecht.

Geen week later werd ik door Maria Thins benaderd. Iemand had haar verteld dat ik gedienstig ben en goed werk lever, wat ook klopt. Na een gesprekje van tien minuten over religie, houtrot en fatsoen op straat nam ze me aan. Ik heb hier aan de Oude Langendijk een eigen kamer, waar ik vijf nachten slaap. De hele zondag ben ik bij mijn moeder. Die wil dat ik doe wat me gevraagd wordt en dan is het goed. Zelf verstelt ze kleding voor de buurt. Daarbij ratelt ze aan een stuk door en ik luister soms.

Ik kan mijn taken naar eigen inzicht inrichten en verdien nog meer dan voorheen ook. Mevrouw is tevreden en waardeert mij als mens. Toch ben ik een deel van mijn vreugde hier kwijtgeraakt. Telkens wanneer Willem over komt uit Gouda is de sfeer om te snijden. Maria Thins legt de schuld bij zijn vader. Die weigert Willem te ondersteunen waardoor die op zijn beurt noodgedwongen hier zijn handje komt ophouden. Ik hoop op een spoedige oplossing voor dit probleem, al heb ik geen idee welke. Willem zou werk moeten vinden. En daarna een vrouw. In omgekeerde volgorde mag ook.

Zelf voel ik me intussen te oud om nog aan een gezinnetje te denken. Misschien heb ik te vaak gezien wat voor gedoe kinderen opleveren en is de behoefte, die ik lange tijd wel kende, wat getemperd. Misschien speelt het verdriet rond mijn beide broers een rol. Ik ben terughoudender geworden naar mannen. Degenen die een dappere poging waagden om mij voor zich te winnen hebben dat tot hun verdriet ervaren.

Als me ernaar wordt gevraagd – en dat gebeurt vanzelf wanneer zich in mijn omgeving iemand verlooft of gaat trouwen –, dan zeg ik maar dat de ware nog even op zich laat wachten.

Ik heb trouwens een keer drie maanden verkering gehad. Totdat ik erachter kwam dat ook hij me thuis als dienstbode dacht te kunnen gebruiken. Tegen die tijd werd ook duidelijk dat hij gezellige gesprekjes met andere dames aanknoopte. Waartoe dat kan leiden had ik al eerder met eigen ogen mogen aanschouwen. Verder stond zijn geur me tegen en bijster slim keek hij niet uit zijn ogen. Op een dag zei ik hem dat hij best vaker zijn broek mocht ophijsen omdat ik niet opgewonden raakte van zijn bilnaad. Hij zei dingen terug waarvan hij vervolgens spijt kreeg. De briefjes die hij me nog stuurde om de zaak te lijmen liet ik onbeantwoord. Bedankt, tot ziens.

Nu heb ik hem al twee keer met een ander over straat zien gaan. Ik denk niet dat iemand haar hoeft te benijden.

Medelijden met mij is al helemaal overbodig. Ik ben een tevreden mens en vind het fijn om anderen tevreden te stellen. Doe mij maar eenvoudig.

Afgezien van mijn nieuwsgierigheid snoep ik graag en sla ik weleens door in mijn oordeel. Mensen die ik niet mag, mijd ik waar mogelijk. Doorgaans zijn dat inderdaad mannen. Mijn vader was een uitzondering. Hij heeft alleen maar gewerkt en gewerkt, totdat hij er op een dag dood bij neerviel. Moeder is er nog trots op ook.

Ik ben gesteld op Catharina, ik respecteer Maria Thins. Dat veel mensen kwaad van haar spreken verandert daar niets aan. Tegen mij gedraagt ze zich correct. Dat ze streng is voor Johannes heeft hij geheel over zichzelf afgeroepen. Het respect dat ik voor hem koesterde is weg na dat ranzige schilderij van hem.

Dit is hoe ik ernaar kijk: meneer heeft jarenlang braaf maar met gezonde tegenzin gedaan wat werd gevraagd om daarna uit frustratie in één keer zijn glazen in te gooien.

De vraag waar dat nou voor nodig was is gek genoeg door niemand nog beantwoord. Voor sommigen mag dit onderwerp te pijnlijk zijn om aan te snijden, ik heb de hoop niet laten varen dat ik zelf het antwoord boven water krijg. Hij loopt er zelf ook mee rond, het kan niet anders.

Eerst dacht ik aan een wraakactie. Hij wilde Maria Thins te kakken zetten door haar in de rol van hoerenmadam af te beelden. Maar waarom Catharina erbij?

Ook dacht ik een poosje aan een soort boetedoening, want zichzelf schilderde hij nadrukkelijk in de rol van voyeur, die werkeloos – en schijnbaar ook gedachteloos – toekijkt. In plaats van in te grijpen proost hij op het aanstaande plezier. Die slappe houding past hem helemaal, tot zover is alles helder. Maar ook dat laat de vraag onbeantwoord waarom hij Catharina erbij moest betrekken, in de bedenkelijkste rol en dan ook nog met een flinke blos op de wangen, alsof ze helemaal in haar nopjes is.

Hier kan ik dus van wakker liggen. Hoe krijg ik Johannes ooit zover dat hij prijsgeeft waarom hij haar deze streek heeft geleverd?

10

Johannes

We hebben afgesproken op de in steen gebeitelde windroos, midden op de Markt, maar ik ben weer eens te vroeg. De kerkklok weigert om elven te slaan, dus kan ik op mijn gemak de rondom geschreven tekst ('elck wandel in godts weghen') overpeinzen. Heeft God slechts de wegen laten leggen waarover de mens in zijn levensdagen wandelt of heeft Hij die wandeling al voor ons uitgestippeld? Er komt een dag en dan neem ik een beitel mee om mijn antwoord op die prangende vraag toe te voegen.

Verder moet ik het doen met het stemgeluid van blinde Pepino die, het Haagse bulletin omhooghoudend, brult wat er deze week zoal is voorgevallen in de wijde wereld. Wie op de hoogte wil blijven, kan erin lezen dat er op Ambon een kind is verdronken, voorbij Duinkerke een schip is gekaapt, dat de aandelen zijn gedaald. Of gebeurtenissen van gelijke strekking. Waarom mensen zich toch laven aan onheilstijdingen? Alsof er in Delft een tekort zou zijn aan tranen. Het leven is hier heus grimmig genoeg.

De andere kant op kijkend zie ik de plateelverkoopster weggedoken onder de luifel staan, alsof de regen elk moment met bakken naar beneden kan komen. Ik zie anders nog genoeg blauw aan de hemel. Als ze klandizie wil voor haar Chinees porselein – geloof me, daar is niets Chinees aan, het wordt hier in Delft gebakken en geglazuurd –, dan kan ze beter een paar stappen naar voren doen en een stem opzetten à la Pepino.

Laat ik me maar liever op mijn eigen tekst concentreren. Ik moet kalm blijven en haarfijn uitleggen hoe ik de toekomst zie. Cats bedenkingen geen kans geven. Twijfel is slecht voor een mens. Misschien moet ik om te beginnen eens stil blijven staan en mijn schouders ontspannen.

Nog één keer oefenen dan: *Cat, jouw zorgen zijn overbodig. Ik kan... Ik zal ons in veilige haven voeren. We maken... Ik maak geen domme fouten meer. We hoeven alleen nog het geluk te verwelkomen.*

Mijn adamsappel schiet omhoog, daar komt ze aan.

Met verdubbelde hartslag kijk ik toe hoe ze de Markt oversteekt. Zo doelgericht als haar moeder loopt, zo onvast is haar tred. Ze groet geen mens, haar aandacht is bij de Vlaamse keien alsof die wankel zijn uitgelegd.

Dan staat ze voor me.

'Hallo, Johannes.'

'Dag, lieverd.'

Ze heeft de gouden oorbellen in die haar zo mooi staan.

'Zullen we een stukje lopen?' stel ik voor.

'Ja, dat hadden we toch afgesproken.'

We slaan een hoek om, daarna nog een. Hier langs de Voldersgracht is het rustiger. We passeren het rijtje oude panden met identieke traptorentjes.

'Hoe gaat het?' vraag ik.

'Goed. Elizabeth heeft een tandje dat doorkomt, dat maakt haar aan het huilen. Moeder heeft peren gehaald van de moestuin en de kleine Maria wil haar grijze jurkje niet meer dragen.'

'Waarom niet?'

'Omdat ze liever die rode aandoet.'

Ik glimlach. 'En jij?'

'Met mij gaat het goed.'

Even later werpt ze een blik opzij. 'Wat is er?'

'Niets.'

'Ik zie het toch.'

'Niks hoor. Je vraagt alleen niet hoe het met mij gaat,' zeg ik ten slotte.

'Neem me niet kwalijk. Hoe gaat het met je?'

'Goed.'

'Je maakt anders een wat rusteloze indruk.'

'Rusteloos, is dat beter dan ongeduldig?'

'Hoe bedoel je?'

'Dat je me meestal ongeduldig noemt.'

Haar mondhoeken plooien, dat is hoe bij Cat een glimlach eruitziet.

'Nou ja, als het gaat om inkopen doen, de meisjes aankleden, zingen, de begijntjes bezoeken enzovoort, dan...'

'Dan ben ik inderdaad ongeduriger dan jij, dat klopt.'

Bij de vleeshal slaan we rechts af.

Ik moet mijn woorden overwegen. 'Maar ik denk dat jij minder tijd inruimt voor de zonsondergang, voor rimpelingen op het water, kinderen die op straat spelen met hun varkensblaas. Maar laten we geen ruzie maken, Cat, volgens mij hebben we allebei even veel of weinig geduld.'

Hier kauwt ze een poosje op. Bij de hoek naar de Oude Delft houdt ze in. Een platte schuit met biervaten glijdt over het water. De gondelier prikt hem voorwaarts.

'Nou, ik weet niet of ik het daarmee eens ben.'

'O nee?'

'Jij staat naar rimpelingen op het water te staren terwijl er dringend andere dingen moeten gebeuren,' zegt ze vlak.

'Tja, je bent nu eenmaal met een schilder getrouwd.'

'Ja, daar ben ik nu wel achter.'

Oei, wat klinkt dat weer snibbig.

'Welke kant gaan we op?' vraagt ze ten slotte.

'Met schilderen?'

'Ja, dat ook, maar ik bedoelde de wandeling.'

We staan besluiteloos op de hoek van de gracht.

'Dat mag jij zeggen.'

Ze slaat rechts af, dan onder het poortje door naar links in de richting van het Begijnhof, waar de lindes geel kleuren.

'Met het schilderen gaat het goed, al kan het nog beter.'

'Dat vind ik knap van je.'

'Knap?'

'Ik heb een poosje gedacht dat je helemaal zou stoppen.'

'Stoppen, waarom zou ik?'

'Nou dat heb je anders zelf aangekondigd. Twee keer zelfs.'

'Dat moet je niet zo letterlijk nemen. Als kunstenaar ben ik inderdaad gemakkelijk ontregeld. Soms neemt het werk zoveel tijd in beslag, ik kan me in details verliezen om een levensechtheid als die van Carel te bereiken.'

'Welke Carel?'

'Ik bedoel meester Fabritius.'

'O die. Ja, die had het zeker hoog in de bol.'

Langs de stadsmuur draaien de molens volop.

'Hij is nu eenmaal mijn grote voorbeeld. Wat is er nou mooier dan wanneer de toeschouwer verlekkerd de hand uitsteekt naar fruit dat je hem voorzet? Dat het water hem in de mond loopt? Wij willen bedriegen en hij wil bedrogen worden. Zie het als een spel.'

'Spel,' herhaalt ze lusteloos.

Ik weet het, Cat heeft het liever over de knikkers dan over het spel.

Ooit had ik na weken van gepriegel zo'n volle fruitschaal

voltooid. Ze kwam het atelier binnen en zette grote ogen op. Iets meer enthousiasme had best gemogen, maar nee, nog geen vriendelijk woord. Ze stelde dat ik nauwelijks vooruitgang had geboekt sinds haar vorige bezoek. Had ze maar beter gekeken, dan had ze gezien dat de druiven uit een veel intensere schaduw naar voren kwamen, dat er drie kleuren groen in te onderscheiden vielen, nog los van de rimpels en afzonderlijke toefjes licht. Dit waren nog eens echte druiven!

En dan weerspiegelde het fruit bovendien groenig in de roemer ernaast. Om dat 'nauwelijks vooruitgang' te noemen... Het zijn uiteindelijk zulke subtiliteiten die een doek zijn bestaansrecht verlenen. Alleen valt het verschil tussen goed en grandioos niet met een terloopse blik waar te nemen. Cat wil eerst de kenner horen roepen dat Vermeer geweldig schildert, dan gaat ze erin mee.

Even later hoorde ik haar huilen in de kamer ernaast en dat ging me aan het hart. Ze was oprecht teleurgesteld. Op dat moment begon ik me in ernst af te vragen of ik niet beter alsnog een ander beroep kon kiezen. Als mijn druiven háár niet overtuigden, wie dan nog wel? Waartoe blijven ploeteren? De beroemdste schilder van Delft ging ik toch niet meer worden. Ik ben naar haar toe gegaan, heb een hand op haar schouder gelegd en zei dat ik haar begreep. Dat meende ik ook. Zij moet net zo trots kunnen zijn op mijn werk als ikzelf.

Twee weken later was alles alweer anders. Zodra ze merkte hoe apathisch ik werd van het nietsdoen en hoe besluiteloos om een ander handwerk op te pakken, vroeg ze me om alsjeblieft, alsjeblieft weer te gaan schilderen.

De andere keer dat ik er genoeg van had was dit voorjaar na het schandaal van de bordeelscène. Het was een zedelijke vermaning zoals ze in de Republiek bij duizenden worden geschilderd, maar half Delft blaatte elkaar na dat meester Vermeer fatsoensgrenzen zou hebben overschreden. Ach ja, mensen zijn verzot op een relletje. Mijn bekering tot het katholicisme zal hierin een rol hebben gespeeld. Katholieken worden gewantrouwd als het om moraal gaat. Een protestantse schilder was hiermee weggekomen, ik niet.

Van verschillende kanten werd me geadviseerd – zelfs een van de vier burgemeesters achtte het nodig mij te kapittelen, op straat nota bene – om het penseel voorlopig niet meer ter hand te nemen. Daar zou narigheid van komen.

Ik gaf er gehoor aan. Een paar weken later deed Van Ruijven me anders beslissen. Geen mens nam de kwaliteit van het doek zelf in overweging. Hij wel.

Van Ruijven had de hele opschudding meegekregen en wilde de oorzaak van alles graag met eigen ogen zien. Op een vroege ochtend, toen het nog stil was in de herberg, kwam hij langs. Als je hem besmuikt hoorde lachen om de bekrompenheid hier ter plaatse dan had het allemaal niet zoveel om het lijf. Hij werd pas serieus toen hij de tijd nam om de compositie met mij door te spreken. Of die hand op de borst niet iets te groot was, of de koppelaarster zelf niet wat onhandig achteraan stond. De tafel met kleed was naar zijn smaak iets te horizontaal, waardoor onnodig veel van de voorstelling werd afgesneden.

Ik luisterde aandachtig, Van Ruijven – niet voor niets een van de vooraanstaande kunsthandelaars van de stad – ging recht tegen de heersende opvatting in door te verklaren dat ik al met al een puik werkje had afgeleverd. Voor de duidelijkheid, het onderwerp zelf leek hem geen snars te kunnen schelen. Hij bejegende mij als vakman in plaats van als de geilneef die ik niet ben.

Hij had ook nog wel een paar tips voor me. Het gekke is achteraf dat hij er blind op vertrouwde dat ik het metier weer ter hand zou nemen. Ik ging ook door, al heb ik, mede door de commotie van die dagen en het daaruit voortvloeiende slaapgebrek lang niet al zijn suggesties weten te onthouden. Het belangrijkste dat ik ervan opstak was dat ik het licht meer ruimte moest geven. Licht, ruimte en innigheid.

Toen hij onlangs Cats portret kwam bekijken, werd pijnlijk duidelijk dat ik te vroeg had gejuicht. Kennelijk viel er nog van alles aan te merken.

Via de Schoolpoort zijn we over de houten brug de stad uit gelopen. We slenteren verder over het zand van de kade. Links de stad, rechts de bleekvelden. Wolken als bloemkolen.

Cat somt uit de losse pols nog wat van mijn eigenschappen op: lui, dwangmatig, eenkennig.

Ik steek de handen steeds dieper weg in mijn broekzakken. Ik zoek al lang geen bestemming meer, maar een manier dit gesprek de goede kant op te krijgen, al lijkt Cat andere bedoelingen te hebben. Terwijl ze zelf net zo'n knoop in de maag heeft als ik. Ik kan het horen aan haar stem, ik kan het bijna voelen.

Ik wijs haar de kinderen die aan het bikkelen zijn. Telkens wordt de bal opgegooid en voordat die weer de grond raakt moeten er zo veel mogelijk bikkels zijn opgeraapt. Ik vraag haar of ze het vroeger ook heeft gespeeld. Ze hoort mijn vraag niet eens.

Goed, waarom nog langer uitstellen? 'Cat, het zit zo.'

Ze kijkt me aan, eigenlijk voor het eerst deze wandeling. Het is niet de blik waarop ik had gehoopt.

'Ik wil jou en je moeder duidelijk maken wat ik in mijn mars heb.' Het is in elk geval een begin. Nu de rest nog.

Die frons in haar voorhoofd doet vermoeden dat zij degene is die weet hoe het zit. 'Dit heb ik je vaker horen zeggen, Johannes, waar het nu om gaat is dat we over de toekomst nadenken. Als ik aan de Oude Langendijk blijf en jij kiest voor Mechelen, dan... dan...'

Dan leven we feitelijk gescheiden, dat is wat ze wil zeggen.

'Cat, ik kan in de voetsporen treden van Carel, ik bedoel meester Fabritius. Dat klinkt aanmatigend, ik weet het. Ik ben er klaar voor, maar ik moet wel rust aan mijn hoofd hebben. En jij weet dat die rust niet te vinden is in Mechelen. In geen enkele herberg.'

'Natuurlijk weet ik dat. Volgens mij ben ik degene die dat drie jaar geleden... Nou ja, doet er ook niet toe.'

'Het belangrijkste is dat jij er verstandig aan hebt gedaan om weg te gaan. Had ik dat al gezegd? Nee, volgens mij nog niet. Hoe dan ook, ik kan me daar onmogelijk afsluiten voor wat er om me heen gebeurt, onder me, boven me.'

'Maar je zei...'

'Dan heb ik me vergist,' onderbreek ik haar, grover dan me lief is. 'Ik heb me groot gehouden. Ik wilde jou niet in verlegenheid brengen.'

Het is moeilijk iemand aan te kijken die met twee gefronste wenkbrauwen en een ingetrokken kin zoveel twijfel kenbaar maakt.

'Zeg je nu dat je toch weer wel bij ons zou intrekken? Dat zet alles op zijn kop.'

'Overdrijf niet zo.'

Ter hoogte van de werkplaatsen van de houthandelaars blijven we een poosje staan. Het liefst had ik de ogen gesloten, om even de geluiden op me te laten inwerken, net als de geur van pas geschaafd hout, zo bitter, zo harsig. Dat doet me altijd goed.

Via de Waterslootse Poort lopen we terug de stad in. Dan langs de overkluisde Haverbrug. Boven de daken uit de ledesteen van het belfort.

'Ik weet dat het ingewikkeld klinkt, maar ik zou in eerste instantie graag bij jullie een schilderij maken.'

'Bij ons?' herhaalt ze schamper. 'Je atelier staat aan de overkant.'

Daar reageer ik maar niet op.

'En wil je dan ook weer bij ons slapen?'

'Nee, ik slaap in het atelier. Ik weet dat het onlogisch klinkt. Nou ja, dat zou me tijd geven om na te denken. Ik moet weten hoe ik het voortaan ga aanpakken, als je me kunt volgen.'

'Niet helemaal, maar los daarvan, die vraag zou ik dan eerst aan moeder moeten voorleggen en die wil ook weten welke kant het opgaat. Wat ga je trouwens schilderen? Ben je daar al uit?'

'Ik heb een plan en deze keer...'

'Je hebt wel meer plannen gehad.'

'Laat me uitpraten. Ik wil eigenlijk hetzelfde als jouw moeder van me verlangt, namelijk doeken maken die honderd gulden per stuk doen.'

'Honderd gulden?' Ze verzet opeens geen stap meer.

'Honderd gulden, ja.'

'Ga je gang, zou ik zeggen.'

Na wat aarzeling loop ik door, zij volgt.

Terug op de Markt staat net een ouder echtpaar op van het bankje. Mooi, die plek is voor ons. We zitten een poosje stilzwijgend naast elkaar.

Cat kijkt rusteloos om zich heen. Dat doet ze wel vaker als we met elkaar praten. Dat is geen prettige eigenschap. Alsof haar ogen op zoek zijn naar degene met wie ze eigenlijk had afgesproken.

De flauwe wind streelt langs haar wangen.

'En wat is precies het nieuwe aan dit plan?'

'Ik heb Van Ruijven gesproken.'

'Hè, hè. Dus je bent toch naar hem toe gegaan?' klinkt het hoopvol.

'Eh... min of meer.'

'Zie je wel dat ik gelijk had?'

'Hij had het over een voorschot.'

'Kijk aan. Hoe hoog?'

Op dat moment begint verderop het carillon te spelen. Twaalf uur, dan heb ik welgeteld een uur nodig gehad om tot de kern van de zaak te komen.

'Over de hoogte hebben we het nog niet gehad. Het leek me

onverstandig om hem op een bedrag vast te pinnen. Wat ik wel weet is dat hij de vijftien gulden voor dat schilderij met jou... met jullie... belachelijk weinig vond. Hij wil nog drie doeken van me. Hij heeft me erbij verteld hoe hij ze wil hebben en ik ben het volledig met hem eens.'

'Wanneer zou je die doeken af moeten hebben?'

'Eh... Over acht maanden, meen ik.'

'Johannes!'

'Wat?'

Ze schudt haar hoofd, miniem, maar niet minder nadrukkelijk. Alsof ik toch nooit zal begrijpen wat zij allemaal begrijpt.

'Jij hebt nog nooit drie schilderijen in acht maanden geschilderd. Nog nooit.'

'Nee, en dat is ook precies de reden...'

'Dat je bij ons wilt komen schilderen?'

'Eh... ja, daar komt het wel op neer. Onder andere.'

'Wat dan nog meer?'

'Ik wil een schilderij van Tanneke maken. Ik hoop dat je niet boos wordt.'

'Waarom zou ik boos worden?' vraagt ze ongemakkelijk. 'Ik heb liever dat je er drie maakt. Of wordt het weer zo'n...'

'Nee, het wordt heel keurig. Het wordt alleen mooier dan jouw portret. Niet op die manier mooi maar toch... krachtig, overtuigend, begrijp je?'

'Overtuigend?'

Ik leg in een paar zinnen uit wat ik van plan ben. Cat luistert. Abrupt onderbreekt ze me. 'Maar luister nou eens, Johannes. Vorig jaar zei je dat je nooit meer bij ons over de vloer wilde komen. Sindsdien kom je minstens elke zaterdagavond, stiekem, maar toch. En nu kondig je aan nog veel vaker te komen, alleen niet om mij te zien, maar om...'

'Ja, dat klopt. Althans...'

'Maar is het dan niet veel handiger dat je eerst je excuus maakt bij moeder? Dat jullie het uitpraten.'

Ik sla mijn armen over elkaar. Cat ziet het, ik maak ze weer los, maar weet er geen andere bestemming voor. 'Je bedoelt...'

'Je weet precies wat ik bedoel. Zal ik vragen of ze vanmiddag tijd voor je heeft? Dan kan het meteen geregeld zijn.'

'Vanmiddag?'

Cat kijkt me recht aan. 'Dat had je namelijk beloofd.'

'Nou, daar kan ik me niets van herinneren.'

'Natuurlijk wel, jij ging mijn portret maken afgelopen zomer, ik vond dat je eerst in het reine moest komen met moeder. Daar was je het mee eens.'

'Nou, mee eens, mee eens... Ik ging...'

'Je was het ermee eens, Johannes.' Cat snerpt nooit, maar nu heeft ze kennelijk een reden gevonden. Veel kalmer herneemt ze: 'Maar laten we dat onderwerp begraven. We spreken het zo af: ik leg die vraag voor bij moeder nádat jij je excuus hebt gemaakt.'

Ik geloof mijn oren nauwelijks. Cat zet me gewoon onder druk. Heeft ze dan helemaal niet geluisterd?

Excuus maken, aan Maria Thins. Ik zie direct dat akelige gezicht voor me. Dat zou dan de triomf worden waarop dat mens al twee jaar zit te vlassen. Van de weeromstuit begint mijn voet weer te wippen.

'Nou goed, ik denk er nog even over na.'

'Doe dat.'

Heel even kijkt ze me met haar helderblauwe ogen aan – uitdagend, hoopvol, wie zal het zeggen? –, dan buigt ze voorover en geeft me een kus op de wang. 'Ik moet gaan.'

Ik staar haar met betraande ogen na. Het is zeker een maand geleden dat ze me voor het laatst uit zichzelf een kus gaf. Ik had haar met een roos vergeleken, vandaar.

11

Catharina

Hij vergelijkt me met een roos, met een ree, met een klaterende fontein. Ik zou willen dat ik iets kon voelen wat in de buurt komt. Is het lief dat ik vanaf de tel dat ik wakker word onmacht voel, die meestal vanzelf overgaat in woede? Hij prijst mijn optimisme en mijn heldere verstand. Allebei ben ik al lang kwijt, ik probeer te redden wat er te redden valt. Hij noemt me een goede moeder. Niks van waar, ik ben kortaf en onhebbelijk. Hij raakt niet uitgepraat over mijn schoonheid. Nou, die mooie roos van hem heeft stekels en vroeg of laat verwelkt ze bovendien.

Ik ben benieuwd wat er dan nog van zijn liefde overblijft.

Of krijgen mijn vriendinnen, mijn moeder en tantes al veel eerder gelijk? Ze waarschuwden me van meet af aan. Ze stelden alles in het werk om me aan de zoon van de rentmeester te koppelen, prezen hem de hemel in. Anders dan Johannes was die een halve kop kleiner dan ik. Sterk als een os, nuchter, meegaand. Bijziend was hij trouwens ook. Dat knijpbrilletje stond hem niet.

Johannes was anders. Sullig, tegendraads, maar knap. *Cat, je wordt toch niet verliefd op die slungel? Hij heeft een oogje op je.* Klaarblijkelijk was ik al hard op weg, anders had ik die waarschuwingen vast en zeker ter harte genomen.

Mijn verliefdheid hield een jaar aan, althans de heftige fase waarin Johannes me voor 'vurig' versleet. Het gevoel werd ingeruild voor houden van, logisch, er kwamen zorgen bij, meningsverschillen, kinderen, nog meer zorgen. Houden van werd... Ik kom zo gauw niet op het woord. Volgens Tanneke is het eigenlijk medelijden wat ik voel, of misschien heb ik het zelf wel zo genoemd. Het punt nadert dat ik vooral mezelf wat medelijden gun.

Deze keer houd ik voet bij stuk. Als hij vanmiddag niet bij moeder langsgaat, als hij niet over zijn eigen schaduw stapt, dan mag hij het verder uitzoeken met zijn kwasten en stillevens, met zijn bordeelscènes voor mijn part, materiaal te over daar.

Ik mag dan de vurigheid goeddeels achter me hebben gelaten, hijzelf is met het klimmen der jaren verkrampter geworden. Hij kan niet schilderen met vieze nagelranden, als hij uien ruikt vanuit de keuken, als zijn kleding kriebelt, als hij door vlooien wordt gestoken en dan zijn er nog tal van geluiden waaraan hij zich stoort zoals krakende vloerplanken of wind in de schoorsteen, maar daarvoor kan hij zich afsluiten met behulp van oordopjes.

Zouden er mannen bestaan van wie je volledig kunt houden, aan wie je nooit hoeft te twijfelen?

Ik weet er geen.

Toegegeven, Johannes en ik, we hadden mooie momenten samen, maar we drijven steeds verder van elkaar af, ik in het verleden, hij in een toekomst die niet bestaat.

Ach, onze trouwdag, vierenhalf jaar geleden alweer. De fruitbomen stonden wit en roze in bloei. De zon scheen volop. Volgens een vriendin heb ik die dag gedanst alsof het mijn laatste op aarde zou zijn. En ik maar denken dat mijn levensgeluk op het punt van beginnen stond. Eindelijk eens dansen zonder de afkeurende blik van mijn moeder. Er werd viool gespeeld en getrommeld.

Wat meehielp waren de heerlijke wijn en het feit dat mijn vader en broer niet op de uitnodiging waren ingegaan. Dat hadden ze goed aangevoeld.

De plechtigheid werd in een schuilkerk in Schipluiden gehouden. De enige prostestanten waren Johannes' moeder en zijn twaalf jaar oudere zus, die zich steeds verder in een hoekje lieten wegdrukken. Onmiddellijk na ons te hebben gelukgewenst namen ze de koets terug naar Delft.

Anderen leefden zich juist uit. Zo herinner ik me twee collega's van Johannes, de vermaarde schilder Ter Borch – bij binnenkomst als Monsieur aangekondigd – en meester Fabritius. Moeilijk te bepalen wie van beiden het meeste op had. Ter Borch gedroeg zich heel vrijpostig door deze en gene dame in het oor te fluisteren dat hij bereid was hun te vereeuwigen in een van zijn genrestukken, ze hoefden hem alleen maar een poosje gezelschap te houden. De snoeperd.

Op meester Fabritius had de wijn een bijna tegenovergestelde uitwerking. Die hing juist Johannes om de nek en riep – terwijl ik het overduidelijk kon horen, maar misschien was dat wel de bedoeling – dat het zonde was dat zijn vriend in het huwelijksbootje stapte. Een vreemde uitspraak voor iemand die zelf getrouwd was. Tenzij dat juist dé verklaring was. Ik vroeg Johannes er naderhand naar. Die zag niets vreemds aan het gedrag van zijn collega, ook niet aan het feit dat ze samen arm in arm hadden gedanst. Zo had ik Johannes nog nooit meegemaakt. Carel was Carel en daarmee basta. Ik zoek er ook verder niets achter. Johannes heeft nooit interesse getoond voor andere vrouwen, laat staan voor andere mannen.

Omdat moeder tot het laatst haar bedenkingen hield, trouwden we op huwelijkse voorwaarden. Moet ik haar vooruitziende blik prijzen? Nu is de boedel heel letterlijk gescheiden, want hij slaapt daar en ik hier.

Dat moeder niets in Johannes zag viel gauw genoeg van haar

gezicht af te lezen. Ze had genoeg te stellen met haar eigen familie, ze hoefde er geen klaploper bij. Zo schijnt ze hem te hebben genoemd, althans volgens Tanneke, en dat ving ik weer bij toeval op toen ik meeluisterde wat die op de markt met een andere dienstbode uitwisselde. Daarover haalde ik mijn schouders op, ik ken wel ergere benamingen voor hem.

Moeder wilde nu eenmaal het beste voor mij en, eerlijk is eerlijk, met Coenraad, de zoon van de rentmeester, was ik vermoedelijk in rustiger vaarwater beland. Wat valt haar te verwijten, ze heeft meebetaald aan Johannes' studie in Utrecht. Naar eigen zeggen omdat ze zich had laten ompraten door meester Bramer die lof uitstrooide over zijn pupil van de voorbije anderhalf jaar, al gaat zoveel borstklopperij wat ver. Ik houd het erop dat mijn moeder zelf met het voorstel kwam, in de stiekeme hoop dat hij voorgoed zou opkrassen en elders emplooi zou vinden. Met andere woorden: mij netjes met rust zou laten.

Als je weet uit wat voor omstandigheden mijn moeder komt, dan kun je begrip opbrengen voor haar behoedzaamheid met mannen. Ze wilde mij het verdriet besparen dat haar is overkomen.

Ze hield zich groot toen Johannes na twee jaar naar Delft terugkeerde, al moest ze iets nieuws verzinnen om hem op afstand te houden. Ze gooide het op het geloof, maar toen hij vastberaden bleek en zelfs bereid om het zijne op te geven, bond ze langzaam maar zeker in. Ze heeft tot het laatst toe subtiel haar bezwaren geuit. Logisch, ze had zich uitvoerig in zijn familie verdiept en ik kreeg het allemaal uitgeserveerd: Johannes' vader was een onruststoker en messentrekker, bij zijn opa was zelfs een oor afgesneden nadat hij was opgebracht wegens valsmunterij. En dan had hij ook nog een oom die tot voor kort op water en brood zat. De enige over wie ze niets kwaads te melden heeft, is zijn zus Geertruid, behalve dat ze voordringt in de winkel. Ze is getrouwd met een simpele ziel die zijn levensdagen vult met het schaven en timmeren van ebbenhouten lijsten. Alleen heeft die dan weer een zus die volgens de geruchten een onwettig kind ter wereld heeft gebracht. Foei!

Alles bij elkaar genoeg reden voor moeder om Coenraads naam af en toe subtiel te laten vallen. Totdat bleek dat die zich met een ander had verloofd en zij eieren voor haar geld koos. Ze zag in dat ze mij met nog meer verzet weleens helemaal kwijt kon zijn.

Johannes heeft na de bruiloft lang getwijfeld of hij hier zou intrekken. Toen het eenmaal zover was, waren de spanningen niet van de lucht. Vorig jaar herfst kregen mijn moeder en hij het met elkaar aan de stok. Dat moet ik mezelf aanrekenen. Kort daarvoor had ik hem opgebiecht wat zich binnen deze muren heeft afgespeeld. Hij had al zijn vermoedens, nog langer zwijgen was uitgesloten. Het was meer dan hij aankon.

Uiteraard had ik het anders moeten aanpakken, ik weet alleen niet hoe. 's Nachts in mijn dromen beleef ik het letterlijk zo, ik zit gevangen tussen verschillende vuren. Ik ren vertwijfeld van hot naar her, de vlammen sluiten me in. Ik ben opgelucht als ik wakker word. En rechtop blijk te zitten.

Ben ik veranderd in de loop der jaren? Ja, ik ben meer gaan twijfelen, als moeder niet in de buurt is bijt ik op mijn nagels. Ik stel mensen teleur. En anders heb ik gewoon te veel inlevingsvermogen. Dan kan ik meer begrip opbrengen voor anderen dan voor mezelf.

Soms moet ik bidden om van de zenuwen af te komen. Het laatste wat ik wil is me afreageren op de kleine Maria, maar toch overkomt het me met regelmaat. Mensen die drammerig doen, die ongevraagd hun mening spuien of hun eigen straatje schoonvegen kan ik slecht hebben. Vaak genoeg blijf ik maar liever binnenshuis, zodat ik verschoond blijf van roddel en achterklap. Dan lees ik over vrouwelijke heiligen. Hun standvastigheid biedt me troost, maar eerlijk gezegd winden hun beproevingen me nog meer op. Ze moeten de gruwelijkste marteling doorstaan, zoals mijn naamheilige, Catharina van Alexandrië, die door de keizer, zelf nota bene verliefd op haar, uiteindelijk werd onthoofd. Omdat ik niet weet of het de bedoeling is dat mijn bloed aan de kook raakt, bid ik daarna extra devoot tot haar of tot Monica, mijn andere patrones. Nee, niet tot de Heilige Maagd.

Wat Johannes betreft, ik mopper wel, maar echte ruzies met hem ga ik uit de weg, ik heb de neiging hem bij voorbaat te vergeven. Of ik ben zo verdrietig dat ik er geen woorden meer aan kan geven. Hij moest me zo nodig opvoeren in zijn bordeelscène. Dat heeft me onnoemelijk veel pijn gedaan.

Ik stond op het punt om het vaasje met narcissen van tafel te grissen om naar hem te gooien, maar op het laatst keek ik hem in de holle ogen, ik begreep wat ze uitdrukten. Hij heeft iets van een gewond dier dat nergens heen kan vluchten.

Ik liet het er maar bij, halfslachtig smeet ik het vaasje op de grond. En toen hij lijdzaam de scherven stond op te ruimen, heb ik lelijke dingen geroepen, dat hij maar beter kon ophoepelen naar Utrecht, als ze daar klaarblijkelijk wél verstand van schilderkunst hadden. Dat is namelijk zijn stokpaardje, het ligt telkens aan Delft, dat te bekrompen is, te haatdragend. Ik heb gezegd dat hij niet van me houdt en alleen van zichzelf. Onzin natuurlijk, hij houdt veel van me, zij het op zijn onnavolgbare manier.

'Ik zou het geloven als je ook gewoon een mooi schilderij van me kon maken,' snikte ik toen de vloer weer schoon was. 'Zoals de tekeningen die je vroeger van me maakte.'

Dat vatte hij heel letterlijk op. 'Maar ik wil niets liever dan dat, jou schilderen. De wereld laten zien hoe mooi je bent.'

'Nee, nu hoeft het niet meer,' deed ik koppig, maar nog geen halfuur later was hij mij alsnog aan het schetsen, eerst in de luie stoel, daarna aan tafel gezeten. Van het een kwam het ander. Ik stelde twee voorwaarden. Hij moest alsnog naar mijn moeder (zijn belofte schijnt hij straal vergeten te zijn, maar nu wordt die hopelijk ingelost!) en verder moest het een kuis doek worden, respectvol, alleen van mij en niemand anders. Hij maakte talloze tekeningen, uiteindelijk vond hij mijn slapende pose het mooist, zonder uitdrukking op mijn gezicht.

Het is een prachtig tafereel geworden, al zeg ik het zelf. En daarmee hebben we min of meer een streep gezet onder het verleden.

Een ander zou zich minder meegaand hebben opgesteld, dat is waar. Ik ben nu eenmaal wie ik ben. Een verwend moederskind volgens velen. Eentje dat een blije jeugd heeft gehad om die alsnog kwijt te raken, ergens. Nee, niet ergens, ik weet precies waar ik die verloor. Ik heb nog weinig onder de knie gekregen in dit leven, behalve borduren, wonden verzorgen bij de begijnen, bidden, zingen, pastei bakken en mandenvlechten. Ik ben mooi maar niet stralend, ik kan zo weinig dat ik maar beter zo vaak mogelijk moeder kan worden, althans zo kijkt de pastoor ernaar.

Ik ben lief volgens de een, te zacht volgens de ander. Besluiteloos word ik genoemd, ik sta niet echt met twee benen in het leven. Hoe zou dat ook kunnen? Ik ben nog lang niet aan het heden toe, het verleden roept me telkens terug, met dwingende stem. Het verleden voelt aan de deur, vraagt, smeekt, dwingt me de sleutel terug te draaien. Het verleden komt binnen, alsof het zo moet zijn, komt bij me liggen en als ik protesteer legt het de hand op mijn mond zodat ik niet ga gillen, voelt over mijn lichaam, alsof dit het zijne is. Ik heb er al lang geen zeggenschap meer over. Het verleden noemt dit liefde. Wat ik ervan vind speelt geen rol. Het verleden kent zijn rechten, duwt ruw mijn benen uit elkaar en dringt door waar het niets te zoeken heeft. Het verleden onderwerpt me op een manier zoals Johannes nooit zou doen.

12

Tanneke

We staan in een donkere bijkeuken. Catharina heeft moeite om bij de kleine Maria de cape dicht te knopen.

'Het regent, mevrouw,' zeg ik nog, maar Catharina is niet van haar voornemen af te brengen. Ze moet en zal met de kinderen de hort op.

Van de halve zinnen die ze uitbrengt versta ik weinig nu de baby die ik zo lang vasthoud is gaan huilen.

Ze neemt die van me over zodra ook Maria klaar is om te gaan. Uiterlijk dan, ze trekt een beteuterd gezicht.

Via de poort gaan ze naar buiten. Ik hoor Maria nog vragen waarom haar zusje huilt.

Ik blijf beduusd achter. Heb ik het nou goed begrepen, gaat ze weg omdat Johannes dadelijk komt?

Misschien is dat wat ik hem onbewust nog het kwalijkst neem. Ook Catharina heeft hij aangestoken met zijn gekte. Vroeger ging ze blijmoedig en verstandig door het leven. Hoofdschuddend ga ik de spinnenwebben te lijf met de ragebol.

Mijn gedachten gaan terug naar de allereerste keer dat ik hem zag. Dat ongemakkelijke gevoel was er vrijwel direct. Hij was net terug uit Utrecht en zijn naam begon hier in Delft rond te zingen. Ik was met mevrouw mee naar een veiling en Maria Thins wees me hem aan als de jongen die met haar dochter liep en schijnbaar ooit met haar hoopte te trouwen.

Haar spottende toontje sprak boekdelen. Die lange was haar dochter niet waard. Mijn nieuwsgierigheid was natuurlijk gewekt, want Catharina sprak zich nooit uit over minnaars en er kwam ook niemand over de vloer om haar het hof te maken. Een ander zou in haar plaats bang zijn om te eindigen als oude vrijster, maar zij deed of ze alle tijd had en eerst de wereld moest overtuigen van haar deugdzaamheid. Toch was ze toen al twintig en daarmee op een leeftijd om over een verloving na te denken of tenminste je ogen de kost te geven. Of wilde ze met alle geweld zelf zo'n roomse heilige worden, althans dat werd haar op straat nageroepen.

Ik zag Johannes op de rug. Hij liep bij me vandaan met zijn uitstaande voeten. Hij schokschouderde, alsof het hem moeite kostte dat lange lijf overeind te houden. Hij had wel iets van een gans, of nee, eerder iets van een trekpop, een wezen dat gewend is geraakt om menselijkheid te imiteren en daarbij vergeten is om gewoon mens te zijn. Toen hij zich omdraaide zag ik bovendien die fletse ogen, die scheve lach, zijn afwezige blik. Genoeg reden om voorzichtig te delen in de spot van mijn bazin. Maar ik had me vergist en anders zij wel.

In die tijd stuurde hij Catharina verzen en maakte tekeningen van haar die zij in een speciaal laatje van haar dressoir bewaarde. Tot mijn schande moet ik bekennen dat ik daarin weleens heb zitten neuzen. Er lag onder andere eentje van Catharina met ontbloot bovenlichaam, ik stond versteld. Niks roomse heilige.

Het was bijzonder knap getekend, daar niet van, maar het ging om haar overtreding. Dit was nog voor hun verloving en zij had zich voor hem ontkleed. Ik denk weleens: had ik die tekening maar aan haar moeder laten zien, dan was Johannes hier de deur niet meer in gekomen en zij was mogelijk als novice aangemeld. Dat had ons allerhande problemen bespaard.

Het greep me zo aan, ik durfde Catharina vervolgens nauwelijks nog in de ogen te kijken. Ik schaamde me, wilde dat ik dat laatje nooit had geopend. Wat ik naderhand ook wel uit mijn hoofd liet, uiteraard, maar het kwaad was al geschied. Terwijl ik er Maria Thins juist van probeerde te overtuigen dat ze zich geen zorgen hoefde te maken omdat hun liefde zo aandoenlijk en daarmee onschuldig was. Ik zei dat het tussen die twee nooit wat zou worden, al kon Johannes nog zo goed tekenen. Daar ging het in het leven nu eenmaal niet om.

Catharina zag hem wel degelijk staan en inmiddels heeft ze me zelf uitgelegd waarom.

Hij is geduldig te werk gegaan, heeft alle benodigde stappen gezet. De ironie van alles is dat zijn verlangen hem in de handen dreef van degene die hem het leven pas echt zuur zou maken: Maria Thins.

Vanaf zijn terugkeer naar Delft, toen duidelijk werd dat hij de ware was voor Catharina, is ze hem echt als bedreiging gaan zien. Bang dat hij haar oogappel ging afpakken. Ze praatte ronduit gemeen over hem en toen Catharina op een dag kwam melden dat ze zich wilden verloven, reageerde Maria Thins niet eens. Woordloos liep ze naar boven. Dat weet ik dan weer van Catharina, die ik even later huilend aan tafel in de pronkkamer aantrof.

Maria Thins vermande zich. 's Avonds kreeg ze met moeite uit haar strot dat ze blij was voor haar dochter. Dat liefde iets moois was, al zag ze nog wel wat obstakels. En ja, obstakels moesten nu eenmaal uit de weg worden geruimd. Haar benadering was nuchter. Zo was toetreding tot de katholieke gemeenschap een eerste vereiste. Dat leek me ook billijk. Twee geloven op een kussen, daar slaapt de duivel tussen, had Maria Thins het niet geroepen, dan waren het zijn eigen ouders wel geweest.

Eerst volgde een reeks gesprekken met de pastoor. Ik weet van Catharina dat ze Johannes de meeste antwoorden op diens vragen al had ingefluisterd. Hij moest kunnen uitleggen hoe het zat met de vrije wil van de mens en of de ziel kon worden gereinigd door het vagevuur en hoe hij zich het paradijs voorstelde. Bij iemand van protestantse huize lagen misverstanden op de loer. Het rechtstreekse gebed tot God was voortaan uit den boze. Hij moest om voorspraak vragen bij de maagd Maria en de heiligen.

Daarna kwam de eigenlijke inwijding. Eerst de purificatie en de doop tijdens de paaswake. En tussen de bedrijven door bleven de vragen maar komen – niet in de laatste plaats van Maria Thins zelf – waarin hij dan precies geloofde. Of hij wel openstond voor een interventie van hogerhand. Wist hij het even niet, dan zei hij maar wat gewenst leek.

Toen hij zich eindelijk volwaardig katholiek mocht noemen omdat alle stappen waren doorlopen, kwam Maria met een volgende eis op de proppen. Hij moest zichzelf kunnen bedruipen. Daarmee zette ze hem pas echt klem, want tegelijkertijd verlangde ze dat hij stichtelijke kunst zou maken. Dat was vals naar mijn mening, want aan wie had hij al die heiligenprenten moeten slijten? Hij heeft het dapper geprobeerd, maar twee jaar geleden ongeveer – niet toevallig tijdens zijn eerste ruzie met zijn schoonmoeder – gaf hij er van de ene dag op de andere de brui aan. Hij had zijn buik vol van wat hij schijnheiligheid noemde, dus voortaan ging hij zich toeleggen op stemmige interieurs, daarvoor immers – zo verzekerde hij Catharina en die diende als doorgeefluik naar haar moeder – zou de burgerij van Delft wél warmlopen.

Ach, de arme man heeft zich deerlijk vergist.

De klopper slaat, ik onderbreek het werk en open de voordeur. Daar staat hij. Wat is hier de bedoeling van? Deze deur gebruikt het gezin alleen als het zondags naar de kerk gaat. Kan hij niet gewoon even achterom lopen?

'Hallo, ik kom voor mevrouw.' Het ziet eruit alsof hij tegen de hoed praat die hij in zijn handen houdt.

'Mevrouw, die is zojuist aan de wandel gegaan met haar... met uw kinderen. Ik zei nog...'

'Nee, ik bedoel haar moeder.'

'Goed... Eh... Komt u binnen. Ze is in de pronkkamer.'

Kijk eens aan, Johannes die vrijwillig zijn laarzen omruilt voor pantoffels.

Ik ga hem voor de paar treden op.

'Mevrouw, hier is... uw schoonzoon.'

Maria Thins legt kalm haar boek terzijde. 'Goed, Tanneke, laat hem binnen.'

Ik doe een stap opzij. Daarna gaat de deur achter hem dicht. Helaas. Ik had graag gehoord wat hij te melden heeft. Gaat het dan eindelijk gebeuren? Ik geloof dat ik begrijp waarom Catharina zich uit de voeten heeft gemaakt, die vindt dat hij het zelf mag opknappen.

Ik sta bijna met mijn oor tegen de deur, maar er wordt te zacht gesproken en het risico is te groot, dus ga ik maar weer verder, er is genoeg koperwerk dat wacht.

13

Johannes

Er rest me weinig anders dan een gang naar het schavot te maken, dus treed ik binnen met de hoed in de hand. Ik buig het hoofd en schraap de keel.

'Dank u wel, mevrouw, dat u tijd voor me wilde vrijmaken.'

Goed, die afschuwelijke eerste zin is eruit.

'Wil je anders niet gaan zitten?' vraagt Maria Thins met haar onaangename kraakstem, die klinkt alsof haar luchtpijp wordt geraspt.

'Ik heb niet zoveel te zeggen, eerlijk gezegd. Als u het goed vindt, vertel ik liever meteen waar het om gaat. Het gaat om het volgende...'

'Johannes, wil je niet toch liever een stoel nemen?'

Ze dwingt me haast haar in de ogen te kijken.

'Dank u vriendelijk, maar dat is overbodig. Wat ik u wilde zeggen is dat het me spijt dat ik me vorig jaar zo heb laten gaan. Ik wilde u geen verdriet doen. Ik wilde u verder zeggen dat ik dankbaar ben dat u de moeder van Catharina bent. Dat u haar hebt grootgebracht en...'

Ik krijg steeds meer moeite met ademhalen. Op zoek naar een

vervolg staar ik naar het Delfts blauw langs de achterwand van de haard, naar de heiligen in extase boven op de schouw. Wie het nog niet wist kan zich hier overtuigen dat pronkzucht de eigenlijke drijfveer is van mijn schoonmoeder. Al die meesters hier. Op de kasten is elk leeg plekje wel gevuld met een crucifix of Madonnabeeldje. Op tafel ligt de Bijbel opengeslagen, ik durf te wedden bij psalm 91. Kwade geesten zijn immers overal, die schijnen zich bij voorkeur als schoonzoon te vermommen.

'En dat u lief bent voor de kinderen en dat u zo standvastig bent. Dat misschien nog wel het meest.'

'Het verheugt me dit te horen. Maar meen je een woord van alles wat je daar zo braaf oplepelt?'

Een volgende aarzeling. Wat een vraag. Die stel ik me zo ongeveer bij alles wat ze zegt. 'Ja, ik meen het. Of hebt u reden om daaraan te twijfelen?'

Dat is raak, ze gaat even verzitten. Daar ontsnapt weer zo'n malicieus lachje aan haar lippen.

'Tja, ik zou je graag nog het een en ander willen vragen, maar dan is het handig als je alsnog plaatsneemt.'

Ik blijf staan waar ik sta.

'Goed dan. Maar je bent niet alleen gekomen om me dit te vertellen, is het wel?'

'Nee, dat klopt. Goed dat u het zegt. Ik wil namelijk een schilderij maken, hier aan de Oude Langendijk. Tenminste, met uw welnemen.'

'Van Tanneke, heb ik begrepen?'

'Inderdaad, van haar, in de keuken, dus u zult er verder geen last van hebben.'

'En als ik nu "goed" zeg, ga je dan rustig zitten?'

'Dan zeg ik "dank u wel" en ga gauw verder met de voorbereidingen, want eerlijk gezegd is er werk aan de winkel.'

Ze houdt al die tijd de handen rond de knie gevouwen. Ze

laat me geen seconde uit het oog.

'Ik zal er rustig over nadenken, ik laat het je weten. Maar los van de uitkomst hoop ik dat wij voortaan als verstandige mensen met elkaar zullen omgaan.'

Even later ben ik terug in mijn atelier en leeg een roemer wijn. Daar was ik wel aan toe. Ik was eigenlijk van plan verder te tekenen, maar hier moet ik even van bijkomen.

Verstandig, verstandig! Ik kan het woord niet meer horen. Ik wil schoonheid ervaren met alle bijbehorende blijdschap, ik wil opgetild worden, verlost, bevrijd. Daarbij kan ik verstand missen als kiespijn. Het normatieve van verstand verlamt alleen maar. Het liefst zou ik mijn hoofd losschroeven van de romp om de laatste restjes verstand eruit te schudden. Konden de mensen maar zien wat Maria Thins met al haar verstand heeft aangericht!

Een poosje geef ik me over aan de vraag of er wellicht een andere keuze was. Nee, stel dat ik voortaan in Mechelen moet werken, dan ben ik over een jaar of twee rijp voor het dolhuis. Moeten de meisjes me daar later komen opzoeken? Dat kan ik hun niet aandoen, en Catharina evenmin.

Water bij de wijn doen, Carel heeft daar altijd voor gepast, ik zag voor mezelf geen andere uitweg. Het was een knieval hier of een krankzinnigverklaring daar. Maar Carel was Carel en ik ben een 'boom'-mens. De tijdelijke verzoening met laaghartigheid heeft me vannacht – terwijl boven mijn hoofd het gebonk en gekreun tot in de kleine uurtjes doorgingen – tenminste dit inzicht verschaft.

Het zit zo: een boom richt zich naar het licht. Naar alle kanten strekt hij de takken uit alsof hij zich wil vastgrijpen in al die ruimte rondom. Maar vastigheid is een vereiste, die vindt hij alleen door in de diepte wortels aan te maken. Die tweeledigheid is de mijne. Ook ik moet eerst graven in de aardse donkerte om stevig te staan, ook ik leef deels tussen wormen en ander ongedierte. Heb ik daar eenmaal houvast, dan kan ik onbelemmerd naar het licht groeien.

Die kant wil ik op, dus moest ik mijn excuus maken.

Goed, maar nu kan ik me tenminste toeleggen op schetsen van Tanneke zonder dat iemand aan mijn hoofd zanikt.

14

Tanneke

Nog geen vijf minuten later hoor ik de voordeur dichtslaan.

Als ik mevrouw kort daarna terugzie in de vestibule en haar vragend aankijk, wil ze hooguit kwijt dat meneer Johannes er weer vandoor is. Zo koeltjes doet alleen Maria Thins. Ze bekijkt de post op tafel en neemt die met zich mee.

Even later komen Catharina en de meisjes half verzopen binnen zetten. Die hoosbui had ze er kennelijk voor over om tijdelijk van huis te zijn, al is ze nu uiteraard nieuwsgierig naar de uitkomst. Nadat ze haar dochters te ruste heeft gelegd, gaat ze op haar beurt de pronkkamer binnen en opnieuw blijft de deur dicht, tegen alle gewoontes in.

Vanuit de vestibule loop ik voorzichtig omhoog. Helaas, die derde tree kraakt te veel. Ik moet terug.

Niettemin vang ik flarden gesprek op. Het is vooral Catharina die op haar moeder inpraat. Haar stem knijpt ervan. Catharina is een lieve vrouw die met iedereen het beste voorheeft, maar over de gave van het woord beschikt ze niet. Alles wat ze zegt neemt ze onmiddellijk weer terug. In dat opzicht is ze vrijwel tegengesteld aan haar moeder. Die heeft haar leven lang nooit iets teruggenomen.

De kroonluchter is gisteren nog afgestoft, maar misschien kunnen de tafelkleden en servetten in de kast op een betere plek.

De naam Johannes valt. Hoe kon het ook anders.

Reden genoeg om nog even te blijven, al zal ik dan een nieuwe klus moeten verzinnen. De handdoeken mogen best een plank lager. Laat ik daarmee verdergaan.

Catharina slaat een andere toon aan. Ze laat haar toelichting nu luchtig klinken, alsof het allemaal niet zoveel voorstelt. Ze zegt dat haar moeder er weinig van hoeft te merken. Dat het atelier aan de overkant van de Markt gewoon zijn atelier blijft. Hemel, met een schok dringt tot me door waar dit heen gaat. Johannes is van plan om hier in huis te komen werken. En Catharina's steun heeft hij alvast.

Maar Maria Thins gaat hier toch nooit in mee? Wat een toestand zou dat geven.

Deze gehurkte positie is niet lang vol te houden, maar de rest mag ik niet missen. Dus gooi ik een stapel handdoeken zodanig door de war dat ze stuk voor stuk weer moeten worden opgevouwen. Ik kom overeind, strek de benen, leg ze op de zijtafel bij het raam en ga kalm aan de slag.

Catharina zegt dat het de kwaliteit van Johannes' werk ten goede zou komen, dat hij rust aan zijn hoofd nodig heeft en dat hij op den duur kunst zal maken die moeder tevredenstelt. Niet het argument dat ik zou hebben gekozen. Op deze manier kun je Maria Thins aardig op de kast krijgen, want nu lijkt het alsof het welslagen van Johannes' carrière van haar afhangt. Van haar ruimdenkendheid. Catharina's onschuldige sopraan schiet verder de hoogte in, ze lijkt te beseffen dat haar pleidooi averechts kan uitpakken.

Daar heb je het al. Moeder zet van haar kant een barse stem op. Hier komen de tegenargumenten, goed zo. Ze zegt dat de volgorde omgekeerd zou moeten zijn. Eerst gaat haar schoonzoon maar bewijzen dat hij op eigen benen kan staan, daarna is ze eventueel bereid om haar ondersteuning uit te breiden. Is Catharina de ruimhartige kwijtschelding van de lening van driehonderd gulden afgelopen zomer soms vergeten? Maria heeft heus al zoveel gedaan. En eigenlijk is er geen ruimte meer voor een atelier. Maria Thins schudt de redenen zo uit haar mouw, het klinkt of ze zich nachtenlang op dit gesprek heeft voorbereid. Blij toe dat het venijn er nu uit mag in plaats van verder te laten gisten.

Laat Catharina zich compleet uit het veld slaan? Nee hoor, ze zegt dat Johannes voorlopig geen atelier nodig heeft omdat hij in de keuken wil gaan schilderen. Nu krijg ik het opeens heel warm. Dit gaat mij persoonlijk aan. Dan hebben ze het hier over dat dwaze plan van hem. En wat nog erger is: alles wijst erop dat Catharina ermee instemt. Hoe heeft Johannes dat voor elkaar gekregen?

Het zal van Maria Thins moeten komen. Zij moet het verbieden, liefst nu meteen. Ik wil mijn werk kunnen doen, in alle rust. Zonder die kwibus in de buurt.

De argumenten vliegen over en weer, het is nauwelijks nog bij te benen. Ze zijn het opeens nergens meer over eens. Niet over wat tante zus en zo gezegd zou hebben, niet over Cats houding in de voorbije maanden, volgens Maria Thins staat ze te laat op en wordt ze daardoor somber. Omgekeerd niet over Maria's ondersteuning bij de opvoeding, door zich met alles te bemoeien ondermijnt ze Cats gezag, over schilderkunst al evenmin. Catharina heeft spijt dat ze hier woont.

Cat schiet echt uit haar slof, zoiets maak je zelden mee.

Nieuwe stilte. Moeder probeert kalm te blijven. Ze stelt dat het heel goed is dat haar dochter deze kant op is verhuisd. Dochter spreekt van een uitzichtloze situatie, een tijdelijke oplossing. Daar klinkt de eerste snik.

Even is het stil. Dan herneemt moeder met die ijzige kalmte van haar dat dit gezien de omstandigheden de minst slechte uitkomst is. Ze hoopt voor het ogenblik dat iedereen weer bij zinnen komt.

Er klinken voetstappen. Ik leg gauw de onordelijke stapel in de kast, sluit de deur en wil doorlopen naar de keuken.

Te laat. Daar is Maria Thins.

'Ah, Tanneke. Jou wilde ik juist wat vragen.'

'O?' probeer ik verrast te klinken en ik strijk mijn schort glad.

'Je weet dat Johannes in een moeilijke fase in zijn carrière zit.'

Ik knik.

'Hij heeft zich in het hoofd gezet om een portret van jou te maken. Je hoort het goed, van jou. Ik kan me nauwelijks voorstellen dat jij je daar prettig bij zou voelen.'

'Van mij? Nou dat lijkt me... Ik weet het eigenlijk niet goed.'

'Je moet wel gewoon door kunnen, immers. Ik hoor je steeds over achterstallig werk.'

Dan klinkt Catharina's stem door vanuit de pronkkamer, bijna wanhopig. 'Als u het op die manier vraagt, moeder, dan zegt ze natuurlijk nee.'

Een dag later komt Catharina langs om de inkopen voor de komende week door te nemen. De visboer schijnt Noorse zalm te hebben binnengekregen. Of ik me dat recept van haar tante herinner met citroen en wortel?

Die fletse glimlach zegt eigenlijk alles, ze zit nog met het gesprek van gisteren in haar maag. Ik zou de situatie kunnen vergemakkelijken door uit te komen voor Johannes' rechtstreekse vraag aan mij, maar dat betekent prijsgeven dat ik gisteren heb meegeluisterd. Onverstandig.

'Denk jij weleens dat mijn moeder gek is?' vraagt ze met een blik die door de keuken dwaalt maar nergens blijft hangen, alsof haar een vlieg voor ogen danst. Uiteindelijk loopt ze naar het spit en giet lusteloos jus over het konijn.

Ik zet de handen in de zij en stamel wat.

'Begrijp je wat ik bedoel, dus rijp om opgenomen te worden in het gasthuis?'

'Nee, mevrouw, dat denk ik nooit. Ik zou niet weten waarom.'

Ze knikt. 'Dat is dan jammer, want in dat geval ben ik kennelijk degene die hard op weg is om kierewiet te worden.'

'Maar mevrouw, zoiets mag u niet zeggen.'

Gelijktijdig gaan we zitten.

'En denken? Mag dat wel?' vraagt ze met een kwelling die zich vanuit haar ziel omhoogworstelt en tot in haar stem doortrilt.

'Ik ving iets van onenigheid op.'

Catharina zucht. 'Het gaat over jou nota bene. Moeder denkt dat jij er problemen mee zou hebben om door Johannes te worden geschilderd, afijn dat heb je vernomen. Maar dat is toch onzin, nietwaar?'

'Dat is te zeggen... Ik heb hem verteld dat ik u veel mooier vind,' zeg ik haastig. De waarheid schiet me te hulp.

'Dat is lief van je, maar het gaat nu even niet om mooi. En mij heeft hij wel genoeg geschilderd. Een dienstbode aan het werk daarentegen, dat is een prachtig neutraal thema. Jij hier in deze keuken, het echte leven zonder opsmuk.'

Ik veeg de handen droog aan mijn schort. 'Helaas heb ik weinig verstand van schilderkunst, mevrouw.'

'Je stelt je weer eens bescheiden op, Tanneke, en dat is precies waarom je een schilderij verdient. Denk je eens in dat jij over veertig of vijftig jaar nog aan de muur hangt bij een rijke patriciër, misschien wel in Utrecht of Amsterdam, aan een statige gracht. Jij als de verbeelding van Hollandse vlijt en dienstbaarheid.'

Gemaakte opgewektheid staat Catharina slecht. Het lijkt wel of ze elk moment in huilen kan uitbarsten.

'Ik weet niet of zo'n plek mij wel toekomt, mevrouw.'

Een poosje zitten we in stilte tegenover elkaar, ik beantwoord haar glimlach.

'Ik vind het fijn om zo openhartig met jou te kunnen praten, Tanneke. Dat betekent veel voor me.'

Nu kijk ik toch echt verlegen weg.

Ze komt iets dichterbij. 'Zou je het anders voor mij willen doen? Of ben je bang dat het weer een bedenkelijk tafereel wordt? Uitgesloten. Daarvoor steek ik mijn handen in het vuur!'

We zitten zwijgend tegenover elkaar. Die ene vraag ligt op mijn lippen. Als ik die ooit beantwoord wil zien, dan is dit dé gelegenheid.

Ik haal diep adem. 'Mevrouw, zou ik u een vraag mogen stellen? Of eigenlijk... Neemt u mij niet kwalijk. Ik weet zelf niet goed waarom ik er nu over begin...'

'Nee, vraag maar!'

'Het is ook niet echt een vraag... U doelt op dat doek, die bordeelscène. Ik wilde zeggen dat ik het knap van u vindt dat u Johannes hebt vergeven.'

Zo kun je het ook formuleren. Brutaler dan dit krijg ik het niet uit mijn mond.

'Vergeven...' herhaalt ze op een toon alsof ze het woord op zich laat inwerken. Ze wil reageren, maar schudt dan onbegrepen het hoofd. Ik hoor het al, het is nog maar de vraag of ze hem heeft vergeven.

Dan is ze opgestaan en ervandoor, zonder antwoord. Ik ben bedroefd maar tegelijk opgelucht dat ik me niet tot een toezegging heb laten verleiden. Dat biedt me tijd om rustig na te denken. Geen nood, dit waait vanzelf weer over, Maria Thins zal nooit akkoord gaan.

Ik drink een kroes mede in kleine slokjes leeg.

Wat ingewikkeld voor Maria Thins om je dochter zo met zichzelf in de knoop te zien. Verstandige woorden of vermaningen halen niets meer uit. De argwaan van haar moeder naar mannen blijft haar vreemd, terwijl ze precies dezelfde voorbeelden kennen. Maria Thins' echtgenoot? Een eersteklas lomperik. Zoon Willem? Die heeft zijn losse handjes geërfd. Haar oom? Een messentrekker en een bedrieger. Haar neef? Een dronkenlap en een hork. Tel uit je winst.

In de voorstelling van Maria Thins kon Johannes onmogelijk de uitzondering vormen, ook al presenteerde hij zich nog zo klungelig-charmant. Van zijn eigen driftbuien was ze gauw genoeg op de hoogte. Luttele weken na de dood van zijn vader scheen hij een stoel op het hoofd van een klant kapot te hebben geslagen. In plaats van de rekening te voldoen had die zijn moeder voor hoer uitgemaakt.

Dit zijn geen geruchten, ik was zelf een keer getuige. Het stichtelijke schilderij waaraan hij hard had gewerkt en waarmee hij Maria Thins voor zich hoopte te winnen, viel slecht. Ze had er van alles op aan te merken, vraag me niet wat precies. Ik hoor de details meestal achteraf en dan nog maar in brokstukjes. Tegen die tijd was het doek al verbrand. Erg onbesuisd, als je bedenkt hoe langzaam hij schildert. Is het flauw om te stellen dat hij helaas het verkeerde werk heel heeft gelaten?

Terwijl de rest van de familie naar de mis in de jezuïetenkerk hiernaast was, bleef hij achter om zijn verdriet te verwerken. Hij zal hebben gedacht dat het huis leeg was. Eerst begreep ik niet waar dat gebrul vandaan kwam. Ik was beneden bezig en besloot poolshoogte te nemen. Van om de hoek zag ik hoe hij het linnen aan repen sneed. Alles ging in de haard. Hij vervloekte Stefanus of welke heilige het dan ook was die hij had geschilderd. Hij vervloekte vooral zijn schoonmoeder. Hij noemde haar ijskoud, schijnheilig, vals en wat al niet meer. Het was afschuwelijk. Niet veel later ging ook een vaas aan diggelen. Ik deed de deur maar weer dicht, wel zo veilig. Daarbinnen kon hij alleen zichzelf kwaad doen. Het was net een wild dier gevangen achter de spijlen.

Naderhand stond ik die vaas met bloemen op te ruimen toen mevrouw thuiskwam. Ik begon een uitleg wat er was voorgevallen, maar die wilde er niets van weten. Aan het hele voorval werden geen woorden meer vuilgemaakt.

Het is natuurlijk precies dit soort koelte dat Johannes razend maakt. Daar kan hij niet tegenop. Heel ongelukkig, hij had er beter aan gedaan voor zijn werk op te komen, of het aan een ander te verkopen. Je woede zo botvieren, wie heeft daar nu wat aan?

Misschien raak je vanzelf zo gefrustreerd als je juist alles doet om conflicten te vermijden. Voor de kleine Maria is hij heel aandoenlijk en ook met Catharina zie je hem zelden ruzie zoeken, hij wil het haar naar de zin maken, wat hem overigens maar matig lukt. En dan hebben we natuurlijk nog Willem, tegen hem is hij al helemaal niet opgewassen. Zodra die opduikt – en dat is de afgelopen jaren net iets te vaak gebeurd, telkens op willekeurige, pijnlijke momenten –, dan doet hij halfslachtige pogingen om de boel te sussen. Hij hangt graag een beetje de onnozele uit, als geen ander weet hij hoe weinig er nodig is voor een woede-uitbarsting. Voor Willem maakt het geen verschil. Johannes is lucht voor hem en als het moet duwt die hem grof opzij.

Een keer was de ontspoorde zoon weer eens over uit Gouda of Schoonhoven of waarvandaan dan ook en kwam hier de boel op stelten zetten. Het draaide zoals altijd om geld. Met Willem in huis draait alles om geld. Hij riep dat Maria haar Catharina voortrekt – wat moeilijk te ontkennen valt –, dat ze zijn zus sieraden en geld geeft terwijl hij moet bedelen om een grijpstuiver. Maria Thins liet zich uit de tent lokken en riep dat hij zijn geld toch alleen maar aan drank en vrouwen uitgeeft en dat hij geen duit meer van haar zou krijgen. Vervolgens verliet Willem scheldend en wel het huis. Zijn bestemming kon iedereen raden.

's Avonds was hij terug en sliep zijn roes uit op de bank. Johannes was niet op de hoogte van zijn komst of had niet opgelet. Hij liep in het donker tegen de uitgestrekte benen van Willem op, die wakker schrok en hem de huid vol schold. Dat Johannes een mislukkeling was en wat hij hier in huis eigenlijk kwam doen. Dat hij geen recht had om zijn lieve zusje te neuken en meer van dat soort liederlijke teksten waar Willem patent op heeft.

Wat er toen volgde, zag ik dan weer met eigen ogen, omdat mevrouw en ik, bezig in de keuken, door het geluid werden gealarmeerd. We snelden naderbij en zagen de twee tegenover elkaar staan. Johannes maakte zich klein tegen de muur, schichtig als een vogeltje. Het kwam niet in hem op zich te verweren, al die verwensingen nam hij voor lief, zolang hij maar een pak rammel kon voorkomen. Hij bood aan om Willems kussen weer goed te leggen en gaf hem gelijk dat hij misschien beter op zijn plek was aan de overkant van de Markt. Dat ze morgen als mannen onder elkaar verder zouden praten over de kwestie.

Johannes die zichzelf een man noemde, dat was misschien nog het bespottelijkste van alles. Het is een zachtgekookt ei, anders niet. En over welke kwestie had morgen gepraat moeten worden? Er lag helemaal geen kwestie.

Een beetje kerel had Willem te verstaan gegeven dat hij moest opkrassen. Dat had hem een paar blauwe plekken gekost, maar dan had hij tenminste een heldere boodschap afgegeven. Dan had Johannes met goed fatsoen de onderschout erbij kunnen halen, die is er namelijk al eerder aan te pas gekomen om Willem in het gareel te houden. Dat had hem vooral het respect van Catharina kunnen opleveren.

Maar niets van dat alles. Afijn, ik heb al gezegd hoe ik over Johannes denk.

Dezelfde futloze houding, compleet met de blik van een martelaar krijg ik vandaag weer te zien, maar nu aan de andere kant van de stad, om precies te zijn in de kruitwijk. Zo is de verlaten vlakte gaan heten die drie jaar geleden met één enkele knal – die ik wonderlijk genoeg nog altijd diep in mijn hoofd kan horen – tot een ongekende puinhoop is verworden.

Ik kom daar sindsdien elke woensdagmiddag na het werk voor een ogenblik van stilte en bezinning bij de restanten van het huis waar mijn schoonzus en twee neefjes – de boefjes noemde ik ze altijd – het leven hebben gelaten. Ik heb me zelfs voorgenomen om vaker te komen nu het gonst van de geruchten dat het hele terrein kaal zal worden geslagen om nieuwe huizen te bouwen en de Paardenmarkt meer ruimte te geven. Wat ik een vreemde naam blijf vinden, want het enige wat hier verhandeld wordt zijn koeien en varkens.

Wat moet hij hier? Familie heeft Johannes zeker niet verloren. Wat zou een andere reden kunnen zijn om dit troosteloze oord op te zoeken? Hij staat daar maar voor die losse muur, af en toe zijn hoofd schuddend, alsof hij een gebed tot een afronding probeert te brengen maar op zoek is naar woorden.

De echte schrik komt zodra hij mij opmerkt. Zijn bede of wat het dan ook is komt abrupt tot een afronding en hij loopt op me toe. Hij heeft die vraag van eerder deze week nog niet uit zijn hoofd gezet, zoveel is helder. Die iets te belangstellende blik, en dan neemt hij ook nog eens zijn hoed voor me af. Voor mij, een dienstbode!

Ik probeer me subtiel af te wenden.

Zoiets voelt Johannes niet aan. 'Had ik al gezegd dat ik je een bijzonder iemand vind?'

Pats-boem, vanuit het niets. Geen goedemiddag of een toespeling op het weer. En dan ook die halve grijns op zijn gezicht alsof wij weten wat we aan elkaar hebben. Alsof het nu aan mij is om iets aardigs terug te zeggen.

'Ach, iedereen is op zijn eigen manier heel bijzonder,' zeg ik met een blik op de immense vlakte vol puin.

Hij werpt een verzaligde blik naar de wolken en laat mijn woorden op zich inwerken. Hij zegt dat het op kijken aankomt om het geheim van ieder mens op het spoor te komen. Hij knikt bij zijn eigen woorden en ook zonder mijn instemming gaat hij verder over zaken als zielsverwantschap. Ik raak het spoor in zijn verhaal bijster, misschien omdat ik maar half luister.

Eén zin blijft hangen: *Ieder mens verricht iets unieks ergens halverwege licht en donker.* Waar hij dit soort teksten toch vandaan heeft?

Hoog tijd om mezelf te excuseren. Zodra ik ben doorgelopen trek ik het doekje uit mijn mouw en dep mijn ooghoeken. Ik draai me nog eenmaal om. Daar staat hij te dromen. Ik ben ervanaf gekomen zonder verdere toespeling op zijn wilde plannen.

15

Johannes

De mist maakt de stemming hier onwerkelijk. De bewaard gebleven Sint-Hubertustoren die ik altijd als oriëntatiepunt gebruik wanneer ik vanaf de noordelijke stadsmuur de wijk in steek, is aan het zicht onttrokken. Ingesloten in een melkwitte wereld. Zand onder mijn laarzen, de straatklinkers zijn lang geleden gelicht om elders te dienen.

Vroeger was het hier een drukte van belang. Wasvrouwen kwebbelden met een mand onder de armen, de schillenboer op de bok mende zijn paard, je nam je hoed af voor een wetsdienaar. Een complete volkswijk kan toch niet zomaar weg zijn. Of hoeft deze mist maar op te trekken en herneemt het leven zijn gang? Dan slaat een enkeling zich het stof van de broek en vraagt in lichte verwarring: 'Wat is er gebeurd? Ik ben even kwijt waarover we het hadden.' Kinderen pakken de draad op van hun spel. Niemand enig benul aan welke ramp hij is ontsnapt.

Verbeeldingskracht, meer is niet nodig om de doden tot leven te wekken. Misschien hoef ik maar uit volle borst zijn naam te roepen en doemt Carel langzaam op uit de nevelflarden. Hij neemt me onderzoekend op, lacht zijn misprijzende lachje, alsof het allemaal een grap was die hij heeft uitgedacht.

Ik schud mezelf los van dit drogbeeld. Wat hier nog aan stenen op elkaar staat, biedt geen beschutting voor geesten. Dood is dood. Alles in afwachting van de komst van de rammei. Die slaat straks ook de laatste brokstukken aan gruzelementen.

Hier herken ik het. Het losse stuk muur met het lege raamkozijn. De rest ligt als puin rondom, vuurrode baksteen. Twee houtduiven vliegen over.

Ter hoogte van het bruggetje sla ik links af, voor de oude Paardenmarkt langs. Dat stuk muur vertelt me dat ik bij de Doelenstraat ben aanbeland, nu nog vijftig passen en ik sta voor het huis. Daar bij die losstaande schoorsteen woonde Carel. Aan de verkleuring langs een schamel stukje achterwand zie je waar de eerste verdieping begon. Daar was hij aan het schilderen toen de ramp zich voltrok. Bezig met een portret van de koster, die zou het evenmin overleven.

Een maandagochtend in oktober die ik nooit zal vergeten. Een doffe knal. Ik kroop weg onder de tafel, ik begreep dat de oorzaak akelig dichtbij moest zijn. Pas toen een tweede klap uitbleef wierp ik een blik uit het raam. Aan de overkant van de Markt waren pannen van het dak geblazen, ruiten gesneuveld, zoals de prachtige glas-in-loodramen in de Nieuwe Kerk. Mensen bleven van angst plat op de grond liggen. Niet veel later kwam het gerucht door dat de kruitopslag op het voormalige kloosterterrein van de clarissen de lucht in was gegaan. Waar anderen die kant op snelden om hulp te bieden, hervatte ik het schilderen. Dat is me naderhand kwalijk genomen. Waarom hielp ik niet mee? Had ik dan geen hart? Het was geen gebrek aan inleving. Ik was bang voor wat ik te zien zou krijgen als ik meeging naar de onheilsplek. Mijn voorstellingsvermogen zat weer eens in de weg.

Spoedig bereikten de eerste verhalen van ooggetuigen de binnenstad. Een kind zou hebben rondgerend met het hoofd van zijn vader, anderen waren op slag hun geheugen kwijt, weer anderen konden van schrik geen woord uitbrengen. De verhalen kwamen akelig overeen met wat ik al voor mijn geestesoog had uitgetekend.

Later die dag ben ik alsnog gegaan, zodra bekend werd dat ze Carel onder het puin vandaan hadden getrokken, een verdieping lager dan waar hij aan het schilderen was. In het oudemannenhuis was een zaal ingericht voor slachtoffers. Buiten adem kwam ik aan. Daar lag hij, beide benen verbrijzeld. 'Naar voren, naar voren!' hoorde ik hem ijlen toen ik mijn oor heel dicht bij zijn mond hield, maar wat hij ermee bedoelde...

Terwijl ik, mijn eigen angst negerend, op hem inpraatte dat hij de moed niet mocht verliezen, hoorde ik hoe vlak achter me een been werd afgezaagd. Ik moest bijna overgeven. Dat gekerm, de stank van bloed! Het lot van amputatie bleef Carel overigens bespaard, dat zou hij niet hebben overleefd.

Kort daarop bezweek hij. Eerlijk gezegd was ik blij voor hem. Het verdriet kwam later, en dat veranderde met de tijd in een onuitsprekelijk gemis.

Ik durf het nauwelijks hardop te zeggen, maar bijna net zo erg is het dat zeker acht van zijn doeken verloren zijn gegaan. Hij schilderde graag veel tegelijk, was altijd boordevol nieuwe ideeën. Vandaar dat veel werk nog in zijn atelier stond. Zo werd het een dubbel verlies.

Misschien was ik niet zijn beste vriend, maar wel zijn trouwste volgeling. Jammer genoeg heb ik hem dat nooit zo gezegd. Ik kwam er pas voor uit toen hij er niet meer was.

We hadden nog zoveel plannen. Hij ging me laten zien hoe je je voordeel kunt doen met een camera obscura. Hij riep al tijden dat ik veel secuurder te werk moest gaan. Het waren de details die het geheel bepaalden en waarmee je het alledaagse kunt verheffen.

'Dit apparaat helpt je toveren, hiermee kun je het geheim van het licht ontfutselen.'

Hij liet me, onder het doek, door het gaatje in de houten doos kijken. Ik zag hetzelfde tafereel opnieuw, maar dan troebel en helder tegelijk. Overal losse vlekken die tegelijkertijd echter en onechter waren dan de werkelijkheid. Carel kon al lang niet meer zonder zijn toverlantaarn.

Hij was ervan overtuigd de essentie op het spoor te zijn. 'Licht is God, God is licht,' zei hij. Misschien heeft de Schepper hem gestraft, ontstemd dat iemand Zijn geheim dreigde te ontraadselen.

Carel was nu eenmaal anders, hij kon zorgeloos schilderen met een stapeltje openstaande rekeningen op tafel. Hij floot een deuntje terwijl boven zijn hoofd het onweer losbrak. Deerde hem evenmin. Zolang er maar turf lag in zijn kachel en hij een pijpje kon opsteken. Carel had zoveel in zijn mars, er moest een kruithuis ontploffen om hem het zwijgen op te leggen.

De priester wist me naderhand niet te verklaren waarom het de Heer had behaagd om juist hem tot Zich te roepen. Aan mij bijvoorbeeld was hooguit een tweederangskunstenaar verloren gegaan. Zulke dingen mocht ik niet zeggen, vond Eerwaarde, al knikte hij iets te begrijpend bij mijn vraagstelling.

Verderop ligt de leren zool van een kinderschoen, het metalen onderstel van een kruiwagen. Kraaien hebben het met elkaar aan de stok. Is het vreemd dat Carel aanwezig voelt in deze gapende leegte?

Puin en het volmaakte kunstwerk, ze zouden elkaars tegendeel moeten zijn, maar hij had me al geleerd dat schoonheid en verval elkaar veronderstellen, als zomer en winter, als licht en donker. Het ene komt voort uit het ander.

Hij was vastberaden om het onooglijke bestaansrecht te geven.

Als hij een glaasje te veel ophad, dan kwam de grootspraak min of meer vanzelf. Hij wilde het gevecht aangaan met de duisternis en zo meer.

En dan ging hij me nog aan tal van schildervrienden voorstellen. Dat het daar nooit van is gekomen, ligt aan mij. Ik ben een weifelkont. Ik wilde Carel niet hoeven delen met anderen. Ik bedacht redenen waarom ze mij er omgekeerd niet bij wilden hebben. Nu zou ik een jaar van mijn leven inleveren om nog een dag met Carel van gedachten te wisselen. Ik zou daarbovenop een jaar geven voor elk doek dat ik uit de ravage mocht redden.

Alles wat er van zijn werk over is, zou eigenlijk in één enkele ruimte moeten worden ondergebracht. Als een soort bedevaartsoord. Misschien ligt hier een schone taak voor mij. Op een dag heb ik voldoende bij elkaar verdiend met eigen werk. Dan begint de grote speurtocht door Delft. Links en rechts hangen nog doeken van hem, maar waar? Ik zie mezelf al lopen, steeds vertwijfelder. In elk huis kan een Fabritius aan de muur hangen. Het eind van het liedje wordt dat ik overal maar aanklop. *Mevrouw, meneer, zou ik uw wanden mogen inspecteren?*

Nog een geluk dat ik een heel aantal van zijn wijze lessen in mijn oren heb geknoopt. Als het me lukt om die op te volgen, dan kan zijn meesterschap voortleven. Ik heb er nu zes van uitgeschreven, er schieten me vast nog meer te binnen. De belangrijkste is natuurlijk deze: 'Word zo goed als je meester, daarna is het zaak hem nooit meer te imiteren.'

Of deze: 'Johannes, ik stel voor dat jij je ogen leert te gebruiken.' Carel kon dat op zo'n zuigend toontje zeggen, met zijn arm om mijn schouder. Ik mocht zelf uitmaken of het sarrend bedoeld was of als aansporing.

Hij had natuurlijk groot gelijk met te stellen dat het leven niet meer biedt dan het ruwe materiaal, de klei waarmee de kunstenaar moet boetseren. Naar een hoger plan tillen. Carel nam zijn eigen woorden wel heel letterlijk. Bij zijn hemelbestorming nam hij een goed deel van Delft met zich mee.

'Johannes, je kleurstellingen zijn interessant.' Terwijl hij het zei legde hij zijn hoofd iets in de nek en begon aan zijn snor te plukken.

'Interessant' was niet de kwalificatie waarop ik hoopte.

Het liefst banjerde hij al pratend langs onze doeken, morste wijn, sprak met stemverheffing en vochtig gekrulde lippen. Hij toonde zich oprecht benieuwd naar mijn mening over zijn laatste werkstuk, tot op zekere hoogte dan, wat ik inbracht diende uitsluitend als voorzetje voor eigen inzicht. Ach, hij was me qua begrip, kennis en vaardigheid zoveel stappen vooruit. Daar koketteerde hij mee. Een vraag van hem was wezenlijker dan het antwoord van mij. Hij verkondigde dat kunst de mensheid de weg moest wijzen, maar anders dan je zou verwachten. Schoonheid was niet langer een doel op zich, het ging erom de waarheid meer zeggingskracht te geven. Soms raakte hij zo verhit dat hij alle richtingen uit wijn morste.

Bij elk van mijn voltooide doeken kon hij feilloos benoemen waaraan het schortte. Hij vond mijn composities te houterig en mijn voorstellingen te stichtelijk. Hij was ervan overtuigd dat mijn talent met neutralere thema's als portretten meer tot zijn recht zou komen. Daarnaast noemde hij mijn hang naar clair-obscur hopeloos ouderwets.

'Waarom toch zo donker? Probeer het eens met een lichtere achtergrond. Laat van dat gezicht meer zien dan dat ene vlekje langs de neus. Je lijkt Rembrandt wel, die ging ook met de rug naar zijn publiek staan. Het mag allemaal best wat vriendelijker.'

'Ik dacht dat je hem zo bewonderde.'

'Dat deed ik ook. Totdat ik erachter kwam dat het donker op het doek eigenlijk een innerlijke donkerte was. Hoog tijd voor licht en kleur.'

Zo gedreven was hij. Geen dag liet hij onbenut, alsof ze vooraf voor hem waren uitgeteld. Hij mocht geen spatje verf meer morsen, geen ochtend meer uitslapen.

Twee grote Bijbelse scènes heb ik zelf maar vernietigd nadat Carel er zijn afkeuring over had uitgesproken. Daarna huilde ik, niet om het verlies, o nee, ik was eerder opgelucht. Mijn onvermogen om het gebrek zelf te onderkennen zat me dwars. Ik ben een trage leerling.

Naderhand ben ik nog naar Amsterdam getogen om diezelfde Rembrandt in te lichten over het verlies van zijn voormalige leerling. Dan te bedenken dat Carel altijd had gehoopt dat ik nog eens mee zou komen om zijn vroegere leermeester te leren kennen. 'Johannes, je weet dat schilders rare snuiters zijn, nou dit exemplaar overtreft alles.'

Het was een ongemakkelijke onderneming, want ik wist nog altijd niet hoe ik over die oude baas moest denken. De ene keer had Carel zijn leermeester voor een oude gek versleten, de volgende keer voor geniaal. Of hij heette gierig en dan weer gul. Rembrandt was een goede mentor, maar helaas onnavolgbaar. Zijn werk was grandioos, alleen wel in een ongepolijste, donkere stijl geschilderd, en had Carel die niet juist passé verklaard?

Dus wilde ik een eigen oordeel over deze Rembrandt kunnen vellen.

Hij nam me nors van onder zijn borstelwenkbrauwen op en informeerde naar de reden van mijn komst. Met mijn cape nog om vertelde ik wat er in Delft was gebeurd, hij bleek al op de hoogte.

Misschien zag hij me aan voor een boodschapper, het had er alle schijn van dat hij me graag weer de deur uit wilde hebben. Ik zei nog maar eens dat ik mijn komst via een depêche had aangekondigd, maar daar kon hij zich niets van herinneren. Dus mat ik breed de bewondering uit waarmee Carel over hem had gesproken, in de hoop dat dit hem gunstig zou stemmen. Uiteraard liet ik de scherpe kantjes van diens commentaar achterwege. Ik benadrukte dat Carel hun laatste onderlinge ruzies had betreurd. Met een knikje liet de oude meester me verder komen. Hij ging me voor door een statig pand, tot de nok toe volgestouwd met rariteiten, ik herinner me opgezette tropische vogels, waarvan ik het bestaan niet durfde te vermoeden, prachtige tekeningen van Italiaanse meesters. Wat het ware meesterschap niet al oplevert.

Hij noemde Carel schrander, getalenteerd maar ook nodeloos koppig, zeker als hij gedronken had. Dit zette me aan het denken. Klaarblijkelijk kon koppigheid ook als nuttig worden aangemerkt. Misschien had Rembrandt hierbij zichzelf op het oog, ik zag toch vooral in mezelf de gunstige uitzondering.

De oude meester liet de handen tegen zijn broek vallen, om zo te benadrukken dat hij van zijn kant alles had geprobeerd. Daarna hees hij zich geslagen aan de trapleuning omhoog.

Er was meer wat erop wees dat hij tot aan zijn nek in de zorgen zat. Zijn afhangende schouders, de futloze uitdrukking op zijn gelaat.

En dan lag zijn baret slap als een pannenkoek over zijn hoofd, de blik in schaduw gehuld, twee priemende oogjes ternauwernood waarneembaar. Een neus als een gemberwortel.

Zwaar ademend bereikte hij de eerste verdieping. Daar keek hij rond wat hij me ook alweer wilde laten zien.

In het even lichte als brede atelier op de eerste verdieping stonden twee doeken. Een tegen de muur met daarop niets anders dan een geslachte os aan het rek dat al flink is uitgebeend. Joost mag weten wat hem bezield heeft dit nare, troosteloze tafereel vast te leggen, zonder slager in de buurt of ook maar iets van kleur, tenzij dit een poging was om zijn eigen innerlijk te verbeelden. Ik durfde er geen vraag over te stellen, nog het minst of hij van plan was hiervoor een koper te zoeken. Het andere doek was al iets levendiger, daarop een strijdbare jongeling met een glimmende helm en een scharlakenrode cape. Helaas moet me van het hart dat ze allebei afschuwelijk donker van toon waren en overduidelijk uit de losse pols geschilderd, precies zoals ik al vreesde. Aan de achtergrond had hij niet de minste aandacht besteed, die was in beide gevallen kaal en grauw. Ik putte me niettemin uit in lof, want ze waren pakkend en met lef geschilderd, en beide voorstellingen hadden een ruwe authenticiteit. Je kreeg de indruk dat deze man zich tot taak had gesteld om het leven zelf uit te benen, liever dan een bevallig tafereel af te leveren. Toch vond ik ze geen van beide verheffend of ook maar prettig om naar te kijken en als het gerucht klopte dat de klanten tegenwoordig hard bij hem wegholden, dan had ik de reden gevonden. Waarom niet wat meer aandacht voor de details? Waarom niet wat meer licht en kleur in de voorstelling? Maker en werk waren in die zin één, droef en onverzorgd van top tot teen. Misschien had zijn vertrouwen in de medemens ergens een deuk opgelopen.

Hoe verder ik doordrong in dat kolossale huis, hoe meer het me voorkwam als een uitdragerij. Links lagen schedels, manuscripten, zeesterren, edelstenen, rechts stond een Griekse buste op de grond. Er moest een fase in zijn leven zijn geweest dat hij dol was op curiosa van overzee, intussen had hij alle belangstelling verloren. Misschien zou een vrouw in huis uitkomst hebben gebracht door voorwerpen hun definitieve bestemming te wijzen.

Van wat meester Rembrandt allemaal te melden had – hij stapte over op de keuzes waarvoor hij stond bij zijn werk – begreep ik nog niet de helft, hij mompelde en sprong van de hak op de tak.

Niettemin, geen twijfel over zijn grote affectie voor Carel. Als die knul wat geduldiger was geweest, als hij zijn meester niet zo vaak in de rede was gevallen, enzovoort. Soms leek hij zich direct tot Carel te richten, maar dan weer tot een ander, iemand die net zomin aanwezig was in de ruimte, met wie hij onlangs ruzie moest hebben gehad en wel over geld, want dat woord viel keer op keer. Tussen alle krachttermen door. En aangezien ik er ook nog was, waarvan hij zich af en toe rekenschap gaf door zich abrupt om te draaien, leek hij in drie gesprekken tegelijk verwikkeld, wat zijn vermoeide houding al met al goed verklaarde.

Bij het afscheid keek hij hoog naar me op en drukte me vreugdeloos de hand. Hij sprak de hoop uit dat Delft bekwame schilders overhield, wat me het bange gevoel bezorgde dat hij nog steeds niet doorhad dat ik schilderde. Ik stond op het punt over mijn eigen werk te beginnen, maar hij was al aanbeland bij de verdwazing van de mensheid, iets over wat zijn vader hem als wijsheid had meegegeven. Ik deed er het zwijgen toe. Aan het einde van de straat dronk ik nog wat brandewijn in een herberg en liep daarna terug naar het IJ, waar de trekschuit wachtte.

Tussen de stapels stenen scharrelt verdwaasd een hond, alsof hij nog altijd wacht op zijn baasje. Hij neemt me op met een sip gezicht. Ben ik degene die hij zoekt? Nee, ook al niet. Dan laat hij zijn kop hangen en sjokt moedeloos voort.

Wie gaat daar? Dat is Tanneke. De vrouw die geen smet verdraagt waagt zich tussen de brokstukken. Ze groet me vluchtig. Om een praatje zit ze niet verlegen, zoveel is duidelijk. Ze trekt haar kraag strak.

Ik begrijp het ook, wie zich op deze onheilsplek waagt, houdt zijn verdriet liever voor zichzelf. Na een vluchtig gesprek staar ik haar na. Die stevige tred. De schouders recht, zo kordaat, altijd klaar om een volgende uitdaging het hoofd te bieden.

Mijn vraag aan haar zal moeten wachten tot een betere gelegenheid.

Een vreemde sensatie bekruipt me bij dit onverwachte weerzien. Je beeldt je in iemand te kennen, maar op grond waarvan?

We zien elkaar vrijwel dagelijks, maar zonder een vertrouwde band vanuit het verleden. Alleen het hoogstnodige wisselen we uit. Het is niet meer dan een gevoel, maar zij lijkt me het type vrouw op wie de toekomst is gebouwd. Ze stelt zich dienstbaar op, voldoet aan het gevraagde, van haar kant vallen geen lastige vragen te verwachten. Als er meer uren in een dag zouden passen, besteedde ze ook die aan schrobben en strijken. Haar leven is een synoniem voor volharding. Tanneke is het levende bewijs dat de katholieken gelijk hebben door goede werken te prijzen. Dat hebben ze voor op de protestanten. Die beweren bij hoog en bij laag dat al lang vaststaat wie ooit in de hemel komt, als voorwendsel om het rustig aan te doen en eerst eens hun centen te tellen. Een ernstige misvatting natuurlijk, het is hier op aarde te verdienen. En dan die eeuwige obsessie met vergelding. De predikant schijnt vanaf de kansel te hebben geroepen dat de kruitramp een straffe Gods was voor de halfzachte behandeling van de katholieken hier in de stad. Ze zijn verblind door haat, anders niet.

En sterk dat Tanneke is. Daar kan zelfs Willem over meepraten. Die had nooit gedacht dat een vrouw het tegen hem op zou durven te nemen, maar daarin vergiste hij zich lelijk. Die keer dat ze pal tegenover hem kwam te staan en de handen uitdagend in de zij zette, zal ik niet licht vergeten. Als hij een van de dames in huis nog met een vinger zou durven aanraken, zo sprak ze met een kalme, donkere stem, dan kreeg hij met haar te stellen. Die verbouwereerde blik in zijn ogen. Hij lachte ongemakkelijk, had geen idee hoe hij moest reageren, slaan, praten of zich afwenden? En inderdaad, sinds die keer heeft hij Maria Thins noch Catharina een haar gekrenkt. Prachtig dat ze dat aandurfde.

Een nadeel: daarna is hij begonnen om mij te sarren.

De Oude Kerk verrijst als een bleke schim boven de stad. Ik loop door in zuidelijke richting. Ter hoogte van de Koepoort komt me een groepje opgeschoten jongens tegemoet. Ik ken het viertal, twee van hen zijn broers, als ik op die flaporen mag afgaan. Van dit stel valt weinig goeds te verwachten. Mijn hartslag verdubbelt. Rechtsomkeert maken zou laf zijn. Zinloos vooral, want ze zullen mijn vlucht onthouden en dan krijg ik volgende keer een dubbele portie. Eentje maakt zich los uit de groep en gaat uitdagend, wijdbeens voor me staan. Noodgedwongen houd ik in.

Hij is net zo lang als ik. Een poosje staar ik in een grijnzend gezicht. Hij mist een voortand. En hij heeft wijn gedronken. Verder vertikt hij het de paar baardstoppels van zijn gezicht te scheren.

'Zo ezeltje. Ik heb een vraag voor je.' Hij grijpt me bij de kraag van mijn cape en rukt die omhoog.

Ezeltje is mijn weinig inventieve bijnaam. Als schilder maak ik nou eenmaal gebruik van een ezel.

'Wat dan?'

'Wat is het verschil tussen Judas en de paus?'

Deze ken ik al, maar dit plezier kan ik hem en zijn makkers maar beter gunnen. Dus haal ik voor zover nog mogelijk de schouders op.

'Er is geen verschil,' roept hij triomfantelijk.

Nu moet ik vooral zuur voor me uit kijken, en inderdaad, daarna laat hij me los, want hij heeft meer aan slachtoffers die tegenstribbelen.

Het groepje loopt door. De kleinste van het stel heeft opvallende O-benen.

16

Tanneke

Op Maria Thins' verjaardag worden er oublies gebakken. De hulp die Johannes aanbiedt sla ik af. Dus neemt hij de vrije stoel en begint al neuriënd walnoten te kraken. Hij kijkt toe hoe ik de spullen klaarzet en maakt me complimenten om mijn ordelijke manier van werken.

'Ik ken keukens, Tanneke, daar gaat het er achtelozer aan toe.'

Zegt hij die het hemd uit zijn broek heeft hangen. Ach, hij speelt nu eenmaal graag de man van de wereld. Vergeefse moeite. Hij gaat nergens zonder dringende reden naar binnen, keukens mijdt hij al helemaal en van koken heeft hij geen snars verstand. Wijn schenken, noten kraken, kaas aansnijden, dat is ongeveer zijn repertoire. Tenzij er iets te schilderen valt natuurlijk, dan komt hij in actie. Is hij klaar met zijn gekwast, dan stopt hij zijn neus in boeken en landkaarten.

Alsof ik niet allang doorheb waar hij op uit is. Dit wordt zijn volgende poging. Belangstellend kijkt hij toe hoe ik bloem, kaneel, gember en suiker in de tinnen kom meng.

Als hij naast me staat, praat hij niet tegen mij, maar tegen mijn schort, mijn armen, mijn hoofddoek. Of praat hij uiteindelijk in zichzelf en is hij in gedachten bezig met de opzet voor zijn project? Waar gaat hij staan, waar kom ik?

Ik sla twee eieren stuk in een andere kom en voeg een beker witte wijn toe. Dan nog een scheutje rozenwater, mijn persoonlijke geheim. Is het eenmaal egaal, dan giet ik het nat bij het bloemmengsel. Johannes kijkt verrast op als ik hem de spatel in handen duw.

'U wilde toch helpen?'

Zonder veel overtuiging gaat hij aan het werk en ik kan mijn vingers schoonmaken aan mijn schort.

'Is het zo goed?' vraagt hij algauw.

'Gaat u nog maar even door. Er zitten nog klonten. Of kwam u eigenlijk voor iets anders?'

'Nou, dat is te zeggen... Ik had het er met Catharina over.'

'Waarover? Toch niet dat portret van mij, wel?'

'Zij is enthousiast.'

'Ik heb haar moeder anders horen zeggen dat ze het maar een mal plan vindt.'

'Dat was eerst. Voorop staat dat zij er zelf geen hinder van ondervindt.'

'En mijn mening telt niet?'

'Wat is jouw mening, Tanneke?' Hij stopt meteen met kloppen.

'Zoals u weet heb ik het erg druk.'

'Des te beter, zou ik zeggen.'

Ik neem het werkje van hem over. Ik houd van mooi glad beslag.

'Ik ben helemaal niet knap. Dat zou u toch ook moeten zien.'

'Je bent mooi zoals je bent.' Ik krijg er een gulle lach en gespreide armen bij. Zijn lange rossige lokken dansen om hem heen.

'Hoelang gaat dat duren?'

'Twee weken, meer niet.'

'Dat is gejokt, u hebt nog nooit een portret in twee weken gemaakt.'

Hij moet alweer lachen. 'Nee, dat klopt. Ik heb het over het poseren. Daarna moet het doek inderdaad nog worden voltooid, maar dat red ik ook wel alleen. Voor een groot deel kan dat zelfs in mijn atelier, daar heb ik mijn spullen liggen. Geloof me, hier in deze keuken zul je nauwelijks last van me hebben. Ik zou bijvoorbeeld...'

Ik heb niet eens ja gezegd, maar hij gaat al door met zijn malle voorbereidingen. Hij zet passen uit, kijkt naar het raam, dan legt hij zijn uitgestoken hand tussen zichzelf en de ruimte. Hij vindt dat het licht hier bijzonder is. Was me nooit opgevallen. Hij merkt op dat een van de ruitjes stuk is. Dat weet ik nou weer wel, er is vorige maand een steentje doorheen gegaan. Er komt kou door naar binnen, straks in de winter helemaal. Ik heb mevrouw allang op de hoogte gesteld, maar die zegt dat de glazenzetter druk bezet is. Hij loopt door naar de witgepleisterde muur achter me, bestudeert onregelmatigheden en gaat er met vlakke hand langs.

'Wat doe je het liefste?' vraagt hij zonder op te zien.

'Hoe bedoelt u?'

'Gewoon, zoals ik het zeg. Als je hier bent in deze keuken, wat is dan je liefste bezigheid?'

'Ik geloof dit, wafels bakken, of anders pastei. Wat zoal gedaan moet worden.'

Wat heeft deze ondervraging te betekenen? Het liefste zou ik hem een hint geven om te vertrekken, maar de juiste woorden hebben zich verstopt.

Ik zet de schaal klaar en haal het wafelijzer van de muur. Zodra hij eindelijk weg is loop ik naar de vuurplaats en ga zitten, naast me het beslag in de grote kom. Dan smeer ik het wafelijzer in met boter.

Hoe serieus moet ik dit nemen? Hij lijkt vooral zichzelf kwijt en zoekt een manier om de draad op te pakken. Voor hetzelfde geld vindt hij morgen een geschikter onderwerp en laat hij zijn plan weer varen.

De schaal staat gereed, ik schep een eerste beetje beslag in het ijzer en houd het boven de vlammen. Oublies bakken biedt me alle tijd om de vraag op me in te laten werken wat mij dat geschilder eigenlijk zou deren.

Wat nou als ik hem gewoon zijn gang laat gaan, zoals ik het omgekeerd ook graag heb. Zolang hij er geen man bij schildert die me in mijn kont knijpt, kan er toch weinig misgaan. Als ook de dames er vrede mee hebben, die meer reden tot argwaan zouden moeten hebben dan ik, wat zou het dan?

Wat zei Catharina nou onlangs? Dat mijn portret wellicht ooit bij een patriciërsfamilie zou komen te hangen. Stel nou dat... Het is net of ik mijn lichaam verlaat om mezelf hier van opzij te bekijken. Daar zit Tanneke met het ijzer boven het vuur, aandachtig en in zichzelf gekeerd. Nee wacht, dan zou een staande pose mooier zijn. En daar hoort een andere handeling bij. Wat als ze wortels snijdt. Ja, zo'n portret zou hij gerust tot in de puntjes mogen uitwerken en vervolgens komt mevrouw en vindt het mooi geworden en zij betaalt voor een gouden sierlijst. Dan komt Tanneke Everpoel hier in huis aan de muur te hangen, tussen al die andere dames en heren. Al zou ik de enige zijn die er daarna oog voor heeft, dan nog kan ik mezelf elke ochtend even begroeten. Dan bereiden straks twee Tannekes de groentesoep.

Ik krijg er een blos van. Nee, dat zal het vuur wel zijn.

Thuis zou ik dat doek niet hoeven hebben, hoor. In het huis dat ik op een goede dag koop, hangt hooguit één schilderij. Maar wel eentje waarnaar echt wordt gekeken. Midden aan de lange muur een stemmig tafereel waarbij je je prettig voelt, laten we zeggen een winterlandschap, waar de kou vanaf straalt. Een aantal dieren erin, een joekel van een eikenboom met sneeuw op de kale takken en voorlangs schuifelen lieden huiswaarts, de een met kreupelhout op de rug, de ander misschien te paard. De kijker mag even wegdromen, maar hij zal toch vooral blij zijn dat hij behaaglijk binnen zit, dat er turf in de haard ligt.

Hier hangen zes doeken in de pronkkamer en drie of vier in elk overig vertrek, ronduit belachelijk. En dan vergeet ik nog die vier in de vestibule. Wat verdient dan nog de aandacht? Het enige waar Maria Thins het over heeft zijn de lijsten die moeten worden afgestoft.

Als de schilderijen al onderwerp van gesprek zijn – uitsluitend wanneer er bezoek is –, dan gaat het enkel over de prijs of het feit dat Maria Thins de kunstenaar kent. Ik heb nog geen bezoeker horen uitroepen dat hier toch zo'n fijn vergezicht hangt, waardoor je je echt even kunt ontspannen. Kon mevrouw het maar. Dan zou ze ons minder achter de vodden zitten. Met Kaatje heb ik soms te doen. Maria Thins zit op haar te vitten en geeft verkeerde aanwijzingen op de koop toe. Als mevrouw zichzelf voorbijraast leg ik maar gauw een borduurwerkje in het zicht. Ook weer niet te nadrukkelijk, want zoiets heeft ze door en dan weigert ze van de weeromstuit helemaal om te kalmeren. Te ademen, zo lijkt het wel.

Wel merkwaardig natuurlijk dat iemand die zoveel om kunst zegt te geven zo vit op een schilderende schoonzoon. Begrijp me goed, ik zou mijn dochter ook liever uithuwelijken aan een visser of een schrijnwerker dan aan een kunstenaar zonder klanten, maar ik maak dan ook geen poeha over meester zus en zo.

Het enige doek hier in huis waarvoor bezoekers een tijdje bleven koekeloeren was dat doek dat nu hopeloos uit het licht boven de kast hangt. Dat is die prent met het hoertje en die geilaard in haar nek die haar een goudstuk aanbiedt voor mogelijke diensten.

Maar wacht, dat hing toch voorheen prominent in de vestibule? Nu ik erover nadenk, Maria Thins heeft het Kaatje daar vorig jaar laten weghalen, inderdaad, vlak na die rel rond het werkstuk van Johannes. De reden laat zich raden, Maria Thins voelde aan dat ze maar beter afstand kon nemen van Johannes' onderwerpkeuze.

Waarom moest Johannes zo nodig zijn eigen versie schilderen? Had hij nou werkelijk gedacht dat zijn doek bij zijn schoonmoeder in de smaak zou vallen? Of bij de rest van Delft?

Uiteraard zocht Johannes naderhand naar dergelijke uitvluchten – Delft stond op zijn achterste benen, hij moest zijn gezicht zien te redden –, maar de werkelijke reden heeft hij nog steeds niet prijsgegeven.

Johannes is gek, maar ook weer niet zo gek. Hij kon op zijn vingers nagaan hoe zijn schoonfamilie over hem heen zou vallen. Hij adoreert Catharina, hij doet alles voor haar en vervolgens legt hij haar zo vast, als gewillig straatmadeliefje. Dan ben je toch niet goed bij je hoofd?

Hoe meer ik erover nadenk, hoe vreemder het me voorkomt. Johannes wist wat hem te wachten stond en toch heeft hij doorgezet. Er moet een andere reden zijn. Van Maria Thins of haar dochter krijg ik die niet te horen, die tasten net zo goed in het duister.

Waarom zou ik me daarbij neerleggen? Hij wil mij zo nodig schilderen. In dat geval… Hier dient zich een gouden kans aan. Als Johannes me tot schilderij wil omtoveren, dan zal er geposeerd moeten worden. Dat kost tijd en praten staat vrij.

Hij mag dan slim zijn, ik ben slimmer. Ik zal zien dat ik uitvogel wat hem heeft bezield.

Intussen ligt er een knapperig stapeltje oublies. Als ze net zo lekker smaken als dat ze ruiken… Ik leg ze op een schaal. Zodra ik het tafelbelletje hoor, loop ik ermee de gang op. In de spiegel controleer ik of mijn rug mooi recht is.

17

Johannes

Gisteren heeft ze toegezegd! Ze wil ze haar werk kunnen voortzetten, meer voorwaarden stelde ze niet. Des te beter, antwoordde ik verrukt. Ze moest zelfs even lachen om de paar danspassen waarmee ik de blijde boodschap begroette. Voordat Tanneke ergens om lacht!

De eerste ochtend verloopt soepeler dan gevreesd. Ze blijkt een voorbeeldig model. Ik had me haar rustelozer voorgesteld, bang dat ze in haar eigen domein gemakkelijk afgeleid zou zijn of onwillig om de regie uit handen te geven. Niks van waar, ze neemt de tijd voor elk ingrediënt in haar salade. En dus voor mij. Ik ben in de gelegenheid om elke pose vast te leggen. Ze is zo present, zo wakker. Ze snijdt bleekselderij, perst twee citroenen uit en mengt saus in een kom. Zo wil ik het hebben. Geen denken aan om haar tot een vaste houding aan te zetten, ik ben veel te blij dat ze ontspant. Staande of zittend, ze straalt zelfvertrouwen uit en toewijding. Zou ze glad vergeten zijn dat ik hier zit? Of is het omgekeerd, doet ze alles om het mij naar de zin te maken?

Mijn houtskool gaat driftig tekeer. Deze keer tuurt ze met een kroes in handen naar buiten waar de najaarswolken samenspannen tegen het blauw. Een onbewaakt moment van huivering, waar je zoveel in kunt leggen. Je bent getuige hoe haar gedachten het raam uit vliegen en een heel levensverhaal ontrolt zich. In tien minuten is de eerste uitgewerkte schets af. Ik laat haar het resultaat zien.

Kijk aan, de aanzet tot een glimlach om haar mond.

'Ben ik dat?' vraagt ze oprecht verbaasd.

'Wie zou het anders moeten zijn?'

'Ik vind het... mooi. Geloof ik.'

Deze blik vol verwondering is nieuw voor mij. Twee tellen van opperste verbazing en ik zie het kind terug in de vrouw. Je reinste metamorfose.

Maar net zo snel keert de kordate Tanneke weer terug. Ontspanning maakt plaats voor een frons, alsof ze rekening houdt met bedrog.

'Jij bent ook mooi. Wil je hem houden?'

'Ik? Maar hij is van u.'

'Dan maak ik er gewoon nog eentje.'

'Hoe moet ik dan zitten?'

'Zoals jij wilt, maar als de keuze aan mij is, dan heb ik het liefste dat je staat. Zoals je net bleekselderij aan het snijden was. Ja, zo ja.'

Verdere aansporing is overbodig, ze hervat het werk.

Ik teken haar met de peperbus boven de kom. Wat een beeld. Zonder dat ik iets heb hoeven zeggen, bevriest ze in haar houding. Volgens mij heeft ze wel door dat een tekening mooier wordt naarmate ze langer stilstaat. Een subtiele draaiing in haar bovenlichaam, die krachtige handen. Ach, een sprekende tekening maakt woorden overbodig.

Ik vraag haar de schaal met salade op te tillen, klaar om naar binnen gedragen te worden. Ze aarzelt geen seconde en doet het gevraagde.

Zo ben ik bij elkaar een uurtje aan het krassen. Beetje bij beetje eigen ik me haar toe. Uiteindelijk komen er zeven tekeningen naast elkaar op tafel te liggen. Tanneke zegt allang niets meer, ze legt een hand aan haar hals. Misschien nog een laatste studie. De tijd tikt voort, schaduwlijnen verglijden, hierbinnen wordt gewerkt.

Na het middageten informeert Cat naar de vorderingen. Ik laat de schetsen zien.

'Deze vind ik mooi.' Ze wijst naar Tanneke die citroenen perst. Ze pakt de tekening op en knikt bevestigend.

'Staand is mooier dan zittend, vind je niet?'

'Gaan jullie morgen verder?' vraagt ze in plaats van te antwoorden.

'Ik vind staand erg mooi. Jij toch ook?'

'Eh... ja.'

Bij Cat kan ja erg naar nee klinken.

'Ik merk dat je je niet uitspreekt.'

Ze haalt diep adem. 'Nou ja, ik vraag me af wat hieraan het bijzondere is. Maar misschien komt dat vanzelf zodra je gaat schilderen.'

'Het bijzondere? Dit is al bijzonder, in al zijn eenvoud. Geloof me, het wordt echter dan echt. Je zult nauwelijks doorhebben dat je naar een schilderij kijkt.'

'Jawel, maar Tanneke hier in deze keuken...'

'Ik begrijp niet waar je heen wilt.'

Ze brengt haar bovenlichaam iets naar achteren, alsof de eettafel tussen ons in nog niet lang genoeg is. Er liggen zeven tekeningen op een rij.

Op matte toon herneemt ze: 'Dat is de lelijkste plek in huis. Ik stel me zo voor, hè, ik heb een mooi grachtenpand en net nog ruimte voor iets aardigs aan de muur en ik besluit een doek van de jonge meester Vermeer te kopen. En wat krijg ik dan?'

'Nou, wat krijg je dan?'

'Een nogal forse kokkin in een haveloze keuken.'

'Dat kan heel mooi zijn.'

Als iemand knikt en tegelijk haar mondhoeken omlaagtrekt, dan weet je wel hoe laat het is. Het zou schelen als ze me gewoon aankeek.

'Maak je bezwaar tegen dat rek op de achtergrond of tegen de rest van de muur?'

'Eigenlijk tegen alles. Het wordt zo... zo kleurloos.'

'Daar heb ik al aan gedacht. Jouw moeder had toch zo'n kobaltblauw schort, dat zou haar vast mooi staan.'

'Geen idee waar dat ligt, maar ik zal haar inderdaad eens vragen.'

Haar zin eindigt in een lange zucht. Ze staat op, recht haar kapje voor de spiegel. Geheel volgens de heersende mode laat ze er subtiel twee plukken haar onder vandaan komen. Sensueel, vind ik althans. Drie keer raden wie hiertegen bezwaar maakt.

'Mag ik je nog wat vragen, Cat? Het staat hier los van, hoor, maar die grendel op jouw kamerdeur, hè, heb jij die laten aanbrengen of je moeder?'

Heel even houdt ze in. 'Waar heb jij het nou weer over?'

Ik doe of mijn neus bloedt en begin een pijp op te steken. Alsof zij niet zou weten waarover ik het heb. Ze kent die grendel beter dan wie dan ook.

Ze haalt haar schouders op. 'Is het erg belangrijk?'

Weg is ze alweer. Ik blijf tevredengesteld achter, want soms is geen antwoord ook een antwoord. En dan heb ik nog mijn tekeningen. Ik probeer te achterhalen waar haar probleem in schuilt, maar het lukt me niet. Dit schilderij gaat mooi worden. Die tekening waarop Tanneke de kom omhooghoudt zou ik best kunnen uitwerken. Haar ernst maakt die belangrijk. Als een relikwie voor een profane processie.

Ach, wat is er heerlijker dan stilte, een pijp en een stapel tekeningen?

Die behoefte aan rust heb ik al op jonge leeftijd ontwikkeld. Slaande deuren, gescheld, dreigementen, het klinkt allemaal na in mijn oren. Vader dagenlang van huis, moeder geen idee waarheen, haar woede die op ons werd botgevierd.

Tekenen bood me de ontsnapping naar een wereld waar het er ordelijk aan toeging, waar ik het voor het zeggen had, het was aan mij om losse elementen over te hevelen van de ene sfeer naar de andere. Om ze als het ware te redden.

Mijn ouders lieten me begaan, wat ik als een bijkomend voordeel beschouw. Ze schreven me af als een dagdromer. Ze begrepen niet waarom ik het spel van de kinderen buiten aan me voorbij liet gaan. Of ik staarde naar hun smaak te lang naar de treurwilg die afhing over het water. Dat zwaarmoedige gebaar, net een oude man die dreigt te bezwijken onder de last aan takken op zijn rug. Als ik al lang in bed lag, was ik in gedachten nog bij die boom die daar in het donker stond te torsen.

Cat is degene geweest die me wakker toverde. Hoe kon het ook anders, met dat lieve gezichtje, die heldere stem, die onbevangenheid.

Toch denk ik met gemengde gevoelens terug aan onze eerste afspraakjes samen, ik was onderhand zestien en zij zeventien. We zaten een keer tegenover de vleeshal op een muurtje en aten gepofte kastanjes. Ze praatte honderduit en ik luisterde maar half, ergens was ik de draad kwijtgeraakt. Ik was in beslag genomen door eigen gedachtes. Begeerte, kan ik beter zeggen. Zodra onze blikken kruisten, keek ze vlug weg, ze was als de dood dat ik haar een steegje in zou willen lokken om haar daar te kussen. Misschien lagen mijn toespelingen er iets te dik bovenop. Haar ogen werden groter. Dat niet alleen, ze liep rood aan en praatte druk en onsamenhangend.

Het kwam erop neer dat ze vond dat we niet voor elkaar bestemd waren. Daar moest ik het als verklaring voor haar terughouding mee doen.

'We belijden nu eenmaal een verschillend geloof, Johannes.'

Geloof, geloof, alsof alles in het leven daarom draaide. Ik meen – ook met terugwerkende kracht – dat haar moeder in haar eentje bezwaar nummer één, twee en drie vormde. Die had het beste met haar voor. Wat dat beste inhield bleef onuitgesproken, in elk geval geen blijdschap. Toen al bekroop me het idee dat Cat met al haar lieftalligheid goed moest maken wat haar broer misdeed. Maria Thins' onvoorwaardelijke zorg om haar dochter leek bedoeld om het verdriet om Willem te compenseren.

Zodra Cat een stilte liet vallen, greep ik mijn kans om die merkwaardige veronderstelling tegen te spreken. Ik kon heus een gezin onderhouden, ik was wel degelijk de ware voor haar.

Toen ze kort daarop vroeg of ik het aandurfde, was ik even van slag.

'Kom een keer mee, dan stel ik je voor aan mijn moeder.'

Voor de duidelijkheid: volgens mij was zij degene die hiervoor moed aan het verzamelen was.

Op een dag kreeg ik de langverwachte rondleiding door het pand aan de Oude Langendijk. Er was een voorkamer, een binnenkeuken, kookkeuken, waskeuken, trappetje op, trappetje af. Je kon hier zomaar verdwalen. Zoveel reinheid en rust, ik was op slag verkocht. Een huis als een schatkamer, nog in de kleinste vertrekken hingen stichtelijke prenten, smekend om aandacht.

Wie hier woonde was gevrijwaard van zorgen, wie hier mocht schilderen was al onderweg naar hogere sferen.

Rondstappend over de glimmende tegelvloeren hoorde ik met een half oor de instructies aan.

'Het is belangrijk dat je een goede indruk achterlaat,' drukte Cat me op het hart. Ik kan me niet herinneren dat ze erbij vertelde hoe precies.

Voor het gesprek zelf gingen we de pronkkamer binnen. Eikenhouten lambrisering, hoge plafonds vol ornamenten. Haar moeder kwam geen stap naderbij om me te begroeten. Ik schuifelde deemoedig naar mijn stoel en was blij toen ik zat. Zonder welkomstwoord nam ze me op en vroeg me de zeven werken van barmhartigheid op te noemen. Ze klonk als een moeder-overste die weet welke beproevingen het aardse bestaan in petto heeft, maar die ook het smalle pad kent dat naar verlossing leidt.

Ik kwam nog een heel eind, maar bij elke aarzeling bracht ze de kin verder omhoog, superieur, terwijl ze in één beweging de mondhoeken naar beneden trok, wat bij een normale sterveling oefening vereist, maar wat haar op een of andere manier natuurlijk afgaat.

Of het klopte dat ik kunstschilder wilde worden, hoeveel jaar ik dan al in de leer was en of ik iets over mijn vorderingen kon vertellen. Ze hield van mensen met ambitie, zei ze, al moest ik voor het laatste deel van een zesjarige opleiding uiteraard naar Utrecht, in haar ogen de enige plek waar kunst werd gemaakt die voor de eeuwigheid bestemd was. Ze somde een reeks meesters op die als lichtend voorbeeld mochten gelden. Onbekende namen voor mij. Grootste gemene deler: ze waren katholiek en schilderden dienovereenkomstig, stichtelijk en pastoraal. Die opgetrokken wenkbrauw suggereerde de vraag of ik begreep wat van mij werd verwacht. Haar schoonzoon – aha, die mogelijkheid stond tenminste open! – moest een man van stavast zijn, met een minstens zo vast salaris en een zo mogelijk nog vaster vertrouwen in God, in háár God, welteverstaan.

Toen ik naderhand met Cat buiten stond bij te komen van het spervuur aan vragen en richtlijnen, werd zij op haar beurt boos. Ze vond dat ik me wel dankbaarder had mogen tonen met zoveel welwillendheid. Ze vond dat ik muggenziftte, terwijl ik me alleen maar had afgevraagd hoe je een katholiek moest zijn en tegelijkertijd maatschappelijk geslaagd. Het is algemeen bekend dat die bevolkingsgroep in Delft volledig is uitgesloten van vooraanstaande functies. Cat wuifde mijn vraag weg, haar moeder was katholiek en genoot een mate van welstand.

Ik zei nog dat zij de uitzondering was, maar dat maakte het gapende gat tussen ons alleen maar groter. Toen ik daarbovenop durfde te stellen dat haar moeder er een gekleurd beeld van de werkelijkheid op na hield, spuwden haar ogen vuur. Ik hield al rekening met een uitbrander, maar nee, ze schudde onbegrepen het hoofd. Niks woede-uitbarsting, haar gemompel ging over in gesnotter. Het leek of ze zichzelf niet in staat achtte om verder te praten zonder onbedaarlijk in huilen uit te barsten. Ze draaide zich althans resoluut om en haastte zich naar binnen.

Dat was de eerste keer dat ik moest aanzien hoe haar woede naar binnen sloeg als onbegrepen verdriet. Er zouden nog heel wat keren volgen en ze deden me telkens meer pijn.

Op het moment zelf zat ik er vooral over in dat ik mijn baret binnen had laten liggen. Aankloppen liet ik wel uit mijn hoofd.

Op de weg terug – die ik in een flinke lus aflegde – probeerde ik na te gaan of geloof het werkelijke probleem was. Het kon niet anders of Maria Thins wilde eigenlijk zo'n stoffige sul voor haar dochter, eentje met pantoffels en een molensteenkraag, die grossierde in plattitudes en, o ja, die zijn driften onder controle had. Om een of andere reden waren die aspecten de afgelopen twee uur buiten beschouwing gebleven.

Ik stond aan de waterkant, keek toe hoe de eenden in het kroos hapten en nam me voor alleen nog bezonnenheid te tonen. Bij elk godsdienstig gesprek zou ik voortaan ja en amen knikken.

Helaas, er werd meer van me verlangd. Een week later zette

Cat met grote stelligheid het gesprek voort op het punt waar we waren blijven steken.

En dat terwijl de dag zo zonnig was begonnen. We hadden bij de kanonnen op de Wateringse Poort afgesproken voor een wandeling door het veld. Algauw kregen we een lift van de rattenvanger, die weer eens overal en nergens vallen ging uitzetten. Bij de driesprong bedankten we en stapten af. Nu we dan met zijn tweeën waren, pakte ze de draad weer op en vulde het rijtje bezwaren verder aan. Zo te horen had ze die de hele week zitten opsparen.

Ze voerde een knul uit Schipluiden als reden nummer zoveel aan waarom zij en ik niet voor elkaar bestemd waren. Ze achtte het nodig mij in te wrijven dat ze met hem had gezoend en hoe vaak ze nog aan hem terugdacht. Ik meende dat het was om mij pijn te doen, later stelde ze dat ze zo mijn liefde had willen testen. Navraag leerde overigens dat ze deze Paulus al anderhalf jaar niet meer had gezien, dus dat argument kon meteen van tafel.

Even later – we hadden via twee planken de overkant van de sloot bereikt, we volgden een smal pad door het hoge gras – kwam ze alweer met iets nieuws, namelijk dat ze mij soms niet kon volgen, mijn gevoel voor logica niet, de verhalen die ik vertelde niet en zelfs niet wanneer ik sprakeloos was op momenten zoals dit. Alsof ik de wispelturige was van ons twee.

Gaandeweg leerde ik deze andere kant van haar kennen, ze kon dingen nodeloos ingewikkeld maken, want moest ik nou meer of juist minder praten? En wat wilde ze dan horen?

Voor het moment had ik andere zorgen, want ze kwam alweer met het volgende op de proppen. Ik moest beseffen dat ze een gevoelig meisje was met een broos gestel en dat ze iemand nodig had die haar door dik en dun steunde. Dat leek me een kleine moeite, ik vatte het op als een aansporing om mijn beschermende kant te tonen. Dus klom ik zodra haar sombere bespiegeling afgerond leek op een hek en sprong er met een kreet vanaf, knielde voor haar, nam haar hand, haalde diep adem en zei… helemaal niets.

Te laat besefte ik dat ik met drukte en poeha van alles demonstreerde, maar toch zeker geen bezonnenheid. Ik stelde me vreselijk aan, mijn gedrag deed alleen maar afbreuk aan dit gewijde moment met levenslange beloftes. Maar ja, ik zat al, dat viel onmogelijk terug te draaien. Ik keek opzij, zogenaamd om beter naar het roodborstje in de struik te luisteren, maar ik hoopte toch vooral dat mijn eigen rode hoofd niet te zien was. Ik hing weer eens de pias uit.

Goed, ik moest me zien te herpakken. Eerst weer ernstig worden en haar op het hart drukken dat ik degene was die haar gelukkig ging maken. Daar hoorde een volzin bij, die had ik even niet paraat, maar toch waagde ik het weer naar haar op te kijken. Ze glimlachte en leek helemaal geen behoefte aan volzinnen te hebben. Dus zei ik gewoon dat ze lief was, liever dan iedereen. En het was goed.

Het duurde nog een week voor ze me op de wang kuste, twee weken voordat ze me op de mond kuste en weer een halfjaar voordat ik aan de aantrekkelijke rij knoopjes van haar hemdje mocht beginnen, om te zien welke schat zo zorgvuldig voor mij verborgen werd gehouden. Dit was overigens in de tijd dat ik van lieverlee voor elke afspraak maar zinnen uit mijn hoofd leerde om te bezigen zodra haar zwaarmoedige kant toch weer de kop opstak en zij meende (of deed alsof) dat wij elkaar meer of zelfs helemaal moesten mijden. Die zinsneden waren nodig en kwamen goed van pas, ze bleek er gevoelig voor. Een daarvan was: 'Als ik jou niet kan krijgen, dan verliest het leven zijn kleur.' Of: 'Wat ik voor jou voel is meer dan een gevoel, meer dan een verlangen. Het is een innerlijke overtuiging.'

Die laatste sloeg in als een granaat. Ze deed voor het eerst haar lippen van elkaar bij het zoenen. Nou moet ik erbij vertellen dat we uitkeken over een hele duinpan vol meidoorns in bloei en dat de zon langzaam onderging, dat speelde mee bij de ontvankelijkheid van haar gemoed. Ze vertelde er nog maar eens bij dat stemming alles voor haar was, alsof ik dat nog niet doorhad.

Wat het zoenen betreft, dat deed ze minstens zo onhandig als ik, wat ik niet erg vond aangezien dat betekende dat ik die verhalen over Paulus met een korreltje zout mocht nemen. Wel werd ze behoorlijk kribbig toen ik mijn hand langs haar hemd naar binnen stak om contact te leggen met haar lichaam. Daar was ze niet van gediend. Binnen een oogwenk zat ze rechtop.

'Waarom moeten jullie jongens toch altijd...' riep ze gepikeerd uit en ze kruiste beide armen voor haar bovenlichaam, als om zich nog eens goed te beschermen.

Dit soort toenadering moest allemaal tot na Utrecht wachten. Twee volle jaren dus. Zevenhonderd nachten, denk je in.

Ik zei dat het me speet en dat ik het nooit meer zou doen en zij vergaf me. Even later zette ze een lied in dat we beiden kenden van de markt. Ik probeerde in te vallen, maar ze lachte me vierkant uit om mijn zangkunst, dus dat hield ik gauw voor gezien.

'Jij bent een rare,' zei ze niet voor het eerst.

Later trok ze haar schoenen uit om met blote voeten over het warme zand te lopen. Ook weet ik nog wat ze me toen op de terugweg naar Delft vroeg, namelijk welke familie in mijn ogen geschifter was, die van haar of die van mij. Een onmogelijke keuze, zo kwamen we overeen. Toen waren we pas echt samen en ging het verder hand in hand. Het was wij tweeën tegen de rest.

18

Catharina

Ik weet precies waarom hij informeerde naar die grendel. En hij weet dat ik het weet.

Achteraf had ik natuurlijk moeten zeggen dat ik dat zelf was geweest die hem op de deur had gespijkerd. Door te aarzelen, door te doen alsof de vraag geen belang heeft, zette ik hem op een spoor. Het had iets afgewogens zoals zijn mond samentrok. Johannes is niet gek. Hij weet dat het in opdracht van Maria Thins is gebeurd.

Ach, was hij maar nooit naar Utrecht gegaan. Misschien was het dan wel allemaal anders gelopen. Dan hoefden we nu niet zo gekunsteld te doen tegen elkaar.

En als de periode in Utrecht hem nou nog iets had opgeleverd. Akkoord, hij heeft er zijn zes leerjaren volbracht waardoor hij hier in het gilde kon worden opgenomen, maar voor het overige...

Na zijn terugkeer voelde heel onwennig. Hij was een stuk langer geworden, zijn gezicht benig, de ogen lagen dieper in hun kassen. Of misschien stak de neus wel meer naar voren. Ik zag baardgroei, hij had zich een mannelijke manier van doen aangemeten. Hij hing maar wat graag de wijsneus uit. Op Delft keek hij neer met het air van een gevierd meester die er net een rondreis door Italië op heeft zitten in plaats van drie jaar Utrechtse werkplaats. Over mijn moeder wilde hij het al helemaal niet hebben, maar dat was onvermijdelijk aangezien hij op de oude voet met mij verder wilde.

Hij zocht intimiteit, zoals te verwachten viel. Dat maakte het lastig voor mij om te ontspannen. Ik deed mijn best om zijn aandacht af te leiden met vragen over zijn werk, over nieuwe inzichten, over de mensen die hij daar had leren kennen. Elk gesprek voerde als vanzelf naar een van de bekende thema's. Wat zijn eeuwige ambitie betreft, het was hem nooit om roem of rijkdom te doen.

Eén keer leidde dat tot ruzie. Het was vast gekscherend bedoeld, maar hij zei dat hij werken wilde schilderen die het leven zelf overbodig maakten. Liever tien die prachtig waren dan honderd die ermee door konden, die uit het zicht werden opgehangen en vervolgens vergeten. Dat rook allemaal naar nog meer hoogmoed, zeker in combinatie met zijn geaffecteerde handgebaren, zijn nieuwe breedgerande hoed en niet te vergeten zijn lange pijp en dure woorden. Ik zei dat hij moest ophouden Fabritius na te praten, die strooide ook overal Frans doorheen. Hij zei dat ik hem niet begreep en ik zei dat hij zijn best deed om te zorgen dat ik hem niet begreep. Zo'n soort gesprek dus, dat erin uitmondde dat ik vond dat hij eerst maar eens moest verkopen. Ik zei dat ik hem voorlopig even niet hoefde te zien. Gemeen van mij, want ik wist dat hij dat geen dag uithield. Inderdaad, vervolgens kwam hij met een boeket veldbloemen aanzetten. Daar was ik dan weer wel gevoelig voor, wat heet, bij het kussen daarna drukten we diezelfde bloemen zo ongeveer plat.

Hij vroeg me nog net niet ten huwelijk, maar had ik twee keer met mijn ogen geknipperd, dan was hij subiet op de knieën gegaan voor een aanzoek. Zo gaat hij nu eenmaal door het leven, als hij gevonden heeft wat hij zoekt, ziet hij er geen heil in om verder te speuren naar iets vergelijkbaars. Voor mij wel prettig, ik hoef niet bang te zijn dat hij op een dag in de armen van een ander ligt.

Hij had intussen enorme voeten, dat was me nooit zo opgevallen. Als we samen aan de slootkant zaten om af te koelen, zag je het verschil in schoenmaat. Hij praatte liefdevol tegen mijn tenen, vroeg of ze het niet erg vonden om zo klein te zijn.

Verder wandelden we veel, gearmd. Dan wees hij een plekje tussen de bomen waar niemand ooit kwam. Reden genoeg voor mij om niet die kant op te gaan.

Aanvankelijk hield ik vol dat er in de voorbije drie jaar niets bijzonders was voorgevallen, maar hij merkte al snel op dat ik stiller was geworden. Ook een manier om te benoemen dat ik mijn onbevangenheid kwijt was. Terwijl hij vastberadener leek dan ooit. Hij had zich zo op ons weerzien verheugd, herhaalde hij nog maar eens. Als ik dan zei dat dit wederzijds was, begreep hij mijn gereserveerdheid nog minder.

Hij wilde met me naar bed, ik zei dat hij nog moest wachten en hij wilde weten waarop. Ik wuifde zijn vragen weg, zei dat ik moest wennen aan zijn aanwezigheid, wat op zich ook klopte. Ik schaamde me, was bang dat hij achter de ware reden zou komen en boos zou worden. Zou vinden dat ik zelf aanleiding had gegeven.

Linksom of rechtsom, ik was als de dood dat hij me alsnog aan mijn lot zou overlaten.

De eerstvolgende keer dat Willem weer over was uit Gouda merkte Johannes meteen mijn verkramping op. Ik reageerde schrikachtig op geluiden in huis, op het slaan van de klopper.

Die avond laat zaten we samen op mijn kamer en hij stond op om terug te gaan naar Mechelen. In die tijd verbood Maria Thins – net als nu overigens – dat Johannes hier zou slapen. Hij werd uiteraard geen wijs uit mijn gedrag. Hoe kon ik hem uitleggen dat hij deze keer juist moest blijven? Of dat hij me anders moest meenemen? Ik geloof dat ik boos werd om iets pietluttigs, hij zei dat ik me aanstelde. Maar opeens kreeg ik voor mijn gevoel geen lucht meer. 'Maar er is gewoon lucht,' riep hij. Een idiote situatie. Omdat ik naar mijn keel greep ging hij naar beneden om wat te drinken te halen. Het raam opende ik intussen zelf. Toen hij terug was en een arm om mijn schouders legde, duwde ik hem juist weer bij me vandaan.

Hij vroeg me of mijn gedrag met Willem te maken had. Dat ik zijn vraag niet beantwoordde, voedde de argwaan. Hij begon te vissen, hij zei dat Willem nogal veranderd was, voortdurend op zoek naar de fles, onvoorspelbaar, snel aangebrand en onverzorgd. Met kleine toespelingen lokte hij me uit de tent, bijvoorbeeld door zich hardop af te vragen wat er kon zijn voorgevallen in de tussentijd. Hij dacht aan geweld. Hij dacht altijd aan geweld, ik zei dat hij ernaast zat.

Moeder kwam de gang op, klopte aan en zei dat het tijd werd voor Johannes om te gaan. Johannes gehoorzaamde, dus bleef het daar die keer bij.

Later – mijn broer was alweer de stad uit – stond ik hem de toenadering toe waarnaar hij hunkerde. Vrijen ging wel, al wist hij nooit hoe ik zou reageren. Ikzelf evenmin, want de ene keer werd ik boos omdat hij te ruw deed, de andere keer was ik zelf wilder dan hij. Op een gegeven moment kreeg hij door wat nodig was om me op mijn gemak te stellen. Zijn geduld hierin is een godsgeschenk geweest.

Uiteindelijk heeft het vier jaar geduurd eer ik alles opbiechtte. Ik weet de aanleiding niet eens meer. Ik zei iets, hij vroeg iets, zo ongeveer.

'Wil je echt alles weten?' vroeg ik met een sprankje hoop dat hij van nee zou schudden.

Hij knikte, ik moest me vermannen. We zaten op de rand van de bedstee.

Ik vertelde hoe het was begonnen, met stoeien, met mij pijn doen, met mij laten smeken om genade. Willem kon niet anders, hij moest altijd grenzen opzoeken. Het ene moment zag hij zichzelf als slachtoffer van vader, dan draaide hij om als een blad aan de boom, werd vanuit het niets gemeen en leek van mijn tranen te genieten. Hij was uit op macht, verzon dingen die ik gezegd zou hebben om vervolgens te dreigen ze te verklikken. Kon ik de tijd maar terugdraaien naar die allereerste keer, dan was ik er nooit in meegegaan, dan had ik mezelf schrap gezet. Op een gegeven moment raakte ik verstrikt in zijn leugens, kon ik waarheid en verzinsels onmogelijk nog onderscheiden. Stapje voor stapje voerde hij me mee in zijn gekte. Hij probeerde me te zoenen, wat maakte het uit? Het was donker, de volgende dag zou hij toch teruggaan naar Gouda enzovoort. Iedereen hield ook van alles geheim voor ons, dan was het fijn om samen ook een geheim te delen. En telkens was het maar een grap en kwam hij met de belofte dat het de laatste keer was. Hij hield net zo lang aan tot ik geen weerstand meer bood. Tegen het zoenen wel trouwens, de rest liet ik me gebeuren, alsof mijn lichaam tijdelijk van mij was losgekoppeld. Zo koud voelde het ook aan.

Willem zag er niets bijzonders in. Hij streelde mijn haren, hij drenkte na afloop de spons in azijn en reikte mij deze aan. Ik moest hem snel inbrengen, want zwanger raken was nou weer niet de bedoeling.

Johannes wilde weten of het was doorgegaan nadat hij was teruggekeerd uit Utrecht. Ik gaf een ontwijkend antwoord, ik zei dat zijn terugkeer had geholpen. Niet dat Willem terugdeinsde, welnee, maar nu Johannes ervan wist hervond ik deels mijn kracht, tilde ik mijn kin op, herpakte ik me. Ik zocht het oogcontact met Willem op, ik had hem nu nog nodig als getuige dat ik bij Johannes hoorde en Johannes bij mij. Dat Johannes op zijn beurt schrok hoe ik hem om de hals viel, nam ik voor lief.

Willem week terug, goddank.

Johannes luisterde al die tijd zonder me aan te kijken, hij onderbrak me niet, hooguit klonk zijn ademhaling onregelmatig. Een paar maal vroeg hij om nadere uitleg.

Toen ik klaar was met vertellen, vroeg ik hem of hij zoiets al vermoedde. Hij knikte vaag. Hoe kon het ook anders. Hij had gezien dat ik mijn haren had afgeknipt nadat ik hem niet kon geven wat hij wilde, hij was de keren niet vergeten dat ik op het punt van gillen stond zodra we intiem werden. Ik deed van alles om de vrouw in mezelf te ontkennen.

Ik kon pas ontspannen als hij me een poos tegen zich aan had gehouden en had gekust en me verzekerd had dat hij van me hield en me nooit aan mijn lot zou overlaten. Niettemin riep ik hardnekkig dat alles mijn schuld was, wat er ook maar misging in het leven.

Toen al was hij ervan overtuigd dat moeder op de hoogte moest zijn. Ik was bang dat Willem zijn mond voorbij had gepraat. Die had gedreigd dat hij mij, mocht moeder erachter komen, de schuld zou geven. Ik zou hem hebben verleid. Belachelijk achteraf dat ik daarover nog het meest inzat.

Het gesprek werd verwarrend, want nu was het opeens Johannes die mij voorhield dat mijn moeder niet gek was. Ik zei dat het voor hem geen rol hoefde te spelen wat moeder wel of niet wist.

Daar lieten we het toen bij.

Nu heeft hij dus zekerheid. Moeder heeft die grendel laten aanbrengen.

Johannes zal in stilte alle triviale vragen zijn langsgelopen. Hoe vaak is het gebeurd? Waar is het ooit begonnen? Hij kon nagaan dat het ergens was toen hijzelf in Utrecht zat. De periode dat Willem vanwege ruzie met vader vaker over was uit Gouda.

Ik begrijp wel waarom hij het onderwerp maar liever uit de weg ging. De schaamte zat in de weg, hij was niet in staat geweest om zijn zwager te weerhouden, nog niet eens om hem ter verantwoording te roepen. Lange tijd koesterde ik de hoop dat hij zijn pijn een plek had gegeven. Uit de bordeelscène bleek het tegendeel.

Er was een tijd dat ik vier keer per dag tot de Heilige Maagd bad. Mijn bewondering, nee aanbidding, kende geen maat. Zij had het Godskind ter wereld gebracht. En dat nog wel zonder bevlekt te worden, misschien zelfs zonder fysiek te baren. Wat benijdde ik haar. Zij had nergens last van gehad, ze was getrouwd met een oude timmerman op wie mannelijke lusten schijnbaar geen vat hadden. Het enige wat ze hoefde te doen was de armen spreiden en het gezang van engelenscharen aanhoren terwijl ze zich over ons ontfermde.

Langzaam veranderde die afgunst in iets duisters. Ik bad met name als ik wist dat Willem twee deuren verder wachtte tot moeder zou gaan slapen en hij zijn kans schoon zag en mijn kant op zou komen. Ik wilde dat zij een oplossing bedacht, voor mij, haar trouwste volgeling. Willem liet zich door Haar niet weerhouden. Ik bad ook na afloop, met nog meer tranen, maar er kon geen troostend woord vanaf. Die eeuwige glimlach van de Madonna ging me tegenstaan. Waarom overkwam mij dit? Omdat Willem door zijn eigen vader werd geslagen, omdat hij zelf een gat in zijn hand had en overal de deur in zijn gezicht gesmeten kreeg, kwam hij maar hierheen zodat hij in elk geval een dak boven zijn hoofd had. Hij wist dat moeder te zwak was om hem nee te verkopen. Maar ook bij elkaar opgeteld was dat toch geen reden om mij te kwellen?

Aanbidding werd twijfel, twijfel werd teleurstelling, teleurstelling werd woede. Verdiende Zij mijn gebed wel? Het was nogal wat om uitgerekend tot het enige menselijke wezen te bidden dat geen idee had waarover ik het had. Een wezen dat mijn gebed met die opgetrokken wenkbrauwen en zogenaamde mildheid aanhoorde, maar nooit de ernst zou onderkennen. Ik werd rusteloos in bed, fantaseerde dat Haar overkwam wat mij was overkomen. Het wond me op, het idee dat Maria overgeleverd was aan menselijke wellust. Dat het Haar benen waren die uit elkaar moesten. Dat Zij en ik daarmee quitte zouden staan. Ja, ik gunde Haar pijn. Ze moest toch in elk geval kunnen weten waarover ik het had in mijn gebed.

De volgende dag wist ik me van ellende geen raad. Ik durfde al lang niet meer tot Haar te bidden. Ik was bang voor... iets. Als alternatief bleef mijn naamheilige over. Ik vroeg om vergeving voor mijn zondige gedachten, zonder nadere uitleg.

Maar 's avonds in bed keerde de woede terug.

Biechten? Ja, maar dan graag over een ander onderwerp. Stel dat de pastoor me zou uithoren. Stel dat hij zou denken dat ik het zelf allemaal had uitgelokt. Dat ik de zondares was.

Het wonderlijke doet zich voor dat mijn verdriet óns verdriet is geworden, het heeft Johannes en mij dichter bij elkaar gebracht. Wat ons uiteindelijk het meest verbindt is datgene waarover we nooit praten. Omdat het niet gaat. En juist daarom is het er altijd, het glinstert op het water, het groeit aan de bomen, het ligt op het puntje van de tong. Het heeft hem net zo goed in de greep als mij, hij deelt in mijn woede en onmacht. Hij begrijpt het helemaal, hij aanvaardt het, bereid om meer dan de helft van de last op zijn schouders te nemen. Om mij te ontzien. Dat is Johannes.

Toen ik zei dat ik liever een begijn werd dan dat ik trouwde, begreep hij me. Toen ik zei dat ik geen kinderen wilde omdat die elkaar het leven zuur zouden maken, begreep hij het ook. Zelfs toen ik zei dat het niet aan moeder lag, omdat zij ook maar slachtoffer was, knikte hij gedwee, al moest hij wel slikken.

Hoe zou ik iemand die zoveel begrip toont ooit de rug kunnen toekeren?

19

Tanneke

Ik moet doen alsof ik de was door de wringer haal. Verkrampen mag weer niet, wel graag een stukje naar links opschuiven, nee toch weer naar rechts.

'Je gezicht iets omhoog, vanwege het licht. Dank je wel,' zegt hij en hij begint eindelijk te tekenen. 'Maar wel ontspannen blijven kijken.'

Dat kan ik beter tegen hem zeggen. Die zorgelijke frons in zijn voorhoofd. Zelfs het gekras van zijn houtskool klinkt minder vloeiend dan voorheen.

Algauw legt hij zijn plankje met richel waarop het papier steunt terzijde. Hij zoekt een nieuwe invalshoek, volgende poging. Die zucht ken ik inmiddels.

'Nee, dit is te ruw werk. Je kunt beter wat anders doen.'

Hij heeft mooi praten, deze klus moet natuurlijk eerst af. Dus zie ik Johannes pas weer terug als ik een uur later pap bereid voor de kinderen. Hij vindt vooral de kommen mooi. Hij is er nog niet uit wat in het beeld past en wat weg kan.

Hij schikt de tafel telkens opnieuw. Dan moet alles eraf en zet hij die in zijn geheel dichter bij het raam. Ik moet ernaast staan, dan erachter.

'Dit lijkt me wel wat.' Hij klinkt al opgewekter.

Hij stalt brood dat klaarlag voor de lunch op de voorgrond uit.

'Tanneke, ga maar aan het werk.'

'Wat precies?'

'Als je nou die pot ophoudt.'

Ik ga staan en doe wat hij vraagt.

'Geweldig. Blijf zo eens staan. Nee, wacht, waar is dat blauwe schort nou toch?'

'Welk blauw schort?'

'Van mevrouw.'

'Ik denk boven in een kist.'

'Zou je dat willen halen?'

'Dan moet ik eerst toestemming vragen.'

Twintig minuten later heb ik toestemming, het schort gevonden, gestreken en daarna omgebonden.

'Prachtig!' roept hij. 'Is dat melk? Giet maar van de kan in de pot of zo.'

Ik gehoorzaam braaf. Eerst giet ik de melk echt uit, maar dat wordt algauw te vermoeiend dus doe ik alsof.

'Misschien als je je schouders minder optrekt.'

'Doe ik dat dan? Zo? Of meer zo?'

'Ja zo,' roept hij. 'Zoals je nu doet. En wel volhouden, hoor, want ik ga beginnen.'

Daarna hoor ik een poosje niets dan zijn houtskool. Deze keer klinkt het al beter. En de wind fluit mee, door het gaatje in de ruit.

Het voelt weldadig, zijn ogen die op me rusten. Het is een eeuwigheid geleden dat iemand me zoveel aandacht schonk. Soms kruis ik heel even zijn ernstige blik. Ik doe ertoe. Hij kijkt dwars door me heen, dingen op het spoor waarvan ik zelf geen weet heb. Zou dat kunnen, dat wat hij aan mij waarneemt verschilt van wat ik van binnenuit beleef? Dan zouden er twee Tannekes bestaan, die misschien wel mijlenver uiteenliggen. Het idee is prikkelend maar ook een tikje griezelig. Er wordt een nieuwe Tanneke tot leven gewekt over wie ik niets te vertellen heb. Wat ik denk, wat ik wil, al mijn gesloof van de voorbije jaren, het speelt allemaal geen rol meer, ik dien nog maar als model voor Tanneke-met-de-melkkan in olieverf. En ik moet mijn mond houden, zolang hij mij omtovert.

Maar dat wil nog allerminst zeggen dat ik gedachteloos ben. Ik hoor hem, ik zie hem, ik beleef hem. Zijn ogen vernauwen, dan steekt hij zijn hand uit om afstanden te meten. Hij tuit zijn mond in opperste concentratie. Kleine gebaartjes die je alleen kent als je ooit voor hem poseerde. En wat nog belangrijker is: dadelijk ben ik aan zet. Dan is het aan mij om hem te doorgronden.

Zodra ik het gevoel krijg dat hij zijn rust heeft gevonden, zoek ik een nieuwe insteek. Ik vertel hem over dit huis dat ooit aan een neef van Maria Thins heeft toebehoord. Hij knikt, hij blijkt op de hoogte. Hoe ze hierheen was gekomen, samen met haar dochters, nadat ze een tijdje aan de Vlamingstraat onderdak hadden gevonden. Johannes tekent onverstoorbaar verder. Ik vraag of hij Catharina's vader heeft gekend. Hij schudt van nee.

Ik zeg dat hij daar niets aan mist. Daar is hij het mee eens. Stilte.

Hij laat me de eerste schets zien. Ik zeg dat ik die prachtig vind. Hij is terughoudender. We doen hetzelfde nog eens, maar dan iets meer van opzij.

Zodra hij weer bezig is, pak ik de draad op. Ik vertel dat Maria Thins door haar man werd geslagen.

'Hoe weet jij dat allemaal?' informeert Johannes. 'Jij kwam hier pas werken toen ik in Utrecht zat.'

'Dat klopt, maar ik ken die verhalen van Catharina en mevrouw.'

Hij knikt. Hij zegt dat hij niet meer weet dan dat Cats vader vrouw en kinderen om beurten verrot sloeg.

'Een afschuwelijke kerel. Wist u trouwens dat Catharina als hummel van vijf heeft moeten toekijken hoe hij haar moeder naakt door de kamer sleurde?'

Uit zijn blik maak ik op dat Johannes dit dan toch voor het eerst hoort. Heb ik eindelijk beet? Ik moet hem toch ergens mee op de praatstoel krijgen.

'De meid van toen heeft naderhand voor de schepenraad verklaard wat zich allemaal binnen de muren van het huis heeft afgespeeld. Hij sloeg zijn vrouw met een stok terwijl ze hoogzwanger was.'

Heel even houdt Johannes het houtskool stil. 'Van wie van de drie was ze zwanger dan?'

'Van een vierde kind, dat heeft het niet gered. Soms bonkte Maria Thins net zo lang tegen de muren, roepend dat hij haar dreigde te vermoorden, tot de buren poolshoogte kwamen nemen.'

Johannes luistert aandachtig. Onderwijl kijkt hij geconcentreerd tussen zijn oogharen door, naar mij, naar het papier, naar mij, naar het papier, en zo verder.

Ik vraag hem of hij het verhaal kent van de jonge Catharina die over straat rent en schreeuwt dat vader haar en haar zus gaat vermoorden.

'Nee, dit hoor ik voor het eerst.'

'Haar vader moest naderhand voorkomen. En weet u wat hij verklaarde?'

'Geen idee.'

'Dat hij alleen maar tussenbeide kwam omdat het juist Maria Thins was die zoon Willem sloeg.'

'Wat een familie,' verzucht Johannes.

Hij haalt een tweede tekening van de richel en legt deze op tafel. Ik zet de kan weg en kijk mee.

'Zo pal van voren vind ik wel mooi, meneer. Dan lijkt het net alsof je als kijker binnenkomt en je iets aan de kokkin komt vragen.'

'Ja, precies. Zo is het ook met mijn portret van Cat.'

'Het lijkt me heel mooi als u hiervan een schilderij ging maken.'

'Mij ook, maar dan moet eerst de tafel nog een klein stukje naar achteren. Dan ben je beter in het licht.'

Even later tekent hij verder en ik vertel verder. 'Er zijn indertijd twee kampen ontstaan. Mensen die Maria Thins op haar woord geloofden en anderen die juist partij kozen voor de vader.'

'En al die jaren heeft Willem het voorbeeld van zijn vader gezien,' zegt hij droog. 'Die kerel heeft er een tik van de molen aan overgehouden.'

Wie zal dat nog ontkennen? Maar u hebt diezelfde broer geschilderd, in de rol van klant bij een prostituee. En dat was niemand anders dan zijn eigen zus, uw echtgenote. Dus als het erom gaat wie hier een tik van de molen kreeg...

'Wanneer zijn ze officieel gescheiden, Tanneke?'

Ik denk even na. 'Dat was toen Catharina tien jaar was.'

'En toen kwamen ze deze kant op?'

'Uiteindelijk zag de magistraat in Gouda wel dat er voor dat huwelijk geen redden meer aan was. Vrijwel onmiddellijk na die scheiding vluchtte Maria Thins met beide dochters naar Delft. Hebt u Cornelia eigenlijk nog meegemaakt?'

'Nee, toen ik Catharina beter leerde kennen, was zij al overleden.'

'Willem, die bij zijn vader was blijven wonen, had naar de begrafenis willen komen maar kreeg geen toestemming van zijn vader. Erger dan zo kan een familie amper overhoopliggen.'

Johannes schudt vol ongeloof het hoofd.

'En toen leerde u Catharina kennen,' zeg ik maar. En omdat hij niet reageert: 'En u hebt haar ten huwelijk gevraagd.'

‘Nou, het aanzoek zelf was het makkelijke gedeelte. Het gedoe kwam erna. Haar moeder weigerde pertinent om toestemming te verlenen. Ze dacht haar oogappel in bescherming te moeten nemen tegen de boze buitenwereld.’

‘Bent u de boze buitenwereld?’

Hij tilt verrast zijn wenkbrauwen op. ‘Eerlijk gezegd lijkt me hun binnenwereld een stuk gevaarlijker.’

Dat is nog eens een interessante gedachtesprong. Iets dergelijks is al eerder in me opgekomen. Zijn misprijzende lachje spreekt boekdelen. Hij had gehoopt dat het er in zijn schoonfamilie beschaafder aan toe zou gaan dan bij hem thuis, maar kwam van een koude kermis thuis.

Stel dat de gelijkenis op het familieportret allesbehalve toeval was, stel dat het van meet af aan zijn bedoeling was om ze allemaal herkenbaar te schilderen. Dan heeft hij ze te kakken willen zetten, anders bestaat niet. Maar waarom? Had hij recht van spreken dan? En gesteld dat dit inderdaad zijn opzet was, waarom dan de familie incompleet, zonder de vader en zus erbij?

Als ik weer luister, is hij halverwege een lofzang op de jonge Catharina. ‘Die lieverd stak de kaarsen aan bij de mis in een schuilkerk, ze reeg de complimentjes van meneer pastoor aaneen. Knap, eerlijk, oprecht, gezeglijk. Maar op een dag besloot ze met een protestant te trouwen. Ga maar na.’

De genegenheid waarmee hij over Catharina praat maakt de vraag waar het allemaal om draait nog eens zo nijpend: *waarom hebt u haar dit verdriet aangedaan?*

‘U hield zoveel van haar dat u zich hebt bekeerd,’ probeer ik luchtig te klinken.

‘Maria Thins stond erop. Maar of ik haar werkelijk een plezier heb gedaan... Ze bleef maar bezwaren inbrengen. Misschien had ze zelf wel ooit een schilder willen trouwen, wie het weet mag het zeggen.’

'Ik ken niemand die met meer vertedering over zijn echtgenote spreekt dan u. En toch vraag ik me weleens af...'

Ik haal diep adem. Durf ik het aan?

'... waarom ik juist van jou een portret maak? Wacht het resultaat af en je begrijpt het.'

Nee, dat was niet de vraag die me op de tong lag. Moet ik het gesprek terugbuigen? We zijn nu zo dichtbij. Nee, dat ligt er te dik bovenop. Inderdaad, de kans bestaat dat ik hem zijn geheim ontfutsel, maar te nadrukkelijke vragen kunnen hem ook kopschuw maken. Er is geen haast, hij moet eerst maar eens aan het schilderen zijn. Morgen of overmorgen vind ik vanzelf wel een nieuwe ingang.

Johannes doet de bekende paar passen naar achteren. Hij is klaar voor vandaag. Lang geleden dat hij zo vergenoegd uit zijn ogen keek. 'Ik denk dat dit een heel aardig portret kan worden, Tanneke. Jouw evenbeeld wordt misschien wel vijftig gulden waard.'

20

Johannes

Maandagochtend in de keuken aan de Oude Langendijk, 8 oktober 1657, halfelf in de ochtend. Ik markeer graag een tijdstip. Om die ene tel net even vast te houden, te proeven, voordat de tijd verder loopt, als zand tussen mijn vingers. Leven is balanceren op het koord van het ogenblik dat verleden van toekomst scheidt. Dat verdient best even aandacht, al helemaal als die toekomst zich uitrolt als een gouddoorweven tapijt. Er komt een portret van Tanneke dat Carel geschilderd zou kunnen hebben, dat is bij deze beloofd.

Getemperd herfstlicht valt binnen. Het linnen strak op het hout gespannen. Zwart, wit en omber op het palet. Tanneke lijkt haast meer gespannen dan ik, Catharina is met de meisjes bezig en ik heb het leven weer beet.

We zijn iets vertraagd, Tanneke wilde eerst die rondscharrelende muis weg hebben en ik moest het propje verwijderen dat zij vanochtend in het gaatje van de ruit had gestopt. Last van de tocht, zei ze. Jammer voor haar, maar ik ga de keuken toch echt schilderen zoals die is en een onnatuurlijke vlek in mijn ooghoek stoort. Tanneke pruttelt nog dat de raampartij misschien later in haar afwezigheid kan worden toegevoegd, maar zo werkt het natuurlijk niet.

'Dan schildert u gewoon eerst alleen mij?' Ze zegt het letterlijk.

Het wordt een klein doek, ik kan me geen ruzie met Maria permitteren door haar dienstbode eindeloos van het werk te houden.

Kortom, laten we beginnen.

Melk inschenken, dat is zoveel eenvoudiger maar daardoor sprekender dan brood bakken, uit het raam staren of was door de wringer halen.

De beide lagen imprimatura zijn droog. Nu kan ik over het lichbruin heen de eerste lijnen zetten. Dan neem ik het platte penseel met varkensharen en zet de opzet zuinig neer in lichte tinten gebruind omber. Het lijnenspel is snel genoeg ingekleurd.

Terwijl ik verder ga met de partijen in loodwit, is Tanneke alweer terug bij het wel en wee van de familie Thins. Dat onderwerp schijnt haar in hoge mate bezig te houden. Hoe naïef kun je zijn als dienstbode. Geen flauwe notie dat het voor mij weleens pijnlijk zou kunnen zijn.

'Dus al met al is mevrouw argwanend geworden naar mannen, maar misschien is angstig een beter woord. Kent u dat ene verhaal, meneer? Nee, laat ik dat maar niet vertellen, dat wordt misschien te schunnig.'

'Wat was er dan?' vraag ik, terwijl ik het bruin wat lichter maak op mijn palet. Als zij het dan per se kwijt wil.

'Neemt u het me niet kwalijk als ik het allemaal vertel zoals ik het heb gehoord?'

'Waarom zou ik?'

'Hopelijk zegt u dat dadelijk ook nog. Goed dan, dit verhaal dateert van toen Maria Thins zwanger was van Catharina. De dienstbode van toen – mijn voorgangster dus, ze heette Monica – was een keer midden in de nacht op het gegil afgekomen en...'

'Tanneke?'

'Wat is er, meneer?'

'Je mag wel praten, maar dan moet je je hoofd stilhouden.'

'Uiteraard, meneer. Waar was ik? O ja, de meid dacht dat de weeën waren begonnen. Ze zag mevrouw naakt op haar zij liggen. Maar waarom was meneer dan ook naakt? Wat gebeurde er nou? Meneer was in staat van opwinding en hij gaf mevrouw klappen. Monica riep ontzet uit dat hij ogenblikkelijk moest ophouden, maar naar haar luisterde hij al helemaal niet. In haar onmacht vroeg ze waarom hij zich zo misdroeg. Hij had het lef om zichzelf slachtoffer van de situatie te noemen. Mevrouw weigerde namelijk goed stil te liggen zodat hij haar kon berijden. Die smeerlap dacht alleen aan zijn eigen gerief. Kunt u zich voorstellen, meneer, hij kon niet eens even wachten tot het kind, tot Catharina, eruit was. Ik stel me zo voor dat die vanuit de buik alles heeft meegekregen. Dat ze toen al getekend was, terwijl ze het daglicht nog niet had gezien. Zo erg allemaal!'

'Hoe weet je dit, Tanneke?'

'Ooit heeft mevrouw me dit in een openhartige bui verteld, compleet met de pijnlijke afloop. Ik weet niet of u die nog wilt horen.'

'Vooruit maar.' Langzaam krijgt het hele doek de gewenste tint. Alleen de raampartij links blijft licht, evenals de punt van de tafel.

'Haar man was ziedend. Met een nog altijd stijf geslacht rende hij achter haar aan. Hij had een blaasbalg in zijn ene hand en een aardewerken pot in de andere.'

'Overdrijf je niet een beetje, Tanneke?'

'Nee, echt meneer, zo heeft mevrouw het me verteld, en die Monica stond er met haar neus bovenop. Het was té erg!'

'En toen?'

'Nou ja, de meid kon niets meer voor Maria betekenen. Ze

was ook bang om zelf geslagen te worden. Of misschien wel dat hij met haar wilde voltooien wat hij met Maria begonnen was. Want die zat intussen in de zijkamer met de deur op slot. Haar man wist voor de pot even geen andere bestemming dan de muur. Die ging aan stukken, daarna scheurde de blaasbalg doormidden. Een afschuwelijke toestand. U begrijpt natuurlijk wel dat deze zaak moest voorkomen.'

'De magistraat had het maar druk met de familie Thins.'

En anders ikzelf wel. Ik tors de geschiedenis van die vervloekte familie met me mee als een lek wijnvat. Op de dag dat ik die ergens neer kan zetten, valt er een last van mijn schouders.

'Dat mag u gerust stellen. Wat de zaak toen – inmiddels twee jaar later – zo onaangenaam maakte was dat Monica alles wat ze destijds had gezien nu glashard ontkende. De rechter kreeg er een punthoofd van, want wie stond hier nou te liegen? Maria had achteraf wel een verklaring voor de draai van Monica, die trouwens intussen ontslag had genomen: Maria's echtgenoot had haar bedreigd met veel ergere dingen dan aardewerk of blaasbalg. Monica zag zich gedwongen haar verklaring aan te passen. Maar Maria kwam nu helemaal alleen te staan in haar opvatting. Opeens werd zij voor leugenaarster aangezien. Dus u kende dit verhaal niet, meneer?'

'Nooit eerder gehoord.'

'Ik vond het zo vernederend voor mevrouw. Monica durfde onder ede te verklaren dat de ruzie eerder mevrouw aan te rekenen viel.'

'Gek dat ik Catharina hier nooit eerder over heb gehoord. Hoe dan ook, dit zal nu moeten drogen,' zeg ik.

Tanneke kijkt verbaasd op.

'Wanneer gaan we dan weer verder?'

'Dat hangt ervan af. Nu schijnt de zon, dus gaat het sneller. Ik schat over een dag of drie.'

'Een dag of drie? Nou, dan hoor ik het wel weer,' zegt ze op een toon alsof poseren net zo'n welkome afwisseling was.

Ik neem het gedoodverfde portret mee naar buiten, zet het op een tafeltje tegen de stenen muur en staar er nog een poosje naar. Dit kan best wat worden, denk ik het ene moment, bij de volgende blik dringt zich de twijfel alweer aan me op. Er ontbreekt iets. Of eigenlijk is het allemaal voorhanden, de mand aan de muur, de stoof op de grond, het tafeltje met de punt schuin naar voren, de rieten broodmand. En toch mist het geheel overtuiging. Waarom dan toch?

Wat is het verhaal? *Rustig, Johannes, begin daar nou eens mee.*

De man des huizes komt op de geur in de keuken af, hij treedt binnen en treft de meid aan in vol bedrijf. Ze ziet hem nog niet eens, zo geconcentreerd is ze. Dat ene moment voordat ze de ogen opslaat, goedemorgen wenst, de kan wegzet, haar handen schoonveegt en alles over het middagmaal vertelt.

Dat zou goed genoeg moeten zijn. Maar dan hebben we hetzelfde stramien als bij het portret van Catharina. En dat tafereel noemde Van Ruijven broeierig. Het was te veel naar binnen gekeerd. Akkoord, dan zal ik deze keer iets moeten bedenken om de toeschouwer er meer bij te betrekken. Maar wat?

Niet getreurd, soms komt het verlossende inzicht wanneer ik de penselen schoonmaak, dus ik loop terug naar de herberg, negeer twee wenkende vakbroeders die afgaande op het aantal kroezen op tafel al aardig hebben ingenomen, loop gauw door naar boven en sluit me op in mijn atelier. Daar ga ik aan de slag. Even later is al mijn gerei mooi schoon, maar die ene ingeving blijft uit.

Ik haat twijfel. Die kan soms dagen aanhouden. Twijfel is een beestje met de tanden van een bever, dat niets zo lekker vindt als mijn ingewanden. Hoe meer twijfel, hoe minder ingeving, ik kan mijn eigen gedachten horen rondtollen. Als op de vlucht voor mezelf hol ik de herberg net zo vlug weer uit.

Alleen een stevige wandeling kan nog uitkomst bieden. Over de Spiegelbrug, nog voor de stadstimmerwerf buig ik af. Het geluid van gezaag en gehamer aan mijn hoofd is wel het laatste wat ik kan gebruiken.

Kijk, daar gaat een stel weeskinderen in hun roodblauwe pakje. Schrammen op het hoofd, beurse plekken op hun onderarmen. Ze krijgen slaag van de drapeniers bij wie ze tewerkgesteld zijn. Zo gaat het daar als je je dagelijkse quotum niet haalt, dan komt de bullenpees tevoorschijn. En als ze pech hebben kunnen de stakkers ook fluiten naar hun vijf stuivers weekloon. Ik voel in mijn zakken of ik zelf nog een duit op zak heb. Inderdaad, ik geef die aan het kleinste ventje. Hij heeft sproeten en flaporen. Hij kijkt me aan alsof ik van een wolk kom neergedaald.

Opgewonden loopt het stel door en ik heb voor vandaag mijn goede daad weer verricht.

Kijk aan, daar zul je Van Ruijven net hebben, samen met zijn charmante echtgenote aan de arm.

Niemand anders dan hij draagt zo'n modieuze vermiljoenrode glimmende broek, kousenbanden, witte kniekousen met zwarte lakschoenen. Zij draagt juist het traditionele zwart. Een fraai stel samen.

'Meester Vermeer,' zegt hij op de kenmerkende toon die het midden houdt tussen bewondering en spot, of die misschien wel een combinatie is van beiden. 'Hoe staat het met de nieuwe portretten?'

Ik neem mijn hoed af voor mevrouw, daarna voor meneer.

'Het gaat goed.'

'Goed? Wat houdt dat in?'

Een vluchtige blik opzij leert me dat mevrouw geen bezwaar

maakt tegen een praatje over schilderkunst. We hebben eindelijk weer eens mooi weer, dat scheelt.

'Het is zo dat...'

Hemel, waar moet ik beginnen? Ik wil zoveel kwijt, hij moet weten dat er een fraai doek in de maak is, maar als ik té enthousiast word – ik ken mezelf – rekent hij op een klein wonder. Ik zoek naar de gulden middenweg en daarmee, zoals altijd, naar woorden. Woorden zijn iets hopeloos. Het zijn net vissen die lusteloos rond de kern van de zaak blijven zwemmen zonder ooit in de buurt te komen, happend naar lucht, met die eeuwig domme blik in hun ogen.

Willekeurige handgebaren helpen me een eindje op weg. 'Het wordt minstens zo'n verstild doek als het portret van de slapende Catharina. Het is deze keer alleen minder een lofzang op vrouwelijke schoonheid, maar eerder...' – nu kijkt ook mevrouw nieuwsgierig op, wat zou het moeten zijn dat vrouwelijke schoonheid in de schaduw stelt? – '... op vrouwelijke dienstbaarheid. Onzelfzuchtige aandacht. Ja, daar draait het eigenlijk om.'

Mevrouw is tevreden, ze lijkt benieuwd of haar echtgenoot hiervan terug heeft.

'Onzelfzuchtige aandacht, dat is een hele mond vol. Maar wat heb je gedaan om het deze keer minder afstandelijk te maken?'

'Afstandelijk, meneer Van Ruijven?' Hemel, kan hij gedachten lezen?

'Kom, kom, daar hebben we het over gehad. Hij heeft een portret gemaakt van zijn jonge echtgenote,' verduidelijkt hij voor zijn echtgenote. 'Heel verdienstelijk, je ziet eraan af dat hij van haar houdt, en dat ze mooi is en...'

'Dat lijkt me het belangrijkste,' zegt zij.

'Jawel, maar...' zegt Van Ruijven met een toegeeflijk lachje. 'Het gaat erom dat de toeschouwer buitenspel blijft.'

'Nou ja, u had het erover dat u er meer blauw in wilde.'

'Uiteraard. Zonder blauw blijft het zo'n bedompte boel.'

'U vond het te beklemmend.'

'Juist ja, dat is precies wat ik bedoel. Beklemmend, ik kwam even niet op het woord. Luister, ik heb er nog eens over nagedacht, het draait uiteindelijk om het perspectief...'

'Maar dat is juist goed,' val ik hem onbedoeld in de rede. 'De heer des huizes komt de keuken binnen en ziet daar de kokkin aan het werk.'

Ik beschrijf het tafereel tot in de details.

'Exact,' zegt Van Ruijven met een glinstering in zijn ogen alsof hij het doek moeiteloos voor zich ziet. 'Maar dit perspectief hadden we helaas vorige keer ook al, zij het toen met jouw schoonheid aan tafel.'

'Wat... eh... bedoelt u met "helaas"?'

'Daarmee bedoel ik dat het verkeerd uitpakte.'

'In welke zin?'

'Heb je nog even, liefste?' vraagt hij opzij.

Dan richt hij zich weer tot mij. 'Ik heb er nog eens over nagedacht. Kijk, die binnentredende toeschouwer verstoort eigenlijk dat schoonheidsslaapje. Ik noem dat ongewenst. Met zo'n gevoel wil je de kijker niet opzadelen. Dit soort dingen luisteren nauw.' Hiermee richt hij zich weer tot zijn echtgenote, alsof die in de verleiding zou kunnen komen om hem een oude zeur te noemen. 'De kijker moet kunnen ontspannen bij het tafereel. En dat gaat faliekant mis wanneer je je onwillekeurig een binnensluiper voelt. Ik vrees dat het roer om moet.'

'Maar... Maar hoe dan precies?' stamel ik. Hemel, spreekt Van Ruijven hier midden op straat het verlossende woord? Legt hij me uit waar mijn gedachten de verkeerde afslag hebben genomen?

Toch niet.

'Nou ja, jij bent hier de kunstenaar. Ik weet zeker dat jij met een oplossing komt. Kijk nog eens goed. We hebben immers afgesproken dat jij iets gaat maken wat bijzonder is voor Delftse begrippen, nietwaar? Je kunt me nu niet in de steek laten.'

'Misschien wilt u even meelopen, het doek ligt nu te drogen op de achterplaats.'

'Waarom, als ik vragen mag?' vraagt hij met ingetrokken kin.

'Nou, zodat u het kunt zien. Dan kunt u de compositie beoordelen.'

'Maar die heb je me toch net beschreven.'

'Dat is waar, alleen...'

'Nee, zeg. Nergens voor nodig. Daarvoor riskeer ik geen ruzie met mijn lieftallige echtgenote,' zegt hij meer tegen haar dan tegen mij. 'Zoals je het mij beschrijft is het me volmaakt helder. En die kokkin staat achter de tafel en schenkt melk?' vraagt hij nog maar eens nadenkend.

Ik knik.

'En we zien haar van voren? Mooi, dat betekent dat je alleen nog iets aan het perspectief moet doen.'

Weg zijn ze. Ik ben te verbouwereerd om mijn hoed af te nemen.

Makkelijker gezegd dan gedaan, mompel ik terugsjokkend naar de Oude Langendijk. Ik ga buitenom direct naar de binnenplaats. Daar neem ik de houten kruk en posteer mezelf tegenover het doek. Niks werkt zo probaat als een onbevangen blik.

Het perspectief, wat zou daaraan moeten schelen? De man komt binnen, hij ziet de kokkin. Het is wat het is. Iemand die zit, iemand die aan komt lopen.

Dan komt de kleine Maria naar buiten gestormd.

'Hé, kleine meid. Wat ben jij van plan?'

'Ik kom kijken.'

'Waarnaar?'

'Mama zag u hier zitten, en ze vroeg wat u aan het doen was. Wat bent u aan het doen, vader?'

'Eh... ik ben eigenlijk ook aan het kijken.'

'Wie is die mevrouw?' Ze wijst naar het doek. 'Is dat Tanneke?'

Ik sla mijn arm om haar middel en geef een kus op haar halflange pijpenkrullen. 'Wat knap gezien. Dat is inderdaad Tanneke. Vind je haar mooi?'

'Waarom is ze bruin? Wat doet ze?'

'Ze schenkt melk. Later krijgt ze nog meer kleur. Dan ga ik haar echt schilderen.'

'Waarom?'

'Omdat het schilderij nog lang niet af is, daarom.'

'Nee, dat bedoel ik niet,' roept de kleine wijsneus. 'Waarom *skenkt* ze melk?'

'Waarom? Waarom loop jij hier rond?'

'Ga ik later ook *skilderen*?'

'Wie zal het zeggen. Hé, is dat je nieuwe bidsnoer?'

Maria steekt trots haar arm uit. Het ligt dubbelgeslagen om haar smalle pols.

'Het zijn *boedkalen*, zegt oma.'

Ik grinnik. 'Dat noem je bloedkoralen.'

'Dat zeg ik, boedkalen.'

Ze loopt naar het doek.

'Niet aankomen, hoor. Het is nat.'

Dan draait ze zich om, en loopt weer op me toe.

'Doe dat nog eens,' vraag ik.

'Wat?'

'Naar me toe lopen. Je gaat eerst naar de deur en dan kom je naar me toe.'

De kleine gehoorzaamt. Juist, het effect is me volkomen helder.

'Wil je iets voor me doen?'

Ze knikt.

'Vraag even of Tanneke hierheen komt.'

Maria raakt eraan gewend dat haar vader rare vragen stelt. Niet veel later komt Tanneke naar buiten.

'Wat is er, meneer?'

'Stop. Blijf daar even staan. Helemaal stil graag.'

Ze gehoorzaamt. Afgezien van haar mimiek is het perfect.

'Ik denk inderdaad dat het zo moet.'

'Hoe, meneer?'

'Zoals het nu is. Zoals jij nu bent.'

Ze kijkt me niet-begrijpend aan.

'Tanneke, kunnen we vanmiddag na het middagmaal verdergaan?'

'Maar u zei dat dit moest drogen.' Van verbazing zet ze de handen in de zij.

'Dit doek kan weg. Tijd voor een nieuwe opzet.'

21

Tanneke

En dus gaat alles weer van voren af aan. Sta ik weer broodpap te bereiden, mag ik me weer niet verroeren, met als enige aanpassing dat hij nu zit met een houten plankje op schoot. Dat maakt een wereld van verschil, beweert hij althans, maar uit zijn toelichting word ik geen wijs.

Doet er ook niet toe, ik heb een eigen noot te kraken. Ik sta op het punt om te achterhalen waarom hij zich willens en wetens in de nesten heeft gewerkt.

Voorlopig eerst maar even gewoon genieten van de extra pauze. Kaatje heeft een aantal klussen van me overgenomen, dus ik hoef alleen een schenkkan op te houden. Er rust een paar keurende ogen op me. Johannes' zachte geneurie verhoogt de vredige stemming.

'Het wordt toch niet zo mooi als het portret van mevrouw, hè? Want dan zou ik me bezwaard voelen.'

Johannes zegt dat het nog veel mooier wordt.

'Wanneer is een schilderij voor u echt helemaal geslaagd?'

'Dat is een rake vraag, Tanneke. Dat weet ik meestal pas achteraf. Het is trouwens meer een gevoel. Je doet een paar passen naar achteren en opeens zie je of het zo klopt. Het gaat altijd om verhoudingen. Of alle onderdelen samen een geheel vormen. Begrijp je?'

'Eh... ik denk van wel. Had u dat gevoel bij het portret van Catharina?'

'Toen ik eraan werkte was ik heel tevreden, nu zie ik alweer wat anders had gemoeten. Die stoel op de voorgrond stoort me. Het doorkijkje is onhandig. En het perspectief natuurlijk.'

Wat perspectief inhoudt heeft hij me al eerder proberen uit te leggen.

Dit is eigenlijk het moment om te vragen of hij ook met tevredenheid terugkijkt op de bordeelscène, maar dat is wel erg recht op mijn doel af. Bovendien kan hij met een schamel 'nee' antwoorden. De gelegenheid gaat hoe dan ook voorbij, want de kleine Maria komt binnengestormd, huilend en wel. Ze zegt dat oom er is.

Ze slaat beide armen om het been van haar vader.

Dadelijk legt hij het penseel neer, ik zet vlug de kan terug op tafel. Hemel nog aan toe, hebben we die lastpak weer in huis.

'Ik zal wel even gaan,' zegt hij, maar zonder overtuiging.

'Nee, laat mij maar.'

Ik loop de gang door. In de pronkkamer staat Willem te neuzen in de brief waarmee mevrouw bezig was. Moet ik er iets van zeggen? Of dat hij laarzen draagt in plaats van de pantoffels die klaarstaan bij de voordeur?

'O, ben jij het?' klinkt het zonder belangstelling. 'Waar is mijn moeder?'

'Ze is naar een vriendin. Ik verwacht haar eind van de middag terug.'

'En mijn zus?'

'Die ging wandelen met de kleine Elizabeth.'

'En waarom is Maria dan hier?'

'Ze wilde hier blijven, dat vond ze gezellig.'

'Gezellig?'

Hij komt achter de tafel vandaan.

'Ja, omdat haar vader hier schildert.'

'Johannes? Schildert die tegenwoordig hier? Waar dan?' vraagt hij ongelovig. Hij legt de brief weg, neemt daarvoor in de plaats een appel van de schaal en zet er zijn tanden in.

'In de keuken.'

'Dat moet ik geloven,' smakt hij.

Twee tellen neemt hij me minachtend op, dan beent hij de kamer uit en dwingt me opzij te stappen. Met een lodderige blik in de ogen, de rode neus van de eerste beste hoerenloper en de loop van een bootwerker.

Ik volg op de voet. Die twee samen is een slechte combinatie.

'Kijk eens aan,' roept Willem met gespeelde verbazing als hij Johannes in zijn schilderskloffie ziet staan. 'Wat heeft dit allemaal te betekenen?'

'Ik schilder Tanneke. Althans dat ga ik doen.'

Willem bekijkt de tekening op de ezel. Hij lijkt niet onder de indruk.

Ik vraag me intussen af hoe hij eigenlijk is binnengekomen. Hij moet achterom zijn gelopen. Dan heeft hij de sleutel onder de houten emmer gevonden. De afspraak was juist om hem daar niet meer te leggen.

'Wat vindt moeder hiervan?'

Maria hangt nog altijd aan Johannes' broek.

'Willem, alsjeblieft,' probeer ik verzoenlijk maar duidelijk te klinken. 'Kun je niet gewoon in de kamer op haar wachten?'

'Als jij nou eens een keer je smoel houdt,' roept hij over zijn schouder, om zich meteen weer tot Johannes te richten. 'Nou, prutsertje van me...'

'Zou je me rustig mijn werk willen laten doen,' brengt Johannes met moeite uit, daarbij Willems blik vermijdend.

Die neemt nog twee happen en laat het klokhuis op tafel liggen, naast het brood. 'En waarom moet dat geklieder uitgerekend hier? In de herberg heb je toch een atelier?'

Hij neemt intussen de stapel tekeningen op het zijtafeltje door en duwt misprijzend zijn onderlip naar buiten. 'Goed, dit noem jij dus werk. Dan zou het ook iets moeten opleveren. Ik heb begrepen dat jouw laatste prent niet bepaald in de smaak viel.'

Als een reactie uitblijft, kijkt hij nadrukkelijk opzij en brengt vragend zijn kin omhoog.

'Het was een studie.'

'Een studie noemt meneer dat? Ik hoorde iets anders. Iets over een bordeelscène. En er doet een hardnekkig verhaal de ronde dat ik er ook op stond.'

'Er staat iemand op...' Johannes schraapt zijn keel.

'Wat ben je nou aan het mompelen, warhoofd?'

'Dat er iemand op stond die gelijkenis vertoont met jou, maar...'

'Dat beoordeel ik liever zelf. Waar is het?'

'Verkocht. Het is de stad uit.'

Op dat moment pakt hij Johannes bij zijn kin, zodanig dat hij diens mond samendrukt. 'Hoelang denk jij mij eigenlijk nog voor de gek te houden? Laat me dan maar een voorstudie zien.'

'Papa!' roept de kleine Maria. Ze laat niet los, ook al wordt haar vader drie stappen naar achteren geduwd.

In het gedrang stoot Willem tegen de tafel aan. Daar lag alles net zo mooi geschikt. De pot wankelt, valt bijna op de grond.

'Die ben je zeker kwijt. Wat was de bedoeling van dat doek?' roept Willem harder. Hij heeft Johannes nu tegen de muur geduwd. Maria gilt het uit.

'En nu laat je hem onmiddellijk los,' roep ik bars en ik geef Willem van opzij een duw.

Goddank, hij gehoorzaamt, al draait hij zich nu langzaam naar mij om.

'Waar bemoei jij je me, vuile hoer!'

'Sla toch niet zulke liederlijke taal uit.'

'Iedere vrouw die zich door die kerel laat schilderen is een hoer.'

Johannes staat nog altijd tegen de muur, alsof onzichtbare handen hem op die plek houden. Of misschien moet zijn zwager eerst het huis uit voordat hij kan ontspannen.

'Willem, ik waarschuw je,' zeg ik vastberaden. 'Je weet wat je te wachten staat als je hier weer trammelant maakt.'

Langzaam komt hij bij zinnen, trekt de mouwen van zijn mosgroene wambuis strak en kijkt om zich heen alsof hij vergeten is wat hij hier eigenlijk van plan was.

'Goed, dan krijg ik geen antwoord. Ik kom er wel achter waar dat doek nu hangt. Dan zien we het vanzelf.' Hij draait zich terug naar Johannes. 'En als het me niet bevalt, dan kom ik terug.'

Dan trekt hij pijlsnel zijn hand naar achteren alsof hij op het punt staat om uit te halen. Johannes duikt ineen. Maria krijst.

Willem moet zogenaamd onbedaarlijk lachen.

Vervolgens loopt hij de keuken uit.

Ik volg hem op de voet over de gang. Zolang hij hier in huis is, moet ik mijn ogen openhouden.

'Als je de belofte om je familie met rust te laten niet kunt houden, zorg dan tenminste dat je nuchter terugkomt.'

'Dat maak ik zelf wel uit,' roept hij strak voor zich uit. 'Of sla je dan weer een kan op mijn hoofd kapot, zoals de vorige keer?'

Niet reageren, prent ik me in. Haastig slaat hij de cape om die over een stoel in de hal hangt. En weg is hij, de deur valt in het slot. Ik grendel af en blijf met hartkloppingen achter. Zijn sporen staan nog op de geschrobde vloer. Afijn, dat is mijn minste zorg.

Nadat ik ook de zijdeur heb afgesloten, loop ik terug naar de keuken. Daar zit Maria aan tafel. Haar beentjes bungelen in het luchtledige, ze drinkt een kroes vruchtensap leeg. Johannes staat ernaast met rode vlekken in zijn hals. Zonder enige overtuiging begint hij spullen op te bergen.

'Morgen teken ik verder.' Hij lijkt tegen zichzelf te praten.

'Maar we kunnen toch gewoon doorgaan? Ik bedoel, we laten ons door Willem toch niet weerhouden?'

Een betere aanleiding om het over zijn familieportret en de bedoeling ervan te hebben kan ik me nauwelijks wensen. Ik zou Johannes om te beginnen kunnen complimenteren dat hij zijn zwager raak heeft getypeerd, als losgeslagen hoerenloper.

Een halfuurtje later heeft Johannes een pijp gerookt, wat bier gedronken en acht hij zich in staat om verder te gaan. Behalve dat hij zijn plannen alweer gewijzigd heeft.

'Het spijt me, ik geloof dat ik jou toch meer achter de tafel wil hebben.'

De frons tussen zijn wenkbrauwen verraadt nog meer aarzeling. Of de manier waarop zijn houtskool in de lucht blijft hangen.

Als hij dan eindelijk het tekenen heeft hervat, is de beurt weer aan mij. 'Wist Willem dan niet dat hij op dat schilderij stond?'

'Ik heb het liever niet over hem,' verzucht hij.

'Dat begrijp ik, meneer.'

Maar nog geen paar minuten later, wanneer hij een tweede schets is begonnen, geeft hij alsnog antwoord op mijn vraag.

'Ik heb het er verder met niemand over gehad, dus nee.'

'Dan zal iemand het hem hebben verteld.'

Hij bromt iets onverstaanbaars.

Stilte.

'Ik kan me zijn verbazing wel enigszins voorstellen. U hebt de hele familie bij elkaar geschilderd.'

'Niet de hele familie, hoor.'

'Nee, dat is waar. De vader ontbreekt. En Cornelia ook.'

Geen reactie.

'Maar verder zijn ze er alle drie: Willem, Catharina en mevrouw. En dan uzelf nog natuurlijk. Hebt u ze uit het hoofd getekend? Wat knap.'

'Zo ingewikkeld is dat niet. Het verbaast me trouwens dat jij dat doek kent.'

'Ik heb het in de herberg zien hangen. Ik vond het mooi, ik bedoel die uitgelaten stemming hebt u goed getroffen. Maar ik vroeg me natuurlijk wel af... Nou ja, het doet er ook niet toe wat ik me afvroeg... Het was per slot niet veel anders dan wat anderen zich ook afvroegen.'

'Wat vroegen de mensen zich af?' klinkt het afgemeten.

'Waarom u hen zo... Ik bedoel, uw eigen echtgenote...'

'Hoe had ik het dan moeten doen?' verzucht hij.

Wat een merkwaardige wedervraag. Hierop moet ik het antwoord schuldig blijven, al was het maar omdat ik geen idee heb wat hij ermee bedoelt.

Mijn gedachten buitelen over elkaar. Zijn verweer was toch altijd dat het om een bordeelscène ging als alle andere en dat Maria Thins iets vergelijkbaars in huis had? Hij had gehoopt er leuk geld mee te verdienen. Of hij dit zelf geloofde valt te betwijfelen, maar dit was zijn excuus geworden, al had het natuurlijk veel weg van een uitvlucht waaraan hij zich is gaan vastklampen. Een beetje jammer bovendien dat hij er geen duit voor kreeg. En als hij er ook maar een halve minuut over had nagedacht, dan had hij ingezien dat geld hoe dan ook nooit opwoog tegen de narigheid die hij over zich afriep.

En toch zette hij door.

Hoe had ik het dan moeten doen? Er moet een andere reden zijn. Hij wilde iets met het doek gedaan krijgen wat hem op geen enkele andere manier zou lukken.

Niet prakkiseren, maar vragen stellen!

'Kent u het verhaal dat Willem zijn moeder in Gouda tegenkwam, toen ze over was om de alimentatie te regelen?'

'Was dat de keer dat hij haar op straat zijn blote kont liet zien?' Er ontsnapt Johannes een venijnig lachje. 'Hij had haar toch ook nog iets nageroepen?'

'Nou en of. "Dat is wat je ervan krijgt", schijnt hij over straat te hebben geroepen.'

'Wat zal hij daarmee bedoeld hebben?'

'Tja. Misschien dat zijn moeder niet om geld moest blijven zeuren, want dat was voor haar de reden om telkens naar Gouda af te reizen. Of misschien dat de echtbreuk uiteindelijk haar eigen schuld was.'

'Was het maar bij die blote kont gebleven,' verzucht Johannes. 'Als Maria Thins niet telkens een handreiking had gedaan, dan was hij vanzelf in Gouda gebleven. Dan was Catharina...'

Hij maakt zijn zin niet af. Dat is jammer, want dit lijkt me nou juist de uitspraak die ertoe doet. Wat was Catharina?

In stilte zet ik een aantal zaken op een rijtje. Hij schildert een familieportret. Zonder iemand in te lichten, dit is een volstrekt eigen plan. Vader en Cornelia blijven erbuiten. Het wordt een tafereel met de drie overigen. En met zichzelf. Een schunnige scène. Het kan niet anders, hij wil iets uitbeelden. Wat is de rolverdeling? Catharina speelt het hoertje, Willem betaalt haar een muntstuk om de hand op haar borst te mogen leggen. En vermoedelijk nog meer.

Maria Thins kijkt goedkeurend toe.

Johannes moest iets kwijt. Hij heeft geschilderd wat hij met woorden niet kon zeggen. Of niet mocht zeggen.

22

Johannes

Werken in een ander vertrek dan mijn atelier stelt me voor problemen. Heb ik eindelijk uitgevogeld hoeveel ruimte ik hier heb voor ezel en spullen, ben ik helaas het juiste papier vergeten. En dus kan ik weer naar de overkant van de Markt.

En dan bots ik in Mechelen halverwege de trap ook nog eens bijna tegen mijn moeder op. Net op tijd doe ik een stap opzij.

'Jou wilde ik juist spreken.'

'Ik heb het erg druk, moeder. Ik moet...'

'Waarmee, als ik vragen mag? Je helpt niet mee in de herberg en ik zie dat je evenmin schildert.'

Moeder veegt onderwijl de handen droog aan haar scharlakenrode schort. Ze doet altijd twee dingen tegelijk, als het er niet drie zijn, alsof ze me wat graag wil inwrijven dat zij inhaalt wat ik laat liggen. En dan die holle wangen, die fletse kijkers, de doorschijnende huid. Het liefst zou ik haar toeschreeuwen dat zij het rustiger aan moet doen, maar ja, dat is een discussie waar we niet uit komen.

'Ik schilder wel, alleen...'

'Alleen wat?'

‘Ik schilder aan de overkant.’

‘Aan de overkant? Bij *hullie*?’

Hullie is haar verzamelnaam voor de familie Thins en de rest van de katholieken in de stad.

‘Eh, ja. Ik ben bezig met een portret.’

Ze laat demonstratief haar adem lopen. ‘Maar luister eens even, Jannus. Als jij dat atelier toch niet meer gebruikt, dan weet ik daar nog wel een bestemming voor. Zo breed hebben we het niet.’

Ik kan wel raden op welke bestemming ze doelt. Moeder denkt hoofdzakelijk aan geld en anders wel aan alles wat geld kan genereren. Ik kan ook wel raden wat ze gaat zeggen als ik hier nog langer blijf staan, namelijk dat vader al jaren geleden had geadviseerd om taferelen hier in de herberg te schilderen. Zover mag ik het niet laten komen.

‘Nee, moeder. Daarvan ben ik me bewust.’

‘Fijn te horen. En vanavond?’

‘O ja, vanavond. Nee, dan ben ik achter de toog. Dat was afgesproken.’

Ze perst het laatste beetje bloed uit haar smalle lippen weg. Dan loopt ze door met de kruik in haar handen.

In de knik van de trap draait ze zich alsnog om. ‘Wat ik maar zeggen wil, als jij daar definitief zou blijven, dan...’

Ik loop maar gauw door. Nog even en mijn eigen moeder wordt een hoerenmadam. Over mijn schouders roep ik dat ik erover zal nadenken.

Goed, twintig minuten vertraging, maar dat valt in het niet bij het tijdverlies dat ik had geleden als ik in mijn stommiteit was blijven hangen.

De opzet voor Tannekes portret wordt anders, tegenovergesteld aan het doek met de slapende Cat. Van Ruijven had gelijk, daar bleef de toeschouwer een buitenstaander. Hij zag haar slapen, wilde niet storen, stond alweer op het punt om de deur stilletjes achter zich dicht te trekken. Dom, dom, dom. Het perspectief liet geen betrokkenheid toe.

Ik zit, zij staat en dus kijk ik naar haar op. Dit roept pas ontzag op. Wat een wereld van verschil, nu is ze present, en heus niet alleen vanwege haar postuur. Zij beheerst de ruimte, overziet haar handelingen.

Jij mag aan tafel zitten, terwijl zij werkt. Je bent geen insluiper meer maar een genode gast. Wellicht heb je al iets mogen proeven. Alle tijd dus om haar in haar stil bedrijf te volgen. Je zou je best met de maaltijdbereiding kunnen bemoeien, maar waarom eigenlijk? Zij weet wat moet gebeuren en in welke volgorde. Dus laat je haar lekker rommelen. Je hoeft het sobere schouwspel alleen te ondergaan. Jij als toeschouwer kalmeert en daarmee kalmeert de gehele voorstelling.

Opeens komt het me allemaal aangewaaid, want als neveneffect van mijn keuze om het perspectief om te draaien, komt het verdwijnpunt nu bij haar hart te liggen in plaats van ergens boven haar hoofd. Wat een plek om alle lijnen samen te laten komen! Tanneke moest eens weten.

Het licht valt mooi van opzij binnen. Het krijgt alle ruimte voor zijn spel, van voor naar achter ontstaan verschillende dieptes in het beeld die afwisselend wel en niet de aandacht vragen. Toch geeft het donker zich niet zomaar gewonnen, de schaduwen vechten terug. Ze tekenen op hun manier de voorwerpen. De broodmand, de korst, de Rijnlandse bierpul, het blauwe doek. Beide tegenpolen zijn nodig om de voorwerpen levensecht te maken. Het licht haalt de stof naar voren, het donker tekent juist de plooien uit en geeft de diepte weer.

Zo wordt het kleine tableau een ademende ruimte. En ik? Ben ik de baas over de bazin van dit alles? Ik zou wel willen, ook ik blijf maar een buitenstaander. Och, kon ik zelf maar in het tafereel verdwijnen. Mocht ik maar alles vergeten wat zich daarbuiten afspeelt!

Dat is me niet vergund, ik moet het stellen met de vreugde van het uitbeelden. Ik toon haar en de keuken in alle levensechtheid, al blijft de ruimte rechts een punt van overweging. Hoort dat rek met kannen daar wel? Cat heeft liever van niet, maar wat moet daarvoor in de plaats?

En hoe zit het met die suikerpot en de eierschalen op de voorgrond? Die liggen alleen maar in de weg. Zo natuurgetrouw hoeft het nou ook weer niet, niemand hoeft per se te weten dat Tanneke broodpap bereidt. Daarentegen kunnen de broodmand en de koperen visemmer waarmee Kaatje dinsdags naar de markt gaat best blijven hangen. Die vullen mooi de hoek tussen het raam en Tannekes bovenlijf.

Tanneke, je hebt geen idee hoe gelukkig je me maakt. Die geloken blik vol dienstbaarheid. Bescheiden, maar toch heerlijk aanwezig. Een hand die draagt, een andere die tilt, dit is net wat ik zoek. Jij alleen, vol overgave bezig, meer drama zou afbreuk doen. Laat maar zien dat het hele huishouden op jouw schouders rust. Jouw beheersing is de beheersing van mijn schilderij.

'Morgen gaat het echt beginnen, Tanneke,' zeg ik met de schets omhoog. Aan deze opzet wordt niet meer gesleuteld.

Ze zet de kan neer en rekt zich uit.

'Wat is er? Wat trek je voor zorgelijk gezicht?'

'Niets, meneer. Ik vraag me gewoon af of we niet beter kunnen wachten tot Willem terug is naar Gouda.'

'Willem! Willem! Willem! We kunnen die naam ook gewoon schrappen.'

Tanneke werpt een verschrikte blik in mijn richting, dus ik houd mijn mond maar.

Het is toch zeker zo, waarom altijd weer Willem? Iedereen schiet in een kramp zodra die zich meldt. Als je niet oppast zet hij alles naar zijn hand. Ik overdrijf niet, speciaal voor hem heeft Maria Thins een met zand gevulde kwispedoor neergezet, om te zorgen dat hij daarin spuugt in plaats van op de schone tegelvloer. De ironie wil alleen dat Willem – uit een zeldzame opwelling van gezeglijkheid – inderdaad daarin probeert te spugen, zij het vanaf enige afstand, want anders ziet hij er geen uitdaging in. Dit lukt hem soms, maar lang niet altijd, zodat rond de pot de sporen van opgedroogde kwat te vinden zijn. Als Maria Thins half zo streng was voor haar zoon als voor mij!

Toch heeft Tanneke gelijk, hoe zwaar het me ook valt om toe te geven, ook ik wijk voor hem achteruit. Want hoe bestaat het dat ik alles in handen heb om het mooiste werk uit mijn carrière te maken, eentje dat alle schoonmoeders en Van Ruijvens op deze aardbol tevreden zou stellen, maar ik laat toe dat dit schorem hier de boel komt verstieren? Het mag toch niet zo zijn dat het donker het wint van het licht? In naam van de schilderkunst alleen al zou ik daar een stokje voor moeten steken.

Nadat Tanneke me alleen heeft gelaten in de keuken, staar ik nog een poos uit het raam, naar de wapperende was op de binnenplaats. Ik schenk een kroes bier in voor mezelf. Misschien komt dan het verlossende inzicht.

Als ik een uurtje later boven bij Cat binnenloop, geeft ze net Elizabeth de borst. Kleine vingertjes, kleine smakgeluidjes. Ik neem plaats op de rand van het bed, vertederd als alleen een vader kan zijn.

'Hoe is het met haar tandje?'

'Goed. Ik geloof dat ze er minder last van heeft. Ze sliep vanmiddag goed door.'

'Dat is fijn.'

Cat kijkt op. 'Is er iets?'

'Ik denk dat we moeten praten.'

‘Praten, wij?’ klinkt het wat aarzelend. ‘Hoe gaat het? Ik bedoel met het portret?’

‘Perfect, althans, ik heb precies in mijn hoofd hoe ik het wil hebben. En dat is ook de reden dat...’

‘Waarover aarzel je dan?’

Ik heb me voorgenomen deze keer rechtdoorzee te steken, dus dan wordt het rechtdoorzee.

‘Dat Willem in Delft is. Die zorgt ervoor dat iedereen langzaam kierewiet wordt. Ik ook. Daar valt onmogelijk tegenop te schilderen. En dit portret, ik weet het zeker, dit is precies, maar dan ook precies wat Delft zal overtuigen en...’

‘Johannes. Daar heb ik geen oplossing voor. Ik bedoel voor Willem, ik hoop dat je dat begrijpt.’

‘Ik hoef geen oplossing van je. Ik wil dat je het probleem onderkent.’

‘Natuurlijk onderken ik dat. Ik onderken het beter dan wie ook. Misschien moet je wachten met schilderen tot hij weer weg is. Dat kan overmorgen zijn...’

‘Ja, of november. Dat weet je nooit.’

‘Wat wil je dan?’

‘Met jou praten.’

‘We praten nu toch?’

Elizabeth is klaar. Eerst nog een boertje, dan wordt ze terzijde gelegd en krijgt de rammelaar in handen. Trappelend met haar beentjes kijkt ze er gebiologeerd naar. Ze probeert hem in haar mond te stoppen, wat mislukt.

Cat knoopt intussen haar wambuis dicht.

‘Ik denk namelijk dat ik de oplossing heb.’

‘De oplossing voor Willem? Jij?’

‘Ja, ik. Alleen moeten er dan twee dingen gebeuren die jij misschien niet... per se aangenaam vindt. En met “misschien” bedoel ik dat ik het wel zeker weet.’

'O, hemel. Ik weet niet of ik je wel kan volgen.'

'Je weet toch van mijn belofte?'

'Welke belofte?' vraagt ze aarzelend.

'Natuurlijk weet je die.' Het kost moeite om mijn irritatie te verbergen. 'Om er nooit meer over te praten. Over wat er gebeurd is.'

'O, dat. Wat is daarmee?'

'Ik ben bang dat ik die belofte ga breken.'

Cat hijst zich overeind, ze staat op het punt wat in te brengen als ook de kleine Maria binnenkomt. Ze kan maar net bij de deurknop.

Ze laat haar moeder zien wat ze in haar vrije hand heeft. Het is een parel aan een hangertje.

'Wat is dat, mama?'

'Waar vond je die? Dat is een parel. Die lag toch op het tafeltje in de kamer hiernaast?'

'Mag ik die hebben?' vraagt Maria in plaats van te antwoorden.

'Nee, schat. Die zijn veel te duur. Je mag hem wel terugleggen.'

'Papa en mama zijn nu aan het praten. Leg maar terug,' zeg ik op mijn beurt.

Maria maakt geen aanstalten. In plaats daarvan klimt ze erbij in de bedstee. Ze denkt even na. 'Wat is een *parla*?'

'Niet parla, maar parel,' grinnikt Cat.

'Waar komt die vandaan?'

'Vraag dat maar aan je vader.'

'Wat is dit, papa?' richt ze zich tot mij.

'Wat mama zegt, een parel. Die komt uit de zee. Eigenlijk uit de modder.'

'Hoe kan dit nou uit de modder komen? Ligt die op het strand?'

'Nee, hij zit verstopt in een slijmerige, stinkende oester.'

'Wie heeft die daar dan in gedaan? Een prinses?'

'Misschien wel. Ze zeggen dat het eigenlijk een zandkorrel is.'

'Een zandkorrel?' klinkt het ongelovig. 'Maar dat kan toch helemaal niet.'

'Blijkbaar wel. Als je geduld hebt, dan kun je hem zien veranderen.'

Maria kijkt er opnieuw naar, met nog meer bewondering, zo lijkt het.

'En wie halen ze eruit?'

'Parelvissers. Maar ze zijn duur. Alleen mooie en rijke vrouwen dragen parels. Misschien jij later ook wel. Aan een ketting om je hals, of langs je oor.'

'Draagt u ze ook weleens aan uw oor, mama?'

'Als je dat wilt, doe ik ze vanmiddag nog in.'

'En zijn er ook parla's voor papa?'

'Nee, maar papa kan ze wel schilderen. Heel mooi zelfs. Hij maakt ze niet van zand maar van verf. Daarvoor hoef je niet helemaal naar de zeebodem.'

Het lijkt of Maria al niet meer luistert. Ze is van bed gesprongen en loopt op haar korte beentjes naar de spiegel, klimt op de stoel en houdt dan de parel keurend bij haar oor.

Cat en ik kijken elkaar aan. We delen vertedering, we delen het ouderschap, de vreugde, maar ook de aarzeling om uit te spreken waarvoor de ander zo bang is.

23

Catharina

De mens is uit krom hout gesneden, roept moeder graag, vooral om eigenaardigheden in de eigen familie te verklaren. Het heeft iets van een wrange grap die haar de voorsprong – of troost – moet bezorgen van het zelfinzicht. Ze zit gevangen tussen de generaties. Ze had gehoopt zich te ontworstelen aan haar bedenkelijke voorgeslacht vol uitschot en tuig, maar baarde vervolgens de klaploper van de volgende lichting. Mijn broer vertoont hetzelfde lompe gedrag. Maar zolang hij uit de buurt bleef, kon ze zich tenminste wijsmaken dat ze – geholpen door haar geloof – hier in Delft met een schone lei was begonnen en door deugdzaamheid in acht te nemen een deel van de rekening zou afbetalen.

Alleen duikt Willem steeds vaker op en telkens lijken moeders schouders verder af te zakken. Ze dept haar ooghoeken, lacht haar misprijzende lachje en, inderdaad, begint weer over krom hout, de ene keer lijdzaam, de andere keer trots, alsof ze niet mag vergeten om vanavond nog haar Schepper te danken dat Hij haar zo'n zwaar juk heeft opgelegd. Dan roert ze driftig haar thee, getergd, strijdvaardig.

Wij praten samen nooit over Willem. Dat gebeurt pas wanneer het onderwerp niet langer te omzeilen valt en ook dan nog maar verhuld. De pijn is te groot, elk verkeerd gekozen woord gooit olie op het vuur. Bovendien, wat valt er te zeggen? Moeder weet alles, ik weet dat ze alles weet. Moet ik haar kwalijk nemen dat die grendel te laat kwam? Onzin, vaak genoeg heb ik toegegeven aan Willems smeekbedes en eigenhandig de deur geopend.

Waar is het ooit begonnen?

We liggen in bed, ik ben vijf, hij is tien. Hij zegt dat hij me altijd zal beschermen. Natuurlijk is vader gemeen. Die horen we beneden tekeergaan, maar ook moeder bijt flink van zich af. Willem houdt onder de dekens een stok stevig omklemd. Voor het geval dat. Hij heeft beloofd dat hij vader daarmee zal slaan mocht die mij een haar willen krenken.

Willem is sterk, maar nog niet sterk genoeg. Pas als hij een jaar of vijftien is werkt hij vader voor het eerst tegen de grond. Tot die tijd verloopt het andersom, gaat hij neer. Tot bloedens toe. Die keer dat hij daarbij zijn tand verloor was hij nog trots ook. Speciaal voor mij trekt hij zijn mondhoek opzij, zodat ik het gat zie zitten. Hij kan erdoorheen fluiten, zegt hij, maar dat klinkt nergens naar. Willem heeft weinig talenten en muziek komt op de laatste plaats. Maar verdriet en trots vormen dan al een giftig mengsel.

Iedereen is wel bang voor iets of iemand, behalve Willem. Pijn heeft op hem geen vat. In de buurt neemt hij het op tegen jongens die een kop groter zijn. Waarschuwingen van mij wuift hij weg. Hij geniet van mijn angst. Alsof dit dé manier is om mijn aanzien te winnen. Andere middelen zijn er niet.

Eerverleden jaar nog, toen hij hier in huis door de onderschout en zijn rakkers werd afgevoerd, leken hem de klappen die hij opliep nauwelijks te deren. Natuurlijk zocht hij mijn blik. Zie je wel, zusje, leek hij te willen zeggen, hiertegen ben ik bestand.

Tanneke is de enige gebleken met wie hij een krachtmeting uit de weg gaat. Of zij hem de baas zou zijn valt te betwijfelen, maar ik vermoed dat hij bang is om op die manier mijn gunst te verspelen. Een vrouw hoor je te verdedigen, niet gewelddadig te bejegenen. Willem beeldt zich in dat zijn gedrag nog altijd onder bescherming verlenen valt, dat ik ermee instem. Dat ik nog altijd een zwak voor hem heb. Met dat laatste zou hij weleens gelijk kunnen hebben.

Er is nog een tweede reden voor die terughoudendheid naar Tanneke. Zij heeft hem al eens neergeslagen. Moeder had hem die dag voor nietsnut uitgemaakt, meer dan genoeg aanleiding voor een woede-uitbarsting. Zoals wel vaker liep hij rond met een kater en leek hij vooral boos om wat iemand eerder op de dag in de herberg zou hebben gezegd en zocht een aanleiding om zich te kunnen afreageren. Hij maakte moeder uit voor alles wat lelijk is en begon met een losse tafelpoot te zwaaien. Je reinste onmacht natuurlijk en ik denk ook niet dat hij iemand ermee had geslagen, maar het meubilair en de schilderijen rondom waren in gevaar. Ik zag het allemaal gebeuren. Tanneke reageerde snel, ze had de aardewerken kan te pakken die naast haar stond. Zonder aarzeling sloeg ze die van achteren op zijn hoofd kapot. Alsof hij even bedenktijd nodig had, zakte hij na twee à drie tellen als een pudding in elkaar. Hij liet de poot pas los toen hij tegen de grond smakte. Maar toen lag hij er ook bij alsof hij de aardbol in zijn geheel ging optillen.

Met het handvat nog in haar hand draaide Tanneke zich om en excuseerde zich bij moeder, alsof dat nodig was.

'O, hemel.' Dat was haar enige reactie.

En dan te bedenken dat ik oprecht verdrietig was toen Willem aan vader werd toegewezen, want wie ging mij nu beschermen?

Het drong maar moeilijk tot me door dat vader veilig in Gouda bleef, terwijl ik er een ander probleem voor in de plaats zou krijgen. Mijn broer was zijn rol van beschermer kwijt en al bij het eerste weerzien een jaar later ging hij op zoek naar manieren om te innen wat ik hem in zijn ogen verschuldigd was. Het was de tijd dat hij vanuit het niets zijn broek kon laten zakken om zijn gezwollen geslacht te tonen. Het begon als spel, hij had zogenaamd geen idee wat hij daarmee aan moest. Spoedig wist hij precies wat hij gedaan wilde hebben, van mij welteverstaan.

Cornelia heeft hij bij mijn weten altijd met rust gelaten. Die was ook drie jaar ouder dan hij. Hij noemde haar graag de schele en hij praatte haar sarrend na, ik weet nog precies met wat voor stemmetje. Tamelijk onschuldig allemaal. Trouwens, zij moet mans genoeg zijn geweest om zichzelf te weren. Ik zie haar nog bakstenen sjouwen in opdracht van vader. Wat keek ik daartegen op. Toen hoopte ik nog dat hij ook mijn hulp zou inroepen, maar nee, ik moest moeder in de keuken bijstaan.

Cornelia was alleen niet sterk genoeg om haar ziekte het hoofd te bieden.

De ene dag nog druk in de weer, de volgende lag ze met koorts in bed, overal blaren en uitslag. Het werd van kwaad tot erger. Die avond zal ik nooit meer vergeten. Ze had net de soep uitgespuugd die ik met moeite bij haar naar binnen had gelepeld en staarde naar het plafond. Verzadigd, dachten we eerst. Alleen was die blik akelig star. Voordat we het doorhadden, had ze haar laatste adem uitgeblazen.

Ik raakte in paniek, schreeuwde het uit, probeerde haar wakker te schudden, net zo lang tot moeder me bij haar weghaalde en me tegen zich aan drukte. Toen pas kwamen de tranen. Mijn lieve zus was dood.

'Dank je wel' waren haar laatste woorden geweest. Wat dat betreft kan het slechter.

De dag dat haar kist op de trekschuit naar Gouda werd geladen om bijgezet te worden in het familiegraf staat me nog helder voor de geest. Een van de dragers gleed uit en verloor greep. De kist viel op de planken bodem. Ontsteltenis alom, moeder in alle staten. Dat ogenblik heb ik in mijn dromen vaak herbeleefd en telkens vloog dan de deksel eraf en bleek mijn zus nog helemaal niet dood. Ze hees zich in haar witte gewaad schijnbaar moeiteloos overeind en richtte het woord tot mij, terwijl ik nog op de kade stond. 'Waarom zou ik in die kist moeten liggen? Dat kun jij toch net zo goed doen?' Die kaarsrechte wijsvinger ging mijn kant uit. Omstanders keken over hun schouder, alsof de redelijkheid van Cornelia's voorstel moest worden getoetst. De schok op het ogenblik dat iemand me bij de arm pakte. Cornelia kreeg gelijk, ik moest haar plek maar innemen. Hoog tijd om wakker te worden, wat – goddank – nog elke keer is gelukt.

Haar kan ik niet meer vragen naar gebeurtenissen uit een donker verleden, maar bij moeder ligt die mogelijkheid nog open. Misschien doe ik het ook wel, op de dag dat de rust is weergekeerd en ook zij schoon schip wil maken. Dan moet eerst Willem veilig zijn weggestopt in het Steen, de gevangenis in het belfort van de stad.

Elke keer dat hij overkomt uit Gouda blijkt Willem verder afgegleden. Alsof hij de pech moedwillig opzoekt. Waar hij als knecht wordt aangenomen, is hij binnen een week weer ontslagen. Hij drinkt meer dan goed is voor een mens en wordt met de dag tegendraadser. Maar sterk dat hij is, ik heb hem eens een forse kerel, die hem iets lelijks had nageroepen, tegen de grond zien werken. Omstanders zat, maar niemand die het voor het slachtoffer wilde opnemen. Ze hadden genoeg gezien.

Willem heeft een lichaam dat tot alles in staat is en een kop daarbovenop waarvoor zo ongeveer het tegendeel geldt. Het resultaat laat zich raden. Hij slaat om zich heen zodra hem iets niet bevalt. Hij scheldt moeder uit voor varken en dreigt haar schilderijen aan repen te snijden. Het voorwendsel om mij 's nachts in mijn kamer op te zoeken was telkens dat hij spijt wilde betuigen voor zijn gedrag. Misschien was dat wel mijn probleem, ik maakte mezelf te ontvankelijk. Soms huilde hij ook, maar getroost willen worden ging bij hem vanzelf de handtastelijke kant op.

Dat moeder het heeft laten gebeuren moet ik maar uit haar eigen angst verklaren. Twee volle dagen verschanste ze zich ooit op haar kamer. Wat ik aan eten naar boven bracht, nam ze in afzondering tot zich. Zelfs toen ik op de deur klopte en haar verzekerde dat Willem de trekschuit terug had genomen, weigerde ze me in eerste instantie te geloven. Pas de volgende ochtend durfde ze haar kamer af. De stank alleen al. Haar behoefte had ze in een etenspot gedaan.

In feite heeft vader ons met dit probleem opgezadeld. Naarmate Willem vaker de laan uit werd gestuurd, liet hij zijn zoon meer aan zijn lot over. Vader zat ook zo op zijn duiten. Om bij Cornelia's begrafenis de klokken te mogen luiden, betaalde moeder zesentwintig gulden. In zijn ogen je reinste verkwisting, het definitieve bewijs dat ze een gat in haar hand had.

De steenbakker, zo noemde iedereen hem in Gouda. Daar was vader de hele buurt tot last, met geschreeuw en gelal. Hij ging tot diep in de nacht door. Mij heugen nog de keren dat onze buren aan de deur stonden. Of soms al in de hal. Dan bleven wij drieën in ons nachthemd bovenaan de trap staan. We hadden nauwelijks een idee wat ze elkaar allemaal toeriepen, tenminste ik als jongste niet.

Volgens moeder toonde hij in mijn vroegste jaren nog wel enige affectie, maar hoe wilder hij om zich heen mepte, hoe harder het leven terugsloeg. Hij zag alleen nog zijn eigen belang en ook dat verloor hij uit het oog. Hij verbitterde. Dat moeder wél van haar dochters hield zat hem dwars. Zijn laatste troef was om Willem van ons los te weken, bijvoorbeeld door hem de schoenen te geven die hij Cornelia en mij onthield. In de buurt stonden wij te boek als de zwerverskinderen.

Terugkijkend denk ik dat hij Willem door hem zo te paaien afhankelijk heeft willen maken. Die moest zijn loyaliteit maar tonen door in Gouda te blijven.

Reken ik verder terug dan is dat een maniertje geworden dat vader zich eigen heeft gemaakt. Hij haatte het om bij anderen in het krijt te staan, uit frustratie deed hij alles om de rollen om te draaien.

En dit gedrag heeft Willem weer tot voorbeeld gediend. Zonder ook maar een woord van uitleg heeft mijn broer geleerd hoe je met kleineren, manipuleren, dreigen en meppen iemand afhankelijk kunt maken. Ik was een dankbaar slachtoffer. Willem beschouwde mij als willoos en mijn gedrag als onderdanig. En dus stond mijn lichaam hem ter beschikking.

Van de week nog vroeg Johannes me waarom ik het zo zelden over mijn vader heb. Dat hij van Tanneke dingen heeft moeten vernemen die hem volslagen onbekend waren.

Waarom de zaken nodeloos ingewikkeld maken? Dan had ik moeten uitleggen wat ik zelf amper begrijp, hoe al die levens in elkaar grijpen, hoe de een zijn pijn doorgeeft aan de volgende. Dan had ik mijn veronderstelling moeten verwoorden dat Willem voor een deel de rol van mijn vader heeft overgenomen. Mijn broer was mijn redder en belager ineen. Maar het is nog verwarrender: ik zou ervoor uit moeten komen dat ook ik uit twee helften besta, dat ik walg van mezelf, maar ik kan het niet meer ongedaan maken. Ja, ik heb me gewillig getoond naar Willem. Ja, ik had medelijden, ja, ik wilde de lieve vrede bewaren, ik wilde iets terug kunnen doen. Dat ik de belager zijn gang heb laten gaan zou Johannes nooit kunnen begrijpen. Het zou hem nog verder in de knoop brengen.

Alleen God weet wat voor schilderijen hij dan zou maken!

Ik wil alleen maar dat Johannes vergeeft en daarna vergeet. Maar nog veel belangrijker: ik wil verhoeden dat onze kinderen de volgende worden in een droevige reeks.

24

Tanneke

Je kon erop wachten. Diezelfde avond staat Willem opnieuw op de stoep en ranselt de deur met de klopper. Hij scheldt erop los, eist dat er wordt opengedaan. Om beurten noemt hij ons bij naam. Nog een geluk dat ik de deuren tijdig op slot heb gedraaid. Hij is buiten en hij blijft buiten.

Met zijn neus tegen de ruit roept hij als de eerste de beste dronkenlap dat Maria Thins zich geen moeder mag noemen. Die slaat de handen voor de oren, krimpt ineen. Haar ogen lopen vol. Ten slotte houdt ze het niet meer en vlucht naar boven. Catharina en ik kijken elkaar woordloos aan.

Boven is de kleine Elizabeth wakker geworden en zet het op een krijsen. Daardoor wordt ook de jonge Maria wakker en nu roept Maria Thins naar beneden dat Catharina iets aan de kinderen moet doen. Ik bied aan om even naar boven te gaan, maar daar wil Catharina niets van weten. Ze vindt het makkelijker om de kinderen te troosten in plaats van zichzelf, zo lijkt het.

'Ik kom al, ik kom al,' roept ze op de trap.

Ik blijf alleen achter, althans samen met de stroom verwensingen van achter de ruit. Dit is niet vol te houden. Ik sta op, ga van mijn kant aan het raam staan en roep dat Willem moet ophoepelen. Dat hij zijn roes moet uitslapen en dat toch niemand opendoet.

'Waar kan ik nog terecht, als jullie me er niet in laten?'

'In de herberg natuurlijk.'

'Tanneke, je moet opendoen. Ik wil het juist uitpraten. Laat me erin en je zult zien dat het goed komt.'

'Uw moeder wil u niet zien, zeker niet als u dronken bent.'

'Ik, dronken? Hoe kun jij dat nou zien door een dichte deur? Laat me binnen. Heb je dan niet door dat het regent?'

Die paar druppels, daar moet hij tegen kunnen.

Hij slaat op de glasplaat. Als die maar houdt. Ik wist het, ik had de luiken er bijtijds voor moeten doen.

Hij staat te dreinen als een kind. 'Tanneke, als jij niet opendoet, dan moet ik inderdaad naar de herberg aan de overkant. En je kunt wel raden wat er dan gebeurt, hè? Daar kom ik Johannes tegen. En je weet dat ik boos ben op hem. En als hij me dan weer geen antwoord geeft op mijn vragen, ja, dan sla ik daar de boel kort en klein.'

'Ziet u wel dat u dronken bent.'

'Jij laat me geen keuze. Ik moet met iemand praten.'

'Alles kort en klein slaan, noemt u dat praten?'

'Ik wil verdomme dat hij me uitlegt wat dat schilderij te betekenen heeft. Dat mag ik toch wel weten. Jezus, Tanneke, het is koud.'

'Wat windt u zich nou op?' roep ik. 'Dat doek is allang de stad uit. En Johannes heeft zijn lesje geleerd, daar kunt u van op aan.'

Ik hoor de trap kraken. Als ik me omdraai zie ik Catharina in de deuropening. Met de kamerjas om en de armen over elkaar volgt ze het onderhoud.

'Hoe weet jij dat nou?' vraagt Willem ongelovig.

'Dat heeft hij verteld. Hij schildert mij nu in de keuken, dat zag u zelf. Niet iets om u druk over te maken.'

Hoe langer reactie uitblijft, hoe groter de hoop dat hij afdruipt.

'Wat vindt Cat hier dan van? Hij beledigt haar toch net zo goed?'

Ik draai me vluchtig naar haar om. Ze maakt geen aanstalten iets in te brengen. Ze lijkt het punt gepasseerd dat zij de situatie nog kan bijsturen.

'Uw zus wil dat hij eindelijk gaat verkopen. En daarvoor moet hij eerst goed werk afleveren. En dus is het beter hem met rust te laten. Ik beloof dat ik een goed woordje voor u doe. Als de opdrachten straks binnenstromen, dan is dat ook in uw voordeel. Er blijft vanzelf wat over.'

'Net als bij moeders erfenis zeker.'

Daar heeft hij een punt. Bij de verdeling van afgelopen zomer kwam hij er bekaaid vanaf.

Ik kan even niet meer volgen wat daarbuiten gebeurt. Gelach, nog een mannenstem. Willem ontmoet een bekende. Ze praten uitgelaten met elkaar.

De stemmen sterven weg. Goddank, die twee zijn ervandoor.

Pas wanneer het weer helemaal stil is komt Catharina enigszins tot bedaren. Maar ook zittend kijkt ze rusteloos om zich heen, alsof Willems aftocht maar schijn is en hij straks via een achterdeur binnen kan komen.

Ik reik haar borduurwerk aan. Ze neemt het van me over en haalt lusteloos de naald door de stof.

We zeggen niets. Ergens buiten gaat de nachtwacht om. Het moet tegen elven zijn.

Maar even later slaat de schrik me om het hart als Willem blijkt te zijn teruggekeerd. Hemel. Begint alles weer van voren af aan? De luiken zitten er nu voor, maar we horen hem evengoed.

'Zijn jullie daar? Het licht brandt. Ik zie jullie heus wel. Doe verdomme open!'

Zo wild als ik ben opgesprongen, zo kalm lijkt Catharina.

Wat er dan gebeurt valt voor mij niet te bevatten. Ze staat op, loopt de kamer uit, ontgrendelt de buitendeur en laat Willem binnen. Ik ben te verbijsterd om te reageren. Ik kijk toe hoe Catharina haar grote broer in de armen neemt. Hij barst in snikken uit, ze strijkt door zijn haren, spreekt sussende woorden die ik niet kan verstaan.

'Tanneke, zou je een handdoek willen halen?' vraagt ze.

Ik gehoorzaam.

Terwijl ze zijn haren droogt, vraagt ze of Willem honger heeft. Hij schudt van nee. Zijn cape is intussen afgelegd, de brede armen bungelen futloos langs zijn lichaam.

'Weet je het zeker?' wil Catharina weten.

Hij knikt.

'Volgens mij moet jij je roes uitslapen,' zegt zij.

Hij knikt opnieuw.

'Kom maar mee naar boven.'

'Maar, mevrouw,' sputter ik. 'De bedstee op zolder is niet opgemaakt.'

'Dan slaapt hij wel bij mij. Dat is voor iedereen beter.'

Willem laat zich als een mak schaap naar boven leiden. In de stilte die valt kan ik mijn eigen hart bijna horen kloppen.

Is er iemand die mij de wereld van voren af aan wil uitleggen?

Een kwartier later, als alles beneden gedoofd is en aan kant, loop ik met een kaars in handen langs de kamer van Maria Thins. Ze zit nog rechtop in bed, ze heeft meegekregen wat er is gebeurd. Nu wil ze nog het waarom weten, dat moet ik haar schuldig blijven. Ik stel voor om morgen verder te praten, maar Maria Thins is nijdig, net zo goed op haar dochter als op haar zoon. Ze wil dat ik ingrijp, maar zonder dat ik tegen haar in ga ziet ze op een gegeven moment het kansloze van haar voorstel in. Langzaam glijdt ze onderuit in bed, alsof de eigen woordenstroom haar van haar laatste krachten heeft beroofd. Ik wens haar welterusten en vraag haar achter mij de eigen deur te vergrendelen.

Daarna leg ik bij de kinderkamer mijn oor te luisteren. De meisjes slapen. Bij Catharina klinkt zacht gefluister. Hopelijk blijft het daarbij. Langs het koord hijs ik me de gedraaide, steile zoldertrap op, op zoek naar mijn eigen bedstee.

Ik lig al een uur te woelen, van slapen is geen sprake. Dan slaat beneden opnieuw de klopper. Ik spring uit bed en haast me naar beneden. Als ik opendoe, zie ik een groepje mannen in het volle licht van twee fakkels. De voorste is de onderschout, met breedgerande hoed en twee schouderriemen om, een rapier hangt aan zijn heup. De fakkeldragers links en rechts zijn zijn rakkers. In hun voetsporen komt Johannes mee naar binnen.

'Hemel, wat wilt u nu nog?'

'Is Willem hier?' vraagt Johannes.

Ik knik. 'Boven.'

Hij werpt een veelzeggende blik naar de onderschout.

Die loopt voorop de trap omhoog. Daar aangekomen wijst Johannes de kamer van Catharina. Ik volg alles van halverwege de trap. Ze betreden de kamer.

Nu gaat het allemaal heel vlug. Op Catharina's kamer wordt gevochten, zo lijkt het. Geschreeuwd vooral. Maria Thins kijkt om de hoek van haar kamerdeur. Eerst komen de beide rakkers naar buiten met Willem in hun midden. Die verzet zich als een muildier. Ik deins naar achteren, Maria Thins slaat een kruis. Intussen zijn ook de meisjes weer aan het gillen geslagen, maar daar reageert niemand op. De onderschout volgt zijn knechten op de voet en slaat Willem af en toe vol op het hoofd. Wanneer die zich vastklemt aan de trapleuning, neemt de onderschout hem in de houdgreep, maar er is geen beginnen aan. Pas nadat Willem de handen op de rug zijn gebonden, lukt het de mannen hem af te voeren, maar ook dan nog maar tree voor tree. Johannes is intussen Catharina's kamer uit gekomen. Hij staat voorovergebogen met een hand over zijn oog. Hij moet een flinke klap hebben opgelopen. Catharina in haar nachtkleed ontfermt zich over hem. Haar broer lijkt vergeten, terwijl ze zich een uur geleden nog zo om hem bekommerde. Hier valt geen touw aan vast te knopen.

Dan is Willem eindelijk, eindelijk de deur uit gewerkt. De geluiden sterven weg op straat. De rust keert langzaam weer.

Johannes blijft bij Catharina. Maria roept beurtelings 'ontstellend' en 'vreselijk', maar trekt zich uiteindelijk terug op haar kamer. Voor de zekerheid doet ze de grendel er weer op. Ik blijf nog een poosje bij de meisjes. Als die eindelijk slapen, kan ik naar boven. Goddank.

De volgende ochtend zie je Johannes' blauwe oog pas goed. Het lijkt hem amper te deren.

'Blauw is de mooiste kleur,' doet hij luchtig. 'De kleur van de farao's.'

Hij staat me handenwrijvend op te wachten, hij wil het werk zo gauw mogelijk hervatten. Ik ben razend benieuwd naar wat hij gisteren tegen de onderschout heeft gezegd om hem zover te krijgen om midden in de nacht deze kant op te komen. Of heeft Catharina hier de hand in gehad? Een van beiden zou moeten kunnen uitleggen hoe het zit.

Maar zoals dat gaat hier in huis, niemand maakt nog woorden vuil aan het gebeurde. Stel je voor. Alsof het niet meer was dan een akelige droom. Willem is veilig opgeborgen, het deugdzame leven kan weer verder.

Johannes heeft al helemaal andere zaken aan zijn hoofd. Neuriënd is hij bezig met de tafelschikking, een beetje zus, een beetje zo. Ik zal blij zijn als hij met het doek zelf begint, dan is dat nerveuze gefriemel ook eindelijk voorbij. Geen wonder dat hij zo weinig schilderijen aflevert, als je eindeloos blijft corrigeren. Aan zijn wenkbrauwen lees ik af dat ook de nieuwe opstelling hem niet kan bekoren.

Als onze blikken kruisen, lacht hij vergoelijkend. 'Aan jou ligt het niet, Tan. Ik moet keuzes maken. Je hebt drie soorten keuzes.'

'Laat me raden,' roep ik voor de vuist weg. 'Goede keuzes, slechte keuzes en Johannes-keuzes.'

'Je begint me aardig te kennen. Weet je, Tanneke, in hogere zin geldt overal een driedeling. Je hebt drie soorten kleuren, met de onderste laag van het doodverven gaan we nu aan de slag. Kleuren worden namelijk vanuit het donker geboren. De tweede laag bestaat uit de eigenlijke kleuren, dus groen, rood en blauw, en de bovenste laag zijn de lichtaccenten, die brengen het geheel tot leven. Alles wat wezenlijk is valt in drieën uiteen, de goddelijkheid, maar je hebt ook drie leefsferen, de aarde, het water en de lucht. Wist je dat je ook drie soorten vrouwen hebt?'

'O ja? Welk soort ben ik?'

'Jij bent het nijvere soort. Dat stroopt de mouwen op, maakt zich geen zorgen en ziet wel waar het schip strandt. Over de beide andere soorten houd ik liever mijn mond, die zijn hier in huis namelijk ook vertegenwoordigd.'

Hij lacht zijn schalkse lachje.

Hij zit er losjes bij, des te beter.

'Dus hierna komt de tweede laag, met de echte kleuren?'

'Inderdaad. Over kleuren gesproken, doe maar weer gauw dat kobaltblauwe schort voor. Dat trekt de juiste aandacht. Nu heb ik er het pigment voor in huis.'

'Maar zo'n schort zou ik nooit dragen bij het werken.'

'Wat hindert dat nou? Zeg, jij hebt toch ook van die groene morsmouwen. Trek ook maar aan.'

'Maar...'

Verder kom ik niet. Johannes kijkt me op een vriendelijke manier streng aan.

Bij terugkeer legt hij uit dat het allemaal om de kunst te doen is en dat er drie opvattingen van het leven zijn, waarvan de kunstzinnige er een is. Zo opgeruimd maak je Johannes zelden mee.

Neuriënd neemt hij de brede kwast ter hand. Zodra hij lekker op gang is, vraag ik op achteloze toon of hij voorgoed in Delft zou willen blijven. Hoeveel kinderen hij uiteindelijk in gedachten heeft. Hoe groot het huis wordt waarin het gezin komt te wonen zodra zijn schilderijen eenmaal goed verkopen. Hij zegt dat het hem allemaal niet uitmaakt, zolang hij maar een atelier op het noorden heeft, want anders komt er te veel zon naar binnen en krijg je te veel schommelingen in het licht.

'Licht is zo belangrijk, ik denk eigenlijk voor iedereen. Jij wilt toch ook opklimmen naar het licht?' vraagt hij.

Opklimmen naar het licht, geen idee wat hij zich daarbij voorstelt, dus stap ik vlug over op een volgende vraag, namelijk wat zijn mooiste doek tot nog toe is. Hij zegt dat hij daar nu mee bezig is.

De eigenlijke vraag is natuurlijk wat voor plan hij gisteren had gesmeed, want het kan onmogelijk toeval zijn geweest dat hij met de onderschout meekwam. Wat riep hij gisteren ook alweer? *Willem! Willem! Willem! We kunnen die naam ook gewoon schrappen.*

Ik verwed er mijn hoofd onder dat hij gisteren een manier heeft uitgedacht om dit doel te bereiken. Hij is natuurlijk de onderschout gaan halen. Hij heeft alarm geslagen. Kennelijk wist hij waar Willem te vinden was, op Catharina's kamer. Maar hoe dan?

Dan was het allemaal afgesproken werk. Dat zou tenminste verklaren waarom Catharina haar broer meenam naar haar eigen kamer. Dan was het de bedoeling dat de onderschout hem daar zou aantreffen. Maar waarom? Hij sliep er zijn roes uit, meer niet.

'Hoe gaat het met de dames?' vraagt hij, terwijl hij bruin mengt op het palet. Aan zijn bewegingen te zien gaat het schilderen voortvarend.

'Ik geloof dat ze allebei wat overstuur zijn. Catharina zal vanmiddag nog bij de schout langs moeten om haar zegje te doen. Die moet bepalen wat er met Willem gaat gebeuren.'

Hij knikt, hierover laat hij zich niet uit. Aanleiding genoeg, toch, zou je zeggen.

'Het zou me niet verbazen als ze hem voor langere tijd naar het rasphuis sturen.'

Weer geen reactie.

Johannes, je verraadt jezelf. Denk je dat ik op mijn achterhoofd ben gevallen? Nu het allemaal achter de rug is glunder jij als nooit tevoren en je schildert met een gemak alsof vandaag de lente begint. Geen spoor van verbazing of opluchting. Natuurlijk niet, want jij hebt dit hele plan uitgedokterd.

'Volgens mij is haar moeder met een briefje bezig voor haar ex-man. Iemand zal hem moeten inlichten dat Willem voorlopig niet thuiskomt. Al kun je je afvragen of die daar rouwig om zal zijn. Hebt u hem eigenlijk ooit ontmoet?'

Johannes schudt van nee.

'Het is een klein, onooglijk mannetje. Kijkt je niet echt aan, altijd bezig met regelen. Zit maar te wippen met zijn voet. Er moet nog dit, er moet nog dat. Zijn eigen verplichtingen vergeet hij trouwens gemakkelijk in alle drukte. Zoals die om zijn exvrouw vierentwintig gulden per week steun te betalen, wat nog maar een schijntje was en bij lange na niet genoeg om haar en beide dochters van te onderhouden. Hij weigerde stelselmatig, dus moest zij met hangende pootjes naar Gouda.'

'Maar zij heeft die schilderijen toch allemaal meegekregen uit Gouda?'

‘Zeker, twee kisten vol, maar alleen omdat hij geen belangstelling toonde voor kunst. Had hij de waarde ervan vermoed, dan zou hij ook daarover stennis hebben gemaakt.’

Johannes knikt. Hij zegt bijna klaar te zijn met het doodverven. Dat zou betekenen dat ik straks weer drie dagen moet wachten. Aan achterstallig werk uiteraard geen gebrek, maar ik ben toe aan antwoorden.

‘Ik ben blij dat de onderschout gisteren kwam. Wat mij verbaast is dat hij kennelijk wist waar hij Willem moest zoeken. Ik bedoel, hij liep in één keer door naar Catharina’s kamer. Daar ligt hij anders nooit.’ Ik laat het allemaal zo argeloos mogelijk klinken.

Johannes tuit minstens zo argeloos de mond, wat dat betreft houden we elkaar mooi voor de gek. ‘De hoofdzaak is dat we voorlopig van onze kwelgeest zijn verlost.’

‘Ik ben blij voor u.’

Een poosje schildert hij met glimmende oogjes verder. Dan legt hij de kwast terzijde.

‘Je bent een bijzondere vrouw, Tanneke, anders dan de anderen hier.’

‘Hoe bedoelt u dat?’

‘Dat het hier in huis gewoonte is om alles onder het tapijt te vegen. Jij bent oprecht nieuwsgierig. Dat brengt me op iets anders. Het werk is nu eigenlijk gedaan, alleen heb ik nog mijn flesje vernis nodig. Dat flesje staat op mijn tafel in het atelier.’

‘Moet ik het halen, meneer?’

‘Dat zou fijn zijn, dan kan ik hier even verder rommelen.’

Wat is dat nou weer voor klusje. Alsof ik thuis niet genoeg te doen heb, mopper ik in mezelf en ik stap de motregen in. Hij weet heus wel dat ik een pesthekel heb aan Mechelen. En waarom dacht hij er vanochtend niet zelf aan?

Ik weer naar binnen, negeer het rumoer, kijk niet op of om en haast me naar de trap. Dat blijkt prima te werken.

Eenmaal in zijn atelier voel ik vooral de drang om het raam te openen en te luchten. Wat ruikt het hier muf. Vliegen op een oud stuk brood. Op de tafel tekeningen, op de vloer nog een paar. Kijk, dat ben ik. Daar ook en daar ook.

Juist, daar staat het doorzichtige flesje. Ernaast ligt een boek, daar weer naast een brief.

Kijk aan, Catharina's handschrift op de envelop. Wat vreemd om die hier te laten slingeren.

Ik luister, niemand op de gang. Het hoort natuurlijk niet, maar ik zou verdraaid graag weten wat hierin staat. Ik haal de brief eruit. Lussen, krullen, strepen en punten. Maar wat staat er?

Zou Johannes hem pesterig hebben laten liggen omdat hij weet dat ik toch niet kan lezen?

Gestommel op de trap. Dan steekt een kerel zijn zatte kop om de hoek van de deur. 'Ben jij Sjaan? Nee, jij bent Sjaan helemaal niet.'

Ik doe twee stappen in zijn richting. Als het erop aankomt, kan ik snel schakelen. 'Dat hangt ervan af. Doe die deur eens achter je dicht.'

Hij gehoorzaamt nog ook. Onwennig kijkt hij om zich heen, alsof hij spijt heeft deze kant op te zijn gekomen. Behalve afhangende schouders heeft hij een hazenlip.

'Is dit je onderkomen? Wat een rommeltje hier, gezellig is anders. En die bedstee lijkt me ook aan de smalle kant. Een gulden, toch? Nou meid, zou jij niet eens wat uitdoen? Ik heb geen uren de tijd.' Hij is erbij gaan zitten en trapt een voor een zijn verstofte laarzen uit.

'Wacht eens even.' Dit bedenk ik uiteraard ter plekke. 'Eerst moet je nog even wat voor me doen.'

'Iets voor je doen?' Hij zet grote ogen op. 'Waar heb jij het over? Ga op je rug liggen. Maar op je buik mag ook, haha.'

'Kom hier.'

Die strenge toon doet het hem, hij hijst zich overeind. 'Wat is er dan?'

'Ik wil dat je dit voorleest.'

'Waarom?'

'Waarom? Omdat ik niet kan lezen natuurlijk.'

'Wat is dat voor een brief?' vraagt hij en hij grist hem uit mijn vingers.

'Dat ga jij me vertellen. En vlug een beetje, anders maak ik er twee gulden van.'

'Rustig, rustig.'

Hij werpt me nog een bedenkelijke blik toe, haalt hem naar zich toe en begint te lezen, alleen wel in zichzelf.

Mijn hart klopt van opwinding, ik spits mijn oren nogmaals of er vanaf de overloop niemand aankomt.

Ik kom dicht op Hazenlip staan, hij schraapt zijn keel en leest voor: '*Lieveling, het is bijna middernacht, ik heb geaarzeld voordat ik dit zou opschrijven.* Zeg, is dit aan jou?'

'Ja, aan wie anders? Alleen is hij vergeten dat ik niet kan lezen. Lees verder.'

Hij houdt het papier weer op.

'*Ik ben heel anders teruggekomen van de mis.* De mis? Is jouw vrijer een katholiek?'

'Als je nou niet verder leest, dan kun je meteen ophoepelen, hoor je me?'

'Rustig maar. Wat heb jij?'

Hij haalt diep adem en gaat verder: '*Ik wil je vertellen dat ik moed heb geput uit de woorden van de pastoor. Hij vertelde zo mooi over de beproeving van Abraham en het offer van Isaak. Het was jammer dat je er niet bij kon zijn.*'

Kijk aan, dit zet me op een spoor. Als dit een brief aan Johannes is, dan was hij degene die niet bij de mis kon zijn. Wanneer was dat? Voor het laatst een jaar geleden. Ja, ik weet het weer. Hij lag zeker een week met koorts in bed.

'Staat er een datum boven?'

Hazenlip kijkt op, schudt van nee en leest verder in de brief die pal naast het flesje vernis lag, de brief waarvan Johannes niet wilde dat ik hem zou lezen. Of juist wel, want waarom anders hem hier laten staan in plaats van hem in het doosje van parelmoer te stoppen. Misschien heeft hij helemaal geen vernis nodig.

'*Ik heb het je al eerder gevraagd, maar toen reageerde je halfbakken. Nu stel ik je de vraag nogmaals, maar dan zo uitdrukkelijk dat je er niet omheen kunt. Het is belangrijk voor mij. Maar ook voor jou.*'

Ik maan Hazenlip met handgebaren om door te lezen.

'*Ik houd zoveel van je, dat weet je, maar zo mag je nooit meer tegen mijn moeder praten. Je hebt haar veel pijn gedaan.*'

Inderdaad, dat was vorig jaar, na die ruzie. Ik zie hem nog staan, briesend als een stier. Waar ging dat ook alweer om? Maria Thins had haar onvrede uitgesproken over zijn lompe manieren in huis, over zijn gewoonte om zijn laarzen in huis aan te laten, over de vorderingen in zijn carrière, over van alles. En vervolgens was meneer beledigd, begon over Willem en wat al niet meer. En toen? Toen pakte hij zijn biezen en keerde hierheen terug. En Catharina kwam hem na.

Ik draai me om. Hoor ik gekraak? Nee, dat is hierboven, goddank. Hazenlip leest verder.

'*Maar je moet begrijpen dat de pijn die je moeder doet vervolgens bij mij terechtkomt. Als ik haar gekwetst zie wegkijken, als ze zwijgt, altijd. Begrijp je wat ik zeg, er is geen ontsnappen aan. Dus vraag ik twee dingen van je, en ik zeg er maar meteen bij, als je die niet inwilligt, dan kan ik niet voor de gevolgen instaan. Dat klinkt heel zwaar, maar ik meen het. Ik weet het dan echt niet meer. Niet omdat ik niet wil, maar omdat het niet gaat. Ten eerste wil ik dat je het goedmaakt met moeder en ten tweede dat je er niet meer over praat. Vandaag niet, morgen niet, nooit meer. Wat Willem me heeft aangedaan valt toch nooit meer ongedaan te maken.*'

Hazenlip duwt het papier van zich af. 'Zeg, hoelang gaat dit geneuzel nog door?'

Ik leg een hand op zijn onderarm. Dit moet ik echt even op me laten inwerken. *Wat Willem me heeft aangedaan.*

Ik ga erbij zitten. Zo zit het dus: Catharina schrijft deze brief om te zorgen dat hij het onderwerp voortaan laat rusten. Welk onderwerp? Dat wat Willem haar heeft aangedaan. Dat is te pijnlijk om te benoemen.

'Zeg, wat dacht je ervan?' brult Hazenlip. 'Ga jij je nog uitkleden of wat?'

Hij spreidt beide armen. De brief ligt alweer op tafel.

'Hè, wat? Ik kom eraan,' zeg ik. 'Ik moet even iets halen. Binnen een minuut ben ik er. Trek de rest maar vast uit en ga liggen. Tot zo!'

Ik krijg nog tal van verwensingen naar mijn hoofd, maar voordat hij heeft kunnen reageren, heb ik het flesje vernis gepakt en ben ik de kamer ontvlucht. Haastig maar beheerst loop ik de trap af. Op zijn sokken komt hij me zeker niet achterna.

Mijn hoofd werkt als een mallemolen. Die brief was van vorig jaar. Eerst was er ruzie, een week later kwam Catharina deze kant op, naar Mechelen. Tegen de wil van haar moeder. Dan moet die brief precies daartussenin zijn geschreven. Juist, eerst Catharina's vraag in de brief, daarop zijn toezegging. Dat kan het verschil hebben gemaakt. Hij beloofde te zwijgen en zij kwam hierheen. Alles was weer goed. Dit deel is helder.

Wat Willem me heeft aangedaan valt toch nooit meer ongedaan te maken...

Wat heeft hij zijn zus aangedaan? Waar gaat dit over? Dit gaat over meer dan trammelant maken. Dit is persoonlijk.

De grendel op haar deur. Haar labiele toestand. Johannes' beslissing om weg te gaan. Het familieportret.

Mijn hoofd kan het nauwelijks nog bijhouden.

Ik loop behendig tussen de plassen door. De frisse wind die me tegemoet waait helpt me mijn gedachten te ordenen. Johannes heeft beloofd dat hij zou zwijgen over haar leed. Alleen zo heeft hij gedaan gekregen dat ze hierheen kwam. Zo heeft hij haar losgeweekt van haar moeder. Althans voorlopig, want zij is toch weer teruggekeerd.

Vanwege het schilderij.

Is dit de reden dat Johannes me deze kant op heeft gestuurd? Hij ging ervan uit dat ik de brief zou vinden, dat ik hem zou lezen. Anders had hij hem niet zo laten liggen. Hij wilde de waarheid, die hem zo bedrukt, met iemand kunnen delen, zonder er een woord over te hoeven spreken. Want dan zou hij van zijn kant de belofte hebben verbroken.

Nee, hij heeft Catharina nooit beloofd om haar eigen brief netjes op te bergen. Zo rechtlijnig werkt het in het hoofd van Johannes.

En over het schilderen van het tafereel was ook niets gezegd. Dit was de enige overgebleven manier om zijn zwager aan te klagen, niet met woorden, al helemaal niet met zijn vuisten, dus dan maar met zijn penseel.

Die bordeelscène is zijn weergave van wat zich in huize Thins heeft afgespeeld. Voordat die grendel op de deur ging.

25

Johannes

Jarenlang was ik als de dood dat Willem weer zou opduiken. Voor ik het wist stond dat stuk verdriet voor mijn neus met een tafelpoot te zwaaien.

Misschien dat hij, juist omdat hij altijd wezensvreemd voor mij is gebleven, zo onder mijn huid kon kruipen. De superieure minachting die hij tentoonspreidde. Hij was uitsluitend bezig met de vraag wat hij van anderen vond, nooit met andermans mening over hem. Keek hij me recht in de ogen, dan bezorgde me dat een koudescheut die zich vanuit de maagstreek over de rest van mijn lichaam verspreidde. Stelde ik me langer dan twee tellen bloot aan die laatdunkende blik, dan voelde ik me langzaam week worden. Alsof ik ter plekke moest vaststellen wat hij allang wist: mijn lichaam werd niet gestut door botten. Hij was de sterkere van ons twee.

Dat hij degene was zonder werk of geld, stemde hem allesbehalve nederig. Voor niemand deed hij een stap opzij en voor mij nog het minst. Hij was vrij in de zin dat hij wel zou zien waartoe het allemaal zou leiden. Excuses voor mislukking? Hij had ze in soorten en maten klaarliggen. Wat deerde het hem of hij de wereld opzadelde met zijn chagrijn?

Was hij voor de verandering in een goede bui, dan papte hij aan met wildvreemden en kreeg zonder moeite de lachers op zijn hand. Hij gaf een rondje in de herberg dat hij straal vergat af te rekenen – of is vergeten hier niet het juiste woord? –, en ook daarmee leek hij telkens weg te komen.

Wie niet op het licht georiënteerd is, voelt zich er ook niet door aangespoord. De noodzaak om te voldoen valt weg. We zijn altijd elkaars tegenpolen geweest.

Ik kom hier eerlijk voor uit, omdat ik weet dat het allemaal achter de rug ligt. Vraag niet hoe, maar ik heb met hem afgerekend. Had ik het niet voor mijn eigen gemoedsrust gedaan, dan wel voor de anderen hier in huis. Het is beter zo. De Oude Langendijk heeft zijn verdiende rust.

Hij mag het verder uitzoeken met de schout. Als hij pech heeft staat hij de komende jaren brazielhout te raspen.

De dager worden frisser, zwermen spreeuwen scheren door de lucht. De wolken hangen ernstig en verzadigd aan de hemel. Binnen draag ik mijn gevoerde kamerjas en koester mijn herwonnen optimisme, indachtig de vierde les van Carel: Wees elke ochtend bij het ontwaken dankbaar dat je kunt zien. Volkomen terecht natuurlijk. Het zou van ondankbaarheid getuigen om mijn gezichtsvermogen onbenut te laten. Dit wordt mijn leidraad. Vanaf het moment dat ik in alle vroegte de Markt op stap geef ik mijn ogen de kost. De bakker heeft zojuist op zijn hoorn geblazen en hangt de versgebakken krakelingen aan stokjes uit. De zoon van de chirurgijn klimt behendig in de lantaarns en dooft de kaarsen. Verderop is een slijkburger in de weer met bezem en kruiwagen.

Aan de oostelijke hemel een rosse gloed, in het noordwesten steken de torentjes van de Oude Kerk ternauwernood boven de trapgevels uit.

Tanneke kijkt nog altijd vreemd op om me zo vroeg in de weer te zien, terwijl ik toch al twee weken lang elke ochtend help om de kleine Maria aan te kleden, haar op de kakstoel te zetten en op luizen na te kijken.

Wat is hier aan de hand? De gang is leeg, geen meubelstuk te zien. O, hemel, ik weet het al, het is zaterdag. Op Tanneke hoef ik vandaag niet te rekenen, die maakt het huis aan kant. Daar valt niet aan te tornen, want ja, alleen met absolute reinheid in huis valt het sprookje van Maria Thins' morele verhevenheid overeind te houden. Dus worden in alle vroegte de meubels versleept, vloerkleden buiten uitgeklopt, de tegelvloeren met zeep ingesmeerd en vervolgens met zand geschuurd. Arme Catharina, ze ontkomt er niet aan om mee te helpen. Ooit riep ik dat dit niets was voor een jonge moeder, maar toen vroeg ze dadelijk of ik haar plek soms wilde innemen. Toevallig luisterde haar eigen moeder van een afstandje mee, dus ik hing. Voor de vorm heb ik wat stoelen en plinten afgestoft en bij de eerste de beste gelegenheid kneep ik ertussenuit.

Goed, dan zal het schilderen moeten wachten. In dat geval kan ik net zo goed naar de barbier op de gracht. Die zal me wel weer adviseren om een snor te laten staan. Mij niet gezien, mannelijk of niet, zo'n ding kriebelt. Bovendien heb ik met mijn krullenbos genoeg haar om te wassen en te verzorgen.

Daarna gauw naar huis om de Braziliaanse oker te vermalen, die ik gisteren heb gekocht. Er komt een dag, zo prent ik me in terwijl ik langs de grachten slenter en de dorre esdoornbladeren uiteenschop, dan kan ik me de gezel veroorloven die me dergelijk corvee uit handen neemt.

Die avond laat ben ik terug aan de Oude Langendijk. Stilletjes sluip ik de trap op om vooral Maria Thins niet te wekken. Overbodig welbeschouwd, zij weet allang van mijn wekelijkse overnachtingen hier. Ook dit hoort bij de maskerade waarin wij tweeën gevangen zijn.

Cat begroet me koeltjes, ze kijkt althans iets te vlug weg en hervat het verstellen van de sok. Er zit een aardig gat bij de teen.

Als ik vraag of er iets scheelt, schudt ze van nee en begint over de kinderen. Ik laat me niet van de wijs brengen en herhaal mijn vraag.

Cat, gezeten in de schommelstoel naast de bedstee, vraagt op fluistertoon – om mij toch vooral tot kalmte te manen – of ik het speldenkussen kan aangeven.

'Moeder was in de keuken vandaag,' fluistert ze ten slotte, nadat ze de draad door het oog heeft gestoken.

'O. Heeft ze het portret op de ezel zien staan?'

'Ja.'

'En?'

'Ze vond het...'

'Ze vond het wat?'

Ze haalt de draad helemaal door de sok voordat ze antwoordt. 'Nogal kleurloos.'

'Kleurloos. Aha.'

'En ze vond...'

'Zo, had ze nog meer aan te merken?'

'Ja, ze vond dat rek maar vreemd. Net als ik trouwens.'

'Dat rek met kannen? Maar dat hangt er nu eenmaal.'

'Waarom word je meteen boos? Jij wilde weten wat zij vindt en dat vertel ik je nu.'

'Neem me niet kwalijk.'

Ach ja, zo blijkt maar weer dat Maria Thins geen verstand heeft van kunst. Een keuken is een keuken.

Met de handen in de zakken zak ik onderuit in de stoel tegenover haar. 'Wat had ze dan liever gezien?'

'Iets meer dynamiek. Iemand die binnenkomt.'

'Nee, dat haalt de kracht juist weg. Twee is echt genoeg.'

'Twee? Ik zie maar één persoon, Tanneke.'

'Nou ja, je hebt ook degene die aanzit, de waarnemer.'

Haar futloze knikje is veelzeggend.

'Ik denk dat het tafereel op deze manier prachtig verstild is.'

'Prima,' doet Cat luchtig.

Hier kan ik met mijn pet niet bij. Het probleem Willem is opgelost, nog geen dankjewel komt over hun lippen, liever heeft ze het over de kannen aan de muur. Een poosje zwijgen we. De losse planken kraken onder de schommelstoel.

'Hoe belangrijk is de mening van je moeder voor jou?' vraag ik.

'Hoe bedoel je?'

'Dat ik jou heb verzekerd dat dit een geweldig portret wordt en jij geloofde mij. Maar zodra jouw moeder weer iets aan te merken heeft, en heus niet vanwege het doek zelf, dan draai jij als een blad aan de boom.'

Erger dan Cat die met kulargumenten komt, is een Cat die wijsheid voorwendt door mijn woorden te laten voor wat ze zijn. Die woordloos het stopei in een volgende sok doet. Is het haar bedoeling om Maria Thins te imiteren?

De volgende ochtend ben ik bijtijds uit de veren en loop op blote voeten naar de keuken. Hoog tijd voor een eerlijke beoordeling van de compositie. Het idee alleen al dat Maria Thins gelijk zou kunnen hebben.

Buiten is het donker, dus ik moet eerst twee kaarsen aansteken. Daarna pak ik een stoel, zet me voor het paneel en stel me voor dat ik het voor het eerst zie.

Goed, wat zou er gebeuren als ik dat rek met kannen weghaal. Dan houd je een kale, witte muur over, vol met gaten en butsen.

Wat zei Maria Thins ook alweer? Dat het doek te kleurloos

was. Ze snapt het niet, door meer kleuren toe te voegen slaat de zaak juist dood. Het gaat erom dat de kleuren die er zijn voldoende tot hun recht komen.

Hoe krijg ik dat voor elkaar?

Wat zou er met die kleuren gebeuren als ze tegen een egaal witte muur afsteken? Dan komen Tannekes kleren juist naar voren. Dat is eigenlijk wel mooi. Stel je voor, zeg, ik volg mijn eigen plan en geef Cat en Maria Thins zogenaamd hun zin.

Dan krijg je namelijk een omgekeerd clair-obscur. In plaats van dat de kleuren zich uit het donker bevrijden, komen ze hier nadrukkelijk los van het witte vlak.

Is dat in de stijl van Carel? Wat heet, hij had het clair-obscur immers passé verklaard. Trouwens, had hij niet zelf ook zo'n wit paneeltje gemaakt? Ik kraak mijn hersenen om het me weer voor de geest te halen. Het was echt minuscuul, met een vogeltje en een voederbak. Een pootje zat aan de ketting. De muur erachter was leeg. Ik kan me zijn exposé nog woordelijk herinneren. Ach, hij was nu eenmaal de pionier en ik de navolger.

'Johannes, kijk maar eens goed. Zie je dat het geel en rood juist sterk naar voren komen? Nu heb je met recht een puttertje.'

Precies, een putter, dat was het. Wat is er ooit met dat paneeltje gebeurd? Heeft Van Ruijven dat niet ook gekocht destijds? Ja, voor dertig gulden. Een mooi bedrag voor zo'n kleine studie, noemde Carel dat, en hij stak mij weer eens de ogen uit.

Behalve dat hij twee maanden later dood was.

Het is zondag en het regent pijpenstelen, maar het een noch het ander kan mij ervan weerhouden om Van Ruijven te bezoeken. De plassen op straat zijn zo groot dat ik eroverheen moet springen. Op de hoek bij de Boterbrug klop ik aan.

'Meester Vermeer! Wat verschaft mij de eer? Je bent doorweekt.'

Hij werpt een verschrikte blik naar buiten en wenkt me vlug naar binnen. In de hal veeg ik gauw met een slip van mijn cape langs mijn gezicht.

'Dat puttertje. Hebt u dat nog in bezit?'

'Puttertje? Jongeman, vertel eerst eens wat dat zou moeten zijn. Wie gaat er nou met dit beestenweer op pad? Of is het portret soms af?'

'Ik schat over een week of twee. Maakt u zich geen zorgen. Een putter is een vogel met een rood koppie.'

'Aha, een vogel met een rood koppie. Wat is daarmee?' Zijn kandelaar gaat van de ene in de andere hand.

'Dat paneeltje van Carel. U hebt het destijds gekocht.'

'O, dat bedoel je. Dát puttertje. Als je dat nou meteen zegt. Wat is daarmee?'

'Ik zou het zo graag nog even rustig bekijken. Ik weet dat het zondag is, neemt u me niet kwalijk.'

'Dat wordt lastig. Het hangt in de pronkkamer en we hebben momenteel gasten. Maar als je nou morgen nog eens terugkomt.'

'Morgen pas?'

Drie minuten later sta ik alsnog voor het paneeltje en wel helemaal in mijn uppie. Van Ruijven rolde eerst met zijn ogen om het vervolgens alsnog te gaan halen. Nu staat het tijdelijk op de dressoir in de hal, tussen twee kandelaars in, anders zie ik nog niets. Mijn hoed en cape hangen te drogen. Af en toe stijgt gelach op uit de pronkkamer.

Wat een geweldig schilderij is dit toch, en ik, kluns, zie het nu pas.

Carel, je had gelijk, volkomen gelijk, het verenkleed komt zo geweldig naar voren. Maar ook het grijs van het bakje, het kettinkje en het steenrood van de snoet. En dat allemaal dankzij het gebroken wit rondom. Jij wist het allemaal al. Je schaamde je allerminst voor afbladderend pleisterwerk, waarom ook? Daardoor geeft die vlek de schaduw rechts een prachtige diepte. Het diertje zelf torent erboven uit. Zo kijken we vol bewondering omhoog, of misschien wel vol medelijden, want een vogel hoort vrij te zijn. Mooi, maar gevangen. Het is alsof ik naar mezelf kijk. Wat een overweldigend effect, ik kan mijn ogen er gewoon niet van af houden. Dank je wel, Carel!

Vastberaden zet ik mijn kletsnatte hoed weer op. Zo hoort het inderdaad, een volledig lege muur. Weg met dat rek. Tanneke moet loskomen uit die overweldigende leegte. Zo en niet anders.

Tanneke, jij verdient dit wit, het komt jou toe.

'Wat is er met het rek gebeurd?' is het eerste wat Tanneke de volgende ochtend wil weten.

'Dat heb ik overgeschilderd. Dat leidde te veel af. Een toeschouwer moet zich kunnen ontspannen bij een voorstelling.'

'Maar dat is een compleet lege muur,' zegt ze en ze kijkt opzij om zich ervan te overtuigen dat het rek nog gewoon aan de muur hangt.

'Dat is ook precies de bedoeling.'

'Nou, u zult wel weten wat u doet. Ik vind het erg... eh... wit. Wat zegt mevrouw ervan?' haspelt Tanneke.

'Die vond dat rek maar niks. Kom, ga gauw weer staan.'

Vijf minuten later heeft ze de vertrouwde pose te pakken. Laat niemand denken dat wit zomaar wit is. Het verloopt van bruin beneden in de hoek naar beige op het grote vlak naar helder wit vlak langs haar rok en tuniek. Het meest smetteloos blijft het hoofdkapje, met dat toefje ultramarijn erin, dat als een aureool om haar hoofd ligt.

Wat een verrukkelijk contrast. *Ja, Carel, het was jouw foefje, maar zo overweldigend als de leegte hier is, dat heb zelfs jij nog nooit geflikt.* Afgebladderd wit is pas echt met spijkergaten erin, met vochtplekken, barsten en oneffenheden. Hier wordt gewerkt. Welkom in de Hollandse keuken!

'Tanneke, nog een maand of twee, dan zullen de aanzoeken je om de oren vliegen. De wereld zal weten hoe mooi jij bent.'

'Meneer, bespaar me.'

'Maar wel de kan stilhouden, graag.'

Nu hoef ik alleen nog de details uit te werken, de straal van de melk, het zachte verloop van kleuren. Zelfs de onderarmen gaan van gebruind naar bleek opklimmend tot aan de gestroopte overmouwen. De tegeltjes langs de plint, de graankorrels op het brood, haar gebruinde handen. Ik zou ze allemaal willen kussen.

Niemand heeft een mooier beroep dan ik.

26

Catharina

Het doet me denken aan vroege zomers aan zee. De branding nog zo koud. Eerst tot je enkels in het water, dan tot aan je heupen, dan de buik erbij. Telkens een gilletje. Uiteindelijk die laatste plons om volledig kopje-onder te gaan. Bovenkomen, naar lucht happen, de ogen opensperren. Bevangen zijn door het koude water, helemaal tot in je botten. Het op een krijsen zetten net als de meeuwen daar hoog in de lucht.

Dan langzaam de ontspanning, je hebt de kou doorstaan, het water is geen vijand meer. Je waagt een tweede plons.

In die zin is Johannes ook door. Niets kan hem nog deren, hij werkt met vuur in de ogen. Het portret van Tanneke wordt met de dag mooier, zo krachtig heeft hij niet eerder geschilderd. Ik moet eerlijk zeggen: ik wist niet dat hij dit in zich had.

Al doende tovert hij de keuken om tot een oase van rust, alsof die bedoeld is als plek van bezinning. Wie niet beter weet ziet een huishouden waar alles gaat zoals het hoort. En dan dat schuin invallende licht dat de voorwerpen tot leven brengt, alsof ze stuk voor stuk de aandacht opeisen. Een wonderlijk harmonieus samenspel, waarover Johannes waakt, zo ongeveer. Je vraagt je af of hij licht en kleur gebruikt om Tanneke aan het werk te laten zien of dat hij Tanneke gebruikt om de werking van het licht te tonen. En nu ik wat langer kijk: er gaat van dit doek een stilte uit die alle rumoer rondom ontstijgt. Zo knap!

Er zal een last van zijn schouders vallen. Om onbevangen te kunnen werken, waarnaar hij altijd al hunkerde, komt nu binnen handbereik. Van Ruijven zal tevreden zijn, Delft zal tevreden zijn.

Ik weet de dag nog dat hij zijn torenhoge ambitie voor het eerst uitsprak. Hij was net terug in Delft en had de mond vol van tal van schilders die in zijn ogen om uiteenlopende redenen tekortschoten. Nu was hij aan zet.

'Dus jij kunt het allemaal beter?' vroeg ik sarrend.

'Ik denk van wel,' zei hij met de borst vooruit en een hand losjes op de leuning van een stoel, alsof hij vast poseerde voor een eigen portret.

Maar even later was de kwetsbare Johannes terug. Hij nam me indringend op en zei: 'Tenminste zolang ik weet dat jij aan mijn zijde staat. Anders hoef ik er niet eens aan te beginnen.'

Die twijfel zou nog vaker toeslaan. Wanneer hij een doek van meester Fabritius had gezien, wanneer de winter te lang duurde, of de mis, of een zedenpreek van moeder. Wanneer op straat een lomperik tegen hem aan botste.

Met dit doek heeft hij zijn talent eens en voor altijd bewezen. Laat niemand het nog wagen neerbuigend over hem te spreken.

Hij is door, maar zelf ben ik nog altijd een gevangene. Voor mij verandert er niets nu Willem er niet meer is. Hij mag dan de stad uit zijn, hij heeft zich net zo goed ergens in mij verstopt, met zijn stem, met zijn overredingskracht, met zijn grove manieren. Zodra ik de straat op ga, houd ik er rekening mee dat hij met grijns en al de hoek om komt, of tot mijn schrik blijkt iemand anders zo te heten. Of ik vang zijn naam op wanneer moeder haar gebed prevelt met haar gezicht naar het zilveren kistje boven de schouw, waarvan ik nog altijd niet weet wat erin zit. Ik denk aan Willem wanneer ik de kleine de borst geef, wanneer ik de trekschuit zie binnenvaren, wanneer Johannes de liefde met me bedrijft.

Ik ben Catharina. Ik zal nog meer kinderen baren, ik zal mijn echtgenoot aanmoedigen in zijn kunst, ik zal zijn laarzen borstelen, ik zal hem sussen wanneer hij weer eens overhoop ligt met zichzelf, ik zal tussen moeder en hem blijven bemiddelen. En verder? Ik doe met Tanneke de boodschappen, ik zing, borduur en zie met regelmaat naar de begijntjes om. Ik vraag of ze nog peren willen van het land, of ze nog turf nodig hebben. Ik haal de priester erbij zodra een van hen in nood is en op een mooie lentedag zal ik de kleine Maria leren tollen. Zo vul ik mijn levensdagen. En onderwijl schilder ik diep vanbinnen mijn eigen schilderij, met grove halen en herfstige kleuren. Niemand zal er ooit kennis van dragen.

Epiloog

Tanneke

Het is een zoete inval hier in Mechelen. De drukte aan de toog valt mee, maar langs de lange wand is het weer dringen geblazen. Iedereen wil Johannes' laatste creatie zien. De tafels zijn verschoven om meer loopruimte te krijgen.

Na wat duwen en trekken heb ik zicht op het paneeltje. Zicht op mezelf.

Er hangt al een bordje VERKOCHT bij, alleen dan zonder de prijs. Misschien kan dat de toeloop verklaren.

Natuurlijk ben ik trots, ik heb er hard genoeg aan meegewerkt. Het is mijn domein, het is mijn werk. Hooguit is die serene blik in mijn ogen een tikje te flatteus. Alsof ik een of ander vroom wicht ben dat zich rondom de klok wegcijfert. Ik sta heus niet altijd paraat. En ik heb ook mijn slechte gedachten.

'Wie is die meid eigenlijk?' vraagt de kerel schuin voor me.

'De dienstbode van Maria Thins, zo heb ik me laten vertellen,' zegt zijn buurman. Die is een halve kop groter.

Ik voel me rood worden, maar ook dat lijkt niemand op te merken. Ik heb weer een extra doek omgeslagen en dat laat ik voorlopig ook zo.

‘Ik vraag me af waarom deze Vermeer hier zo nodig moet hangen,’ zegt de kleinere misprijzend. ‘Alleen omdat hij de zoon is van de waardin?’

‘Vraag mij wat. Ze hebben allang een koper. Of zou iedereen moeten weten dat hij voor de verandering een leuke prijs heeft bedongen?’

‘Bij die Van Ruijven, is het niet?’

‘Nou en of, hij schijnt de jonge Vermeer een lening van tweehonderd gulden te hebben verstrekt, waarvan de eerste vijfentwintig al zijn kwijtgescholden.’

‘Vijfentwintig? Alsjeblieft, dat is een leuk zakcentje voor die stuntel. Het is weer ons kent ons, ben ik bang. Want weet je, die Van Ruijven is als remonstrant natuurlijk zelf een halve katholiek.’

‘Wat zou dat?’ vraagt de lange. Hij heeft een druipsnor, zie ik nu. ‘Ik vind het zo’n bedrag wel waard, hoor. Je moet toegeven dat die knaap het kunstje aardig in de vingers heeft.’

‘Misschien, maar dat is juist het bedrieglijke,’ klinkt het zuinig uit de mond van de kleine. Die heeft een litteken op zijn wang, dat lijkt me van een mes afkomstig.

Op een gegeven moment ben ik meer aan het dringen dan dat ik nog kijk. Een por in mijn rug en eentje in mijn zij, maar ik blijf staan. Nee, niet om nog langer naar mezelf te kijken, dat geloof ik wel, ik wil dit gesprek kunnen volgen.

‘Waar heb jij het over?’

‘Nou ja, die Vermeer is en blijft een bekeerde katholiek. En die zijn in feite nog erger.’

‘Ik heb gehoord dat hij tegenwoordig weer aan de overkant woont.’

De kleine krult zijn onderlip naar buiten. ‘Nou, dan is hij weer terug waar hij thuishoort. Des te vreemder dat dit hier mag hangen.’

'Overdrijf toch niet zo. Hij schildert nergens een kruis aan de muur.'

'Geen kruis? Neem alsjeblieft een ander in de maling.'

'Waar heb je het over?'

'Je weet toch nog zijn vorige werkje, met de hele familie Thins erop?'

'Dat was een bordeelscène, dat was wat anders.'

'Niks daarvan. Kijk dan. Dit is weer van hetzelfde laken een pak.'

'Zeg, kijken wij nog naar hetzelfde schilderij?'

'Zie je niet hoe die meid die schenkkan vasthoudt? Precies ter hoogte van haar schoot.'

'Jij vindt dat suggestief?'

'Een beetje meer dan suggestief, hè. Zo'n vleeskleurige kan waar je recht naar binnen mag kijken. En dan zo'n subtiel straaltje melk. Nee, mij maak je niks wijs. Leer mij die paapsen kennen.'

De rest van het gesprek hoef ik niet eens te horen. Ik wurm me naar achteren en verlaat de herberg.

Duiven fladderen op zodra ik naar buiten stap. Ter hoogte van de pomp houd ik in en zoek er steun. Daar staar ik een poosje naar de wolken en nog dieper in het blauw. Johannes heeft het altijd al geweten, maar ik kom er vandaag pas achter hoe ver weg het licht is. Ik steek mijn hand uit, strek mijn vingers, maar ik kan er bij lange na niet bij.

Nawoord

De meeste schilderijen van Johannes Vermeer spreken voor zichzelf: sfeervolle tafereeltjes in een burgerlijke woonkamer. Rondom zien we de bekende elementen als het muziekinstrument, het kleed op tafel, de kaart langs de muur, en uiteraard een mijmerende jongedame. Wij kijken naar binnen, terwijl zij juist links door het glas-in-loodraam naar buiten kijkt. Soms is er een tweede figuur voor een vleugje drama, maar daar blijft het bij.

Tussen die oer-Hollandse sfeerprenten is er maar een enkel doek waar vier personen op te zien zijn. Dat is *De koppelaarster*, een schilderij dat rond 1657 wordt gedateerd. Het doek is veel groter dan zijn overige genreschilderijen, maar dat is niet de belangrijkste reden waarom het een unieke plek inneemt binnen zijn oeuvre. Het onderwerp is ruig en laat geen ruimte voor verstilling of inkeer die zo typisch zijn voor Vermeer, al was het maar omdat de ruimte om weg te dromen ontbreekt. De vier karakters verdringen zich op de voorgrond. En dan zien we hier – en nergens anders – de schilder zelf in het gezicht. Hij is de gast links in de Bourgondische kazak met split, die de schilder ook draagt in *Allegorie op de schilderkunst*. Alleen zien we Vermeer daar op de rug.

Tot hier is men het in wetenschappelijke kringen wel eens, maar Benjamin Binstock (*Vermeer's Family Secrets*, 2009, p.54) gaat nog een stap verder. Volgens hem heeft Vermeer in de bordeelscène zijn schoonfamilie herkenbaar afgebeeld. Dus behalve hemzelf zien we echtgenote Catharina als het hoertje, schoonmoeder Maria Thins als de koppelaarster en zwager Willem als de klant.

Hier ligt het startpunt van mijn roman. Als Johannes de familie Thins zo scabreus heeft neergezet – wat moeilijk glashard te bewijzen of te ontkrachten valt, maar de veronderstelling is prikkelend genoeg –, waarom dan precies? Wat hij wilde uitbeelden is helder, maar wat wilde hij ermee zeggen? Hoe zou zijn familie op het doek hebben gereageerd? Wat zou Delft ervan vinden?

Ik had er een lange wandeling door de duinen voor nodig om het verhaal in mijn hoofd uit te tekenen dat zich in het najaar van 1657 rond de Delftse Markt moet hebben afgespeeld.

Johannes is dan intussen bezig met *Het melkmeisje*, we mogen ervan uitgaan dat dit Tanneke Everpoel is, de dienstbode van Maria Thins. Ook zij verdient haar rol in dit familiedrama. Alle betrokkenen zijn op hun eigen manier bezig met de vraag waarom Johannes zich met zijn vorige doek zo in de nesten heeft gewerkt en hen in één moeite te schande maakte.

Grote gemene deler: ze hebben het er erg moeilijk mee en ze zien het somber in voor het vervolg van zijn carrière. Maar waar de familieleden het verleden liever laten rusten, is Tanneke vastbesloten om uit te vinden wat zijn beweegredenen waren.

... het vervolg daarop,
Hoogheid, De troebele jaren van Amalia

Den Haag, 1629. Amalia heeft zich opgewerkt tot echtgenote van de stadhouder en is nu de machtigste vrouw van het land. Maar wie de macht eenmaal bezit, moet meer dan ooit over zijn schouder kijken. De Oranjes liggen van links en rechts onder vuur en de Spanjaarden zijn nog niet verslagen. Amalia moet list en charme aanwenden om de tegenstrevers van haar man uit te schakelen. Intussen blijft de vraag hoe ze de Franse koning ooit zover krijgt haar man te verheffen tot Hoogheid, zodat die zijn positie eens en voor altijd bestendigd ziet. Niettemin komt de meest onberekenbare factor in dit spel van binnenuit: haar eigen hartstocht...

... Het spel van licht en donker

Rond 1630 is Rembrandt een opkomend schilder in Leiden. Hij deelt zijn atelier met het grote talent Jan Lievens. Hoewel ze concurrenten zijn, raken ze toch bevriend. Op een goed moment zitten ze in de kroeg met de haveloze Leidenaar Aris, een oude vriend van Rembrandt. Ook de steenrijke student Marten voegt zich bij hen. Weldra zullen hun wegen scheiden: Jan trekt naar Engeland, Marten hult zich in stilzwijgen, Rembrandt verhuist naar Amsterdam om daar te werken – en Aris krijgt de doodstraf. Wat is er voorgevallen?

… en *De duivelskunstenaar*

Den Bosch, voorjaar 1481. Jeroen van Aken komt straatarm terug uit Venetië. Hij trekt in bij zijn oudere broer, die getrouwd is met Jeroens jeugdliefde Kathelijne. Na lang aarzelen gaat Jeroen weer schilderen, hij mag het drieluik afmaken waar zijn broer geen gat in ziet.

Ondertussen kunnen Jeroen en Kathelijne niet meer om elkaar heen in het poortershuis van Van Aken. Maar in Italië heeft Jeroen dingen meegemaakt die hem drijven tot andere gedachten dan vroeger. Hij twijfelt aan zijn talent, worstelt met zijn gevoelens en gedachten aan de duivel. Ondertussen schildert hij als een bezetene door.

Wanneer het laatste paneel zijn voltooiing nadert staat hij voor een onherroepelijke keuze.

Het wordt zijn meesterwerk: *De Tuin der Lusten.*